हिन्द पॉकेट बुक्स

बेगम

ताराशंकर वन्धोपाध्याय प्रसिद्ध बांग्ला साहित्यकार हैं। इन्हें *गणदेवता* के लिए 1966 में ज्ञानपीठ पुरस्कार से सम्मानित किया गया था। ताराशंकर वन्धोपाध्याय को साहित्य एवं शिक्षा क्षेत्र में भारत सरकार द्वारा सन 1969 में पद्म भूषण से भी सम्मानित किया गया। ये पश्चिम बंगाल से हैं। इनके द्वारा रचित एक उपन्यास *आरोग्य निकेतन* के लिये उन्हें सन् 1956 में साहित्य अकादमी पुरस्कार से सम्मानित किया गया।

बेगम

ताराशंकर वन्धोपाध्याय

हिन्द पॉकेट बुक्स
पेंगुइन रैंडम हाउस इम्प्रिंट

हिन्द पॉकेट बुक्स

यूएसए। कनाडा। यूके। आयरलैंड। ऑस्ट्रेलिया। सिंगापुर
न्यू ज़ीलैंड। भारत। दक्षिण अफ्रीका। चीन

हिन्द पॉकेट बुक्स, पेंगुइन रैंडम हाउस ग्रुप ऑफ़ कम्पनीज़ का हिस्सा है,
जिसका पता global.penguinrandomhouse.com पर मिलेगा

पेंगुइन रैंडम हाउस इंडिया प्रा. लि.,
चौथी मंजिल, कैपिटल टावर -1, एम जी रोड,
गुड़गांव 122 002, हरियाणा, भारत

पेंगुइन
रैंडम हाउस
इंडिया

प्रथम संस्करण हिन्द पॉकेट बुक्स द्वारा 1991 में प्रकाशित
यह संस्करण हिन्द पॉकेट बुक्स में पेंगुइन रैंडम हाउस द्वारा 2022 में प्रकाशित

10 9 8 7 6 5 4 3 2

इस पुस्तक में व्यक्त विचार लेखक के अपने हैं, जिनका यथासंभव तथ्यात्मक
सत्यापन किया गया है, और इस संबंध में प्रकाशक एवं सहयोगी
प्रकाशक किसी भी रूप में उत्तरदायी नहीं हैं।

ISBN 9789353495046

मुद्रकः रेप्रो इंडिया लिमिटेड

www.penguin.co.in

MIX
Paper from
responsible sources
FSC® C047271

This is a legitimate digitally printed version of the book and therefore might not have certain extra finishing on the cover.

बेगम

1175 हिजरी—अंग्रेजी सन 1756 ई०, यानी आज से दो सौ साल से भी पहले। आगरा शहर उन दिनों दुनिया के अच्छे से अच्छे शहरों में अन्यतम था।

बादशाह शाहजहां ने दिल्ली का लालकिला बनवाकर उसके अन्दर खास दरबार के लिए जो दीवाने-खास बनवाया था—जिसकी चांदनी चांदी की थी, जिसके संगमर्मर के खम्भों की नक्काशी में हीरे, मोती, पन्ने, नीलम की जगर-मगर थी, वहां उन्होंने फारसी की दो पंक्तियां खुदवा रखी थीं—

"अगर फिरदौस बर-रूए जमीं अस्त
हमी अस्त, हमीं अस्त, हमीं अस्त।"

यानी इस धरती पर अगर कहीं स्वर्ग है तो वह यहीं है, यहीं है, यहीं है। अपनी राजधानी दिल्ली लिवा जाने के लिए शाहजहांनाबाद शहर बसाकर बादशाह ने उसे भूस्वर्ग बनाने में कोई कसर उठा नहीं रखी। लालकिला, जामा मसजिद, दिल्ली, लाहौरी, कश्मीरी और अजमेरी दरवाज़ा, चांदनी चौक, चांदनी चौक की सड़क तक यमुना का पानी ले जाकर नहर—बहुत कुछ बनाया था। अगर बीमार और लागर होकर अपने बेटे औरंगजेब द्वारा कैद नहीं कर लिए गए होते, तो शायद वे ऊपर की उन दोनों पंक्तियों को साकार ही कर देते। लेकिन मुकद्दर की मार खाकर वे बेटे के हाथों बंदी बने रहे, हार गए; उनकी उस हार से दिल्ली का शाहजहानाबाद अकबराबाद, आगरे से हारा ही रहा।

अकबर बादशाह ने आगरे में जो किला बनवाया था, वह किला लालकिले की तुलना में मरदाना-सा था। दिल्ली के लालकिले को देखकर जो 'वाह-वाह' करते थे, वही आगरे के किले को देखकर कह उठते थे, 'अरे बाप रे!'

कहिए कि मरदाना और जनाना। या कि बाघ और बाघिन। इसके सिवा खुद जहांपनाह शाहजहां ने मुमताजमहल के मरने के बाद जो ताजमहल बनवाया था, उसके मुकाबले दिल्ली का सारा कुछ जैसे फीका पड़ गया था।

आगरे के चांदनी चौक की बहार दिल्ली की चांदनी से कुछ कम नहीं थी। 1175 हिजरी के आस-पास आगरा और भी जग उठा था। बहुतेरे बड़े-बड़े अमीर-उमरा, सेठ-साहूकार दिल्ली से खिसककर आगरे आ बसे थे। इसकी शुरुआत तेरह साल पहले हुई थी। बादशाह मुहम्मदशाह के ज़माने में ईरान का बादशाह, मनुष्यों में रुस्तम, राजा-बादशाहों में शेर, कहें तो कहना होगा, दुनिया के लोगों के लिए विभीषिका नादिरशाह के हमले के बाद से ही। लोग उस विभीषिका को आज भी नहीं भूल सके हैं! बाप रे! उसकी डांट से नवाब सआदत अली खां जैसा उतना बड़ा एक आदमी—औधिया का नवाब जहर खाकर मर गया था!

वही नादिरशाह तख्तेताऊस और बादशाही ताज का कोहीनूर हीरा लूटकर दिल्ली के स्वर्गीय गौरव को छीन ले गया था।

नादिर फिर नहीं आया। उसका इन्तकाल भी हो गया। लेकिन लोगों की दहशत नहीं गई। जाए भी कैसे?

शुकदेव आचार्य का कहना था—दिल्ली की इमारतें, बादशाहत 'गिरी-गिरी' कहकर चीख रही है। शुकदेव आचार्य की गणना कतई गलत नहीं। ज्योतिष-गणना में उस समय हिन्दुस्तान को बड़ा विश्वास था, वह विश्वास बादशाही दरबार से लेकर मामूली गृहस्थ तक था—उसकी बुनियाद, कुतुबमीनार से भी सख्त थी, उसका सिर उससे भी ऊंचा उठा हुआ था। दैवज्ञ, फकीर, साधुओं का प्रताप उत्तर भारत की सर्दी और गर्मी से भी प्रबल था। ज़्यादा दिन की बात नहीं, मुहम्मदशाह ही के ज़माने में—सैयद भाइयों का खून हो चुका था, वज़ीर था मुहम्मद अमीर खां। एक दिन रात को चबूतरे की जाफरी में किसी ने एक झंडा गाड़ दिया। सुबह लोगों की नज़र पड़ी। उसमें लिखा था—"बादशाह, होशियार! अपनी गद्दी छोड़कर खिसक जा!"

लोग-बाग जुट गए। कोतवाली से वज़ीर को खबर भेजी गई। वज़ीर अमीर खां आदमी ज़बर्दस्त था। हरकत यह किसकी है, इसका पता लगाने में उसे देर नहीं लगी। एक फकीर पकड़ाकर आया। नाम था उसका नयंजन। पहनावे में एक लंगोटी। सर नंगा। फकीर ने खुद ही हंसकर वज़ीर से कहा—हां, वह झंडा तो मैंने ही गाड़ा है!

क्यों गाड़ा?

मेरी खुशी।

वज़ीर ने फकीर को कोड़े लगाने का हुक्म दिया। लेकिन कोड़ा मारने की किसी को हिम्मत नहीं पड़ी। बिगड़कर वज़ीर ने अपने ही हाथों कोड़े लगाए। कोड़ा फकीर

के बदन पर धंस-धंस गया, पर वह रोया नहीं, हंसा। यह खबर जो मिली तो कोकीजी ने बादशाह से कहा—तुम फकीर को फौरन बुलवाओ और उसे खुश करो।

कोकीजी रहीमुन्निसा बीबी बादशाह के दूध का जतन करती थीं। कोकीजी का पिता मुहम्मद जान गणना में माहिर था—कोकीजी भी यह विद्या जानती थीं। बादशाह ने उनकी बात टाली नहीं। तुरन्त आदमी दौड़ाया। नयंजन फकीर को दरबार में बुलवाकर चार मुहरें देकर खुश किया। फकीर ने खुश होकर कहा—हां, तू रह जा शाहनशाह, रह जा। मगर वह वज़ीर...। गरदन हिलाते हुए फकीर चला गया।

अमीर खां यह सुनकर हंसा था। लेकिन कोकीजी ने बादशाह से कहा—यह सोच रखो कि नया वज़ीर कौन होगा!

इसके ठीक तीन दिन के बाद अमीर खां को बुखार हुआ और पांचवें दिन अमीर खां चल बसा।

नयंजन ढूंढे दिल्ली में नहीं मिला। लेकिन कोकीजी बोलीं—मैं जानती थी कि यह होगा।

कोकीजी रहीमुन्निसा का पिता मुहम्मद जान दिल्ली में मिस्त्री का काम करता था। उसने गणना की यह विद्या एक फकीर से हासिल की थी। मुहम्मद जान ने मुहम्मदशाह की टिप्पणी देखकर उसकी मां से कहा था—मुहम्मदशाह उस समय बादशाह नहीं, शाहजादा रौशन अख्तर था, नाम की तनखा मिलती थी—रौशन अख्तर गद्दी पर बैठेगा। उसका कहा अक्षर अक्षर सच निकला। कोकीजी ने सैयद भाइयों के खून होने की बात बता दी थी। वह भी सच हुई। इस समय सच पूछिए तो बादशाही हरम की सब कुछ कोकीजी ही थीं। बादशाह की मुहर उन्हीं के पास रहती।

आगरे के लोग लेकिन शुकदेव को कोकीजी से भी बड़ा ज्योतिषी मानते थे।

उसके चमत्कार के अजीब-अजीब किस्से लोग कहा करते, जिनमें से दो किस्से तो सारे हिंदुस्तान के लोगों को मालूम थे। उन दिनों शुकदेव आचार्य आगरे की सड़क पर खली से पत्थर पर खाने बनाकर माथे पर फटी पगड़ी डाले और कपाल पर तिलक लगाए बैठा करता था। उमर भी कम थी। बहुत तो अट्ठारह-बीस साल की होगी। राहगीरों के हाथ देखा करता। लोग-बाग दो-चार ढेवुआ या दमड़ी देकर अपनी राह लगते। एक रोज़ की बात है, आचार्य बैठा था उसी तरह। डोली पर चढ़कर उस रास्ते से आगरे का बहुत बड़ा सेठ जा रहा था। कारबार खूब चला हुआ था सेठ का। सेठ यह सब मानता-वानता न था। एक नौजवान को ज्योतिषी बना बैठा देख उसने कहारों

से डोली रखने को कहा। उसे सबक सिखा जाने का इरादा था। डोली से उतरकर सेठ शुकदेव के सामने गया। कहा—अबे लौंडे, यह ढोंग क्या रचे हुए है? कमा-कोड़कर क्यों नहीं खाता?

शुकदेव सेठ की शक्ल देख रहा था। उसने कहा—आपकी तकदीर तो खूब है सेठजी! लक्ष्मी की आपपर अपार दया है।

सेठ ठठाकर हंस पड़ा। बोला—यह तो सारे आगरे के लोग जानते हैं। नाम बता दो तो तमाम हिंदुस्तान के लोग यह कहेंगे। कुछ और बता सकता है तो बता।

शुकदेव ने कहा—कपाल की रेखाओं से तो एक बात लग रही है, लेकिन हाथ की रेखा देखे बिना, मैं कह नहीं सकता।

—ले हाथ की रेखाएं भी देख ले।—सेठ ने तलहथी सामने पसार दी।

ध्यान से सेठ के हाथ को देखा और उसके चेहरे को देखकर आसमान की ओर चुपचाप ताकते हुए वह कुछ सोचने लगा शायद। सेठ ने कहा—क्यों बे छोरे, दिन का आसमान तो बिलकुल नीला है। वहां तो कोई तारा भी नहीं। वहां कुछ नहीं लिखा है।

शुकदेव ने सेठ का हाथ हटा दिया। कहा—मैं कुछ बता नहीं सकूंगा सेठजी। आप जाइए। हां, सामने मत जाइए, घर लौट जाइए।

—घर लौट जाऊं? बदमाश कहीं का, भाग। काश, पता होता कि मैं जा कहां रहा हूं...

—वह मुझे मालूम है सेठजी।

—मालूम है तो बता।

—वह आप मत सुनिए। आप घर जाइए अपने।

सेड ने आचार्य के गाल पर एक तमाचा जड़ दिया—भाग यहां से। फिर कहीं तुझे यहां या और कहीं यह ठगी करते देखा तो कोतवाल से कहकर कैदखाने भिजवा दूंगा।

भीड़ लग गई। शुकदेब की यह दुर्गत देखकर लोग खूब हंसे। शुकदेव अपने को और ज़ब्त नहीं कर सका। वह खड़ा हो गया बोला—ओ सेठजी, तो सुन ही लो तुम कहां जा रहे हो!

सेठ डोली पर सवार हो चुका था। कहार डोली को उठा रहे थे। उसने वहीं से कहा—बोल, मैं यहीं से सुन रहा हूं।

शुकदेव ने कहा—तुम मरने के लिए जा रहे हो! रस्सी ही भर के फासले पर तुम्हारी मौत खड़ी है।

सेठ हो-हो करके हंसा। बोला—अच्छा रे बदतमीज़, लौटते वक्त मैं इसका जवाब देता जाऊंगा। मैं आगरे के किले के नवाब के पास खिताब और खिलअत लाने जा रहा हूं। लौटते वक्त कोड़ों से तेरी पीड की खाल उधेड़ दूंगा।...बढ़ा डोली।

कहार हुंकारी भरते हुए चल पड़े। पौन रस्सी ही जा पाए होंगे कि कहीं शोर उठा। सेठ के साथ कई घुड़सवार थे। तलवार खोलकर वे आगे बड़ गए। सड़क का मोड़ था। उसी मोड़ पर शोर मचा था। घुड़सवार कुछ ही दूर गए और लगाम खींचकर रुक गए। सिहर उठे। उधर से एक पगला हाथी दौड़ा चला आ रहा था। अपनी सूंड से दोनों किनारे की दूकानों को तहस-नहस करता चला आ रहा था। 'भागो भागो' का शोर उठा था। भगदड़ मच गई थी। वह शोर बढ़ता ही आ रहा था। राजपथ की भीड़ जान लिए इधर को भागी आ रही थी। इधर धड़ाधड़ दूकानें बंद होने लगी थीं।

सवार मुड़े। डोली के पास आकर बोले—हाथी बिगड़ गया है। इधर ही आ रहा है। डोली को घुमा लो। जल्दी।

मगर कहां की जल्दी। तब तक हाथी मोड़ पर आ धमका। हाथी को देखना था कि डोली को पटककर कहार भाग खड़े हुए। सवारों ने लाख चाहा, मगर घोड़े न रुके। पीठ पर सवार को लिए-दिए ही हवा हो गए। लोग-बाग अपने-अपने पैरों के भरोसे भागे। भागने का मौका न मिला तो एक सेठ को। डोली पर था। झांककर हाथी को देखा और चीख उठा। जानवर जैसी चीख। हाथी दौड़ता आया, सूंड से डोली को पकड़ा और सामने के पैरों से दबाकर उसे चूर-चूर कर दिया। उसके बाद सेठ को पकड़ा। सूंड से उठाकर उसे जोरों से पटक दिया। पटककर भी तसल्ली न हुई। पैरों से मसलकर उसे पीस डाला। पत्थर से बंधी आगरे की सड़क को खून से रंगकर वह आगे की तरफ दौड़ा।

शकदेव के सामने उस समय तक भी भीड़ थी। लोग उसका मजाक उड़ा रहे थे। शुकदेव ने पोथी-पत्तर उठाया और बगल की गली में घुस गया। लोगों ने तालियां पीटीं—वह भागा रे, वह भागा! उनके मुंह की बात लगभग मुंह में ही रही। पीछे से घबराहट-भरा शोर सुनाई पड़ा—भागो, भागो! लोग चौंके। चौकन्ने होकर पीछे ताका। हाथी पर नजर पड़ी।

हाथी चला गया। जरा देर बाद लोग फिर वहां जुटे। दर्शकों में से कुछ वहां तब तक भी खड़े थे। बड़े फर्राटे से शुकदेव के हाथ देखने के बारे में बोल रहे थे। बोले—अरे बाप रे बाप! साक्षात् देवता है वह! बाप रे!

इसके बाद ही शुकदेव का नाम तमाम आगरे में फैल गया। एक घटना और घटी थी। इस घटना के कुछ ही दिन बाद।

उस समय आगरे की सुरैया बेगम का बड़ा नाम था। उसके बराबर की ग़ज़ल गानेवाली बाई आगरे में दूसरी न थी। उमर उसकी पचीस के करीब होगी। गाने के साथ-साथ उसकी और एक ख्याति थी कि वह खुद ग़ज़ल बनाती थी। उसके साथ-साथ एक और सुनाम या दुर्नाम जो कहिए, था। वह यह कि बाईजी बिलकुल संगदिल है। कोई उसे कटाक्ष करता तो उसके जवाब में वह जो कटाक्ष करती—वह बांका और ज़हरीला होता। मुहब्बत या दिल के दर्द की जो ग़ज़लें वह बनाती, वह कतई झूठ होतीं। ठीक उस झिलमिल जैसी झठ, जो हवा के झोंके से दरिया के पानी पर होती है, उस झिकमिक-सी जो दिन की रोशनी में होती है। ये दोनों ही धोखा हैं। दरअसल दरिया के पानी का न तो कोई रंग होता है, न ही उसकी कोई तरंग होती है। रात को उस पानी को देखो। क्या देखोगे? बिलकुल स्याह। और जब हवा न हो, तब देखो। देखोगे, दरिया का पानी एक चादर-सा है।

उसी सुरैया बाई की दिल्ली से बुलाहट आई। औधिया के नवाब अमीर-उल-उमरा नवाब सआदत अली खां एक जलसा करेंगे। उस जलसे में दिल्ली की जोत, हिंदुस्तान की बुलबुल, मुल्क की कोयल नूरबाई गाएगी। उस जलसे में खुद बादशाह, दुनिया के मालिक, मुहम्मदशाह पधारेंगे, उनके साथ दिल्ली के अमीर-उमरा, रईस-बज़ीर और बादशाह के बड़े-बड़े ओहदेदार होंगे। नवाब ने सुरैया को बुलाया था। उसकी खास वजह थी कि वह लखनऊ शहर की बेटी थी। सुरैया बुरका ओढ़े डोली पर सवार होकर शाम को शुकदेव आचार्य के यहां पहुंची। उसे अपना हाथ दिखाना था। वह जानना चाहती थी कि दिल्ली की उस महफिल में उसकी इज़्ज़त बचेगी या कि नूरबाई से हारकर मुंह काला करके लौटने की नौबत आएगी।

सुरैया ने चेहरे पर से बुरका नहीं उतारा, अपना परिचय भी नहीं दिया। बोली, मैंने सुना है, पण्डित जी की निगाह दुनिया के अन्तिम दिन तक को देख पाती है। मैं आपसे एक बात जानने आई हं। सिर्फ एक बात।

—फरमाइए।

—अगले तीन महीनों के अन्दर मेरी इज्जत पर कोई खतरा है क्या?

सवाल सुनकर शुकदेव अवाक् रह गया था। उसने सवाल के जवाब में सवाल ही किया – इज़्ज़त पर?

—जी। मेरी एक इज़्ज़त है, खातिर है, नाम है। उस इज़्ज़त पर, उस नाम पर कोई आंच आने वाली है?

—ज़रा आपका हाथ देखें।

—सुरैया ने हथेली फैला दी।

—ऐं!—अचंभे की एक आवाज़ करके बायें हाथ से दिये को हाथ के करीब ले जाकर शुकदेव ने कहा—कमाल का हाथ है। मेरा तो ख्याल है...

शुकदेव रुक गया। सुरैया ने कहा—कहिए...

—कहूं?

—जी, कहिए।

—बेअदबी माफ करें, बेगम साहबा। मेरा तो ख्याल है, आप ऐसा कुछ करती हैं, आपके अन्दर ऐसा कुछ है, हम जिसे कहते हैं कि उससे सरस्वती की पूजा होती है।

—जी हां, वह तो मैं करती हूं। पेशे से मैं बाई हैं।

—आपमें उससे भी ज्यादा सिफ्त है। माफ करें, आप क्या सुरैया बाई हैं? जो गाने में ही कुशल नहीं हैं केवल, खुद ग़ज़ल भी बनाती हैं। "औरतों का दिल कमल-सा होता है। वह अपनी पंखड़ियां खोलकर जिसे पुकारता है वह है सूरज! मगर हाय रे औरत का नसीब, इन खुली पंखड़ियों पर आ बैठते हैं मधु के लोभी भौंरे, मक्खियां! सूरज डूब जाता है और कमल के दल एक-एक करके पानी में टूट गिरते हैं।"

और इसके बाद ही शुकदेव बोल उठा—वल्लाह! आपके हाथ की. लकीरों में तो इस शिकायत का जवाब लिखा हुआ है बाई जी!

—मतलब?

सुरैया ने अबकी अपना बुरका उतार दिया।

शुकदेव ने कहा—बताता हूं। ज़रा अपने कपाल को सिकोड़ें तो। कपाल की रेखाएं देख लूं।

सुरैया ने वैसा ही किया।

—ठीक है। हाथ और कपाल एक ही बात बता रहे हैं।

—क्या बताते हैं?

—बताते हैं—? शुकदेव ने ज़रा हंसकर कहा—कहते हैं, इतना दुःख, इतना अफसोस तुम मत करो। औरतों की तकदीर कमल के फूल की किस्मत से मिलती ज़रूर है, लेकिन फिर भी दीन-दुनिया के जो मालिक हैं, उनकी मेहरबानी से कुछ

औरतों के भाग्य में सूरज जैसा आदमी आ जाता है। उसकी खुली पंखुड़ियों पर आंसू की शबनम-बूंदों में वह सूरज प्रतिबिंबित होता है।

सुरैया एकटक उसे निहारने लगी।

—तो क्या बादशाह मुझे नूरबाई की तरह दिल्ली में रोक लेंगे?

—नहीं, नहीं, बाई साहबा, आपकी जिन्दगी बिल्कुल बदल जाएगी। जिन्दगी की लहर आज जिधर को भाग रही है, ठीक उसके उलटे भागेगी। और, जिन्दगी में आज तक जो सुख, जो आनंद आपको नहीं मिला है, वही सुख, वही आनंद मिलेगा। इन तीन महीनों में आपके बड़े अच्छे दिन आएंगे।

—और भी साफ-सीधा बताइए पंडितजी।

—आपको शादी करनी पड़ेगी।

—शादी?

—वैसे सुख की शादी मुश्किल से होती है!

सुरैया ने शुकदेव को एक मुहर दी और उठ खड़ी हुई। कहा—आपकी बात का यकीन नहीं कर सकी पंडितजी। क्योंकि...

जरा चुप रही। फिर कहा—लोग मुझे क्या कहते हैं, मालूम है? कहते हैं, 'संगदिल'। और, जवाब का इंतजार किए बिना ही वह चली गई।

शुकदेव की यह बात भी गजब की सच निकली। उस जलसे में सुरैया की एक अनोखे आदमी से भेंट हुई। बसरा के गुलाब जैसा रंग, खिची हुई आंखें, पतले होंठ, लंबी नाक और लंबा छरहरा बदन—देखते ही समझ में आ जाता कि यह आदमी हिंदुस्तान का नहीं है। बादशाह उस महफिल में मौजूद थे। नूरबाई ने नाच-गाकर महफिल मात कर दी। नूरबाई कश्मीर की थी। जवान और फिर बला की खूबसूरत। उसका गला बांसुरी को लजाता था। सुरैया की उम्र उससे ज्यादा थी। रूप की बहार भी वैसी न थी। आवाज़ भी उतनी मीठी और ऊंची नहीं। नाच में भी गति धीमी। फिर भी उसकी इज़्ज़त रह गई—स्वरचित ग़ज़ल और बैठकी में ठुमरी गाने से। लखनऊ घराने की ठुमरी गाकर उसने बड़ी बाहवाही लूटी, बहुत इनाम पाया। दिल्ली के बहुत बड़े ख्यालिया मौलाव खां तक ने उसकी बेहद तारीफ की।

महफिल के बाद शआदत खां ने कहा—बहुत खूब। तुमने मेरे लखनऊ की इज्जत रखी।—यह कहने के बाद पानबरदार से उन्होंने अपने पनबट्टे से उसे पान देने को कहा—दो, बाई जी को पान दो। मोती की एक माला भी दी उसे।

झुककर सलाम करके जब वह मोती की माला लिए पीछे हट गई तो नवाब एकाएक हंस उठा।

सुरैया ने पलटकर ताका।

नवाब सआदत खां ने कहा—सुरैया, ये हैं, अमीर खानज़मान अली कुइली खां, जाफ़रजंग। खास ईरान के बहुत बड़े अमीरज़ादा। इनके वालिद मुहम्मद अली खां ईरान के शाह के दोस्त थे। ईरान की तकदीर को आग लगी—वहाँ नादिरशाह जम बैठा। अपने चाचा की बेटी खादिज़ा सुलतान से अली कुइली को प्यार था। छुटपन से ही दोनों साथ खेला किए थे। अंधेरिया पाख के जिन पंद्रह दिनों तक ईरान के लोग आसमान में चांद नहीं देख पाते थे, दुनियां अंधेरी रहती, उस समय अली कुइली यह देखा करते थे कि चांद तो उनके चाचा के घर में चक्कर काटता है। अली कुइली जब मदरसे में पढ़ते थे, तभी खादिज़ा सुलतान पर शेर बनाते थे, ग़ज़ल लिखते थे। लिखकर खादिज़ा को सुनाया करते थे। शर्म से खादिज़ा पके अनार-सी लाल हो उठती थी। एक दिन उसने कहा—दुहाई है तुम्हारी अली कुइली, तुम मेरे नाम पर यों शेर और ग़ज़ल न बनाया करो। मुझे बड़ी शर्म आती है। अली कुइली ने फौरन शेर बनाकर ही इसका जवाब दिया कि तुम तो शर्म के मारे अपने नाम पर शेर कहने को मना करती हो प्यारी, मगर तुम्हीं कहो, जिस शेर में, जिस ग़ज़ल में तुम्हारा नाम न हो, उसका दाम ही क्या है! दुनियां में जो भी रूप है, रस है, गंध है, सब तो तुम्हीं से लिपटा है! चांद के बिना रात अंधेरी होती है,...तुम्हारे बिना शेर और ग़ज़ल में न तो सुर होता है, न संगीत, वह महज़ बेमानी आवाज होती है, सिर्फ शब्द! शायर का नाम अली कुइली का वाला सुलतान है। पता नहीं, तुमने सुना है या नहीं!

सुरैया ने सलाम किया। बोली, जी जनाब! लखनऊ और आगरे रहते हुए मैंने ईरान के बुलबुल शायर वाला सुलतान का नाम सुना है। उनकी ग़ज़लें न सिर्फ सुनी हैं, बल्कि उन्हें गाया है।

—ये वही वाला सुलतान अली कुइली खां हैं, नादिरशाह ने ईरान के नसीब को फूंक दिया, अली कुइली का नसीब ही नहीं, दिल भी जलकर राख हो गया—घर भी खाक हो गया। गद्दी पर बैठते ही नादिरशाह ने ज़ोर-ज़बर्दस्ती खादिज़ा सुलतान से शादी कर ली। उसे अपने हरम में ले गया। दीवाना होकर कुइली ईरान छोड़कर हिंदुस्तान चले आए। मेरे दामाद सफ़दरजंग के दोस्त हैं। मैं इन्हें लड़के-सा मानता हूं। लेकिन शायर होने के नाते ये मेरे भी दोस्त हैं।

सुरैया ने फिर सलाम किया। बोली, मेरी खुशनसीबी है जनाबेआली, जाने सुबह आज

किसका मुंह देखकर उठी थी। खुद हिंदुस्तान के बादशाह मेरा गाना सुनकर खुश हुए। और अगर मैं यह अर्ज़ करूं—आप हैं, इसलिए कहने की जुर्रत कर रही हूं—ग़ज़ल बनाने वाले वाला सुलतान जैसे शायर मुजरे में मौजूद थे, ये खुश हो सके या नहीं, नहीं जानती।

टोककर कुइली खां ने कहा—हज़ार बार! सुरैया बेगम, तुम्हारी आवाज़ की बलिहारी! खयाल की तुम्हारी तानों का सानी नहीं, तुम्हारी ग़ज़लों की तारीफ नहीं!

सैरेया ने बार-बार अदब से कोनिश अदा की।

सआदत खां ने कहा—अरे, सुरैया की शक्ल देखकर तुम अपनी बात भूल गए क्या कुइली खां? कहो, फरमाइश करो, हम भी सुनें।

प्रश्न-भरी निगाह उठाए सुरैया अवाक् थी। नवाब सआदत खां ने कहा—तुम्हारी ग़ज़लों से कुइली खां के मन के सितार के सारे तार झनझना उठे हैं सुरैया। जवाब कह सकती हो—

—खुशकिस्मती अपनी, बड़े भाग मेरे कि मेरी ग़ज़ल से वाला सुलतान के मन में उसका जवाब जागा है!

कुइली खां ने कहा—जवाब नहीं सुरैया। तुमने अपनी गजल में कहा, "मैंने दुनिया से पूछा, आखिर मुहब्बत क्या है? किसी ने इसका जवाब नहीं दिया। जवाब अंत में एक हिरनी ने दिया इसका। वह बोली—महब्बत मेरी उस प्यास जैसी है, जिस प्यास से छाती फटकर मैं मरी जा रही हूं। प्यास अभी-अभी छाती में जगी है और देखा कि सामने फैले बालू पर दरिया बह रहा है कांच-सा साफ पानी किनारो से छलका पड़ रहा है। मैं दौड़ पड़ी। दौड़ पड़ी कि उस दरिया में कूद पड़ूंगी—जलता हुआ शरीर शीतल होगा, धधकती छाती जुड़ाएगी। मैं सामने चली दरिया की तरफ और दरिया हटने लगा पीछे। ठिठक गई। दरिया भी रुका। फिर दौड़ी। दरिया फिर भागने लगा। आखिर रेत पर औंधे मुंह गिर पड़ी। मैं मर रही हूं। मेरी छाती सूख गई है सुरैया। तो भी, अभी भी देखा करती हूं कि वह, वह रहा दरिया, मेरे सामने। रेगिस्तान की पकड़ में न आनेवाला यह जो दरिया है, वही है ज़िन्दगी में मुहब्बत।"

सुरैया ने फिर अदब से सलाम किया। कहा—हज़ारों, लाखों तसलीम। वाला सुलतान साहब, आप तो आला शायर हैं, ईरान की बुलबुल और हिंदुस्तान की कोयल हैं—आप ही बताएं, मुहब्बत यही नहीं है क्या?

अली कुइली खां ने दायें हाथ के अंगूठे और तर्जनी के छोर को मिलाकर बाकी तीन अंगुलियों को फैलाकर हाथ को जरा बढ़ाया और गुनगुनाकर गाने लगे—"रेगिस्तान की छाती पर इस मरी हिरनी के कंकाल को देखते हुए मैं भी बढ़ रहा था।

दरिया ठीक इसी तरह से पीछे हट रहा था। मैं भी ठिठक गया था। मगर मरी हिरनी के कंकाल ने कहा—प्यासे राही, रुक क्यों गए? अब तो पीछे हटने से भी तुम्हारी मौत ही है। —फिर भी यह बताओ, और भी आगे हिरन का कंकाल क्यों पड़ा है? मैं बढ़ता गया। बढ़ते-बढ़ते देखा, हरियाली हाथ के इशारे से बुला रही है। लड़खड़ाते हुए मैं गया। वहां सच ही हरी-भरी घासों का एक कुंज था। खजूर के पेड़ों के पत्ते और उनके बीच पानी का कुंड। मैंने हिरन के एक जोड़े को देखा। एक-दूसरे को एकटक ताक रहे थे वे। उन्होंने मुझसे कहा—यह मुहब्बत का उत्स है। लोग इसे ओएसिस कहते हैं। मैंने पूछा—तुम लोग किस तरह से इतनी राह तै करके आए? वे बोले—विश्वास चुक जाने से औंधे मुंह गिरना पड़ता है। हमारा विश्वास नहीं चुका है, नहीं मिटा है।"

इस वार सुरैया कोर्निश करना भूल गई। नवाब सआदत ने अपना दिल उजाड़कर वाहवाही दी। कहा—इसका जवाब तो तुम्हें देना ही है सुरैया। तुम लखनऊ की जोत हो, जलती हो आगरे में। पास ही है हिन्दुओं का वृन्दावन। जमुना का जो पानी आगरे की गोद को धोता है, वह वृन्दावन के वनों को धोकर आता है। आगरे में जमुना के किनारे बादशाह शाहजहां का बनवाया ताजमहल है। जवाब तो तुम्हें देना पड़ेगा।

सुरैया बोली—इसका जवाब देने की जुर्रत मुझमें नहीं है। ये मेहरबान है...

—नहीं सुरैया, मेहरबान दुनिया में एक ही है—कहकर कुइली खाँ ने अपना दायां हाथ ऊपर की ओर उठा दिया।

सुरैया ने कहा—बेशक। मेहरबान एक बस खुदा है। लेकिन अपनी मेहरबानी वह दुनियावालों को खुद से नहीं देता। देता है उनके मारफत, 'जिनपर वह मेहरबानी करता है। आप वैसों में से एक हैं। जभी तो आप आखिरकार रेगिस्तान के उस वीरान में पहुंच सके। और मैं वहीं ठक खड़ी हं, जहां उस प्यासी हिरनी ने दम तोड़ दिया। न तो पीछे हट पाती हूं, न आगे बढ़ पाती हूं।

सआदत खां वाह-वाह कर उठे।

इसी वक्त लालकिले के नौबतखाने में भोर की भैरवी बज उठी। नवाब बोल उठा—इंशा अल्लाह, सारी रात गुज़र गई!

इसके बाद ज़्यादा दिन नहीं गुज़रे, एक दिन आगरे में सुरैया के दरबाज़े पर ज़ाफ़रजंग अली कुइली खाँ का तंजाम आ लगा।

दरवाजे पर जो खोजा गुलाम था, अली कुइली ने उससे कहा—बेगम को खबर कर दो कि वाला सुलतान नाम का एक राही आया है।

राही? हब्शी बंदा अवाक हो गया था। वह हा किए रह गया था। कुइली ने कहा—अबे, हो क्या गया तुझे। यों हा क्यों किए हुए है?

सुरैया को तब तक खबर मिल चुकी थी। बाँदी ने झरोखे से अली कुइली को देख लिया था। वह शक्ल एक बार देख लेने से फिर भुलाई नहीं जा सकती। दिल्ली में बांदी ने उसे देखा था। उसने जाकर सुरैया से कहा—बाई, वो आए हैं!

—कौन?—सांझ को सुरैया सिंगार करके झरोखे पर बैठी भादों के भासमान की तरफ निहार रही थी। उत्तर भारत के ताप-झुलसे आसमान में बरसात के मेघ उमड़ आए थे। बीच-बीच में गरजन उठ रहा था। बारिश के आसार।

सुरैया के गले में गुन-गुन जग आया था। ग़ज़ल के बीज से अकुर उग रहा हो जैसे। बांदी की बात सुनकर उसने भवें सिकोड़ी। पूछा, कौन? कौन आया है?

बांदी ज़रा हंसकर बोली—वो। दिल्ली के वही शायर। वही नुकीली नाक, खिंची आंखें, गुलाब जैसे रंग वाले ईरानी अमीर—ग़ज़लगो वाला सुलतान...

सुरैया चौंक उठी थी। उसके कलेजों में जैसे मेघों का नगाड़ा बज उठा। वह झटपट सीढ़ी के दरवाजे पर जा खड़ी हुई। वहीं से सलाम करके बोली—अहोभाग्य अपना, आज इस नाचीज़ के गरीबखाने का अंधेरा मिटाते हुए आसमान का चाँद उत्तर आया है!

अली कुइली ने सीढ़ियों से ऊपर चढ़ते हुए कहा—नहीं, सुरैया बाई, मैं चांद जैसा नहीं, आज के इस बादल की तरह आया हूं। बदली के उमड़ने से जिसके दिल है, उसको क्या होता है, मालूम है? दिल थमथम करने लगता है, जैसे किसीको चाहता हो। मैं सोचने लगा, आखिर वह है कौन? अचानक लगा, मेघ को देखकर मेरा मोर पखना खोलकर नाच उठा। तुम्हारी याद आ गई। चला आया। सोचा, आज मैं तुम्हें मोरनी की तरह नचाऊंगा।

तमाम रात नाच-गाने में निकल गई। उधर आधी रात से बादल बरसने लगे। सबेरे भी बारिश के रुकने का नाम नहीं। अली कुइली ने भी उठने का नाम नहीं लिया। सुबह से महफिल का भी रंग-रूप बदल गया। वह तवायफों के मुजरे की महफिल नहीं रही, दो शायरों के मुशायरे-सी हो गई। खाते-पीते जो भी बातें हो रही थीं, सब शायरी में। उन दोनों के अलावा वहां कोई नहीं था-न बांदी, न सरंगिया, न तबलची, न पानबरदार, कोई नहीं। जो भी कुछ काम था, सब खुद सुरैया कर-धर रही थी। गिलास में अगूर का अर्क ढालकर दे रही थी। चांदी की रकाबी में अंगर, पिश्ता, बादाम दे रही थी।

खुद ही पान लगा रही थी। कभी-कभी अली कुइली भी रकाबी को सुरैया की तरफ बढ़ा देता था।

उस रोज़ खाना भी सुरैया ने खुद ही पकाया।

खानज़मान लौटा उसके दूसरे दिन। चलते वक्त सुरैया बोली—मोरनी के जी में पुकार जगी है, सुन रहे हैं? क्या कह रही है, कहिए तो?

—कहो, तुम्हीं कहो!

सुरैया ने कहा—कह रही है, ऐ आसमान के बादल, तुम आए। आकर मुझको नचाया। नाचते-नाचते मैं अभी थकी तो नहीं हैं, पर तुम अपनी राह चल दिए। अब मैं अपना यह नाच किसे दिखाऊंगी, कहो? या कि रोते ही गुज़ारूंगी अपने बाकी दिन?

अली कुइली पलटा। उसके दोनों हाथों को पकड़कर कहा—दिलरुबा, मैं जिस नियम से आता हूं, जाता हूं, उसमें फर्क आने का कोई उपाय नहीं है। वह परवाना तो उसका है, जिसके परवाने से रात के बाद दिन, दिन के बाद रात होती है। लेकिन फिर भी उपाय है—तुम्हारे दो डैने तो हैं। इस मिट्टी का मोह छोड़कर अपने उन डैनों को फैला दो—मैं अपने सर्वांग में तुम्हें लपेटकर अपने गरीबखाने में ले चलूं। सोच लो, मिट्टी की माया काट सको, तो चलो। मैं समझूंगा कि मेरी ज़िन्दगी जिंदाबाद हो गई!

सुरैया ने शेर में ही उसे फिर आने का आमंत्रण दिया। जवाब में कवि वाला सुलतान ने अपने यहां आने का न्योता दिया। सुरैया आंखें फाड़कर उसे देखती रही। उसे गोया यकीन नहीं हो रहा था।

अली कुइली ने कहा—हां, कह दो प्यारी। कह दो कि कबूल है।

सुरैया रो पड़ी।

उसे अपनी छाती से लगाकर अली कुइली ने पूछा—पुरैया...

सुरैया बोली—मैं तुम्हारी बांदी हूं।

—तुम मेरी प्यारी हो।

—मेरी ज़िन्दगी, मेरी किस्मत जिन्दाबाद!

इसके कुछ ही दिनों बाद अली कुइली ने मुल्ला को बुलाया। मजहब को गवाह रखकर उससे शादी की और उसे अपने हरम में ले गया।

सुरैया को शुकदेव आचार्य की याद आई। उसने अली कुइली से सारा किस्सा कहा। कहा, एक बार आप अपने नसीब की पूछ देखें। वह ठीक-ठीक बता देगा कि मुझसे शादी करके आपका भला होगा या बुरा। आप सुखी होंगे या दुखी।

अली कुइली का हाथ देखकर शुकदेव ने बताया—जो होना है, सो होगा ही। यह शादी आपकी होकर ही रहेगी। इस शादी से आपकी जिंदगी सुख और शांति से भर उठेगी। दुनियां में जो कुछ लोग सबसे सुखी हैं, आप उनमें से एक होंगे। लेकिन...

—लेकिन?

—दौलत और इज्जत की राह रुक जाएगी आपकी। सुरैया बाई के हाथ में भी शादी का यही फल लिखा हुआ है। आपका भी वही। दोनों की तकदीर जब एक होगी तो इसका जोर और भी बढ़ेगा। लेकिन...

—लेकिन फिर क्या...

—लेकिन एक उपाय है। शादी न करके अगर दोनों...

—नहीं, नहीं। मैं आपका मतलब समझ गया! अली कुइली वैसा हरगिज नहीं कर सकता! मैं सुरैया से शादी करूंगा।

उसी शुकदेव का कहना था, सारी दिल्ली, दिल्ली की सारी इमारतें ही 'गिरी-गिरी' कह रही हैं। यानी अब गिरी तब गिरी। और यह क्या आज से? वही, उस पुराने जमाने से ही। यकीन न आए तो नज़र उठाकर देखो, राय पिथौरा के टूटे किले को कुतुबमीनार के अलाई दरवाजे की ओर। अब वहां से खिसक आओ। देखो हौज खास। पूरब की ओर आ जाओ—वह देखो तुगलकाबाद, फ़िरोज़शाह कोटला, शेरशाही किला! कहां तक बताऊं। अब लाल किला, दिल्ली दरवाजा, अजमेरी दरवाज़ा, तुर्कमान दरवाजा, कश्मीरी दरवाज़ा। यह दरवाजा, वह दरवाज़ा। चारों तरफ की पत्थर की चहारदीवारी 'गिरी-गिरी' कर रही है।

हंसकर कहता, इसकी ज़िम्मेदारी फ़र्रूखशियर की भी नहीं, सैयद बंधुओं की भी नहीं, मुहम्मदशाह की भी नहीं। यहां तक कि नादिरशाह की भी नहीं, जिसे गाली देते हुए क्या हिंदू और क्या मुसलमान, यही कहते हैं कि वही सब तहस-नहस कर गया है। यह ज़िम्मेदारी असल में उन दैवज्ञों की है, जिन्होंने बहुत-बहुत पहले, जब दिल्ली में शहर की नींव पड़ी थी, कहा था कि इस देहली के ठीक नीचे वासुकी नाग अपना फन फैलाए उसपर दिल्ली को थामे हुए है।

माना, वही था मगर कहने की क्या ज़रूरत पड़ी थी। और कहा भी तो लोहे की लम्बी सोंक माटी में गाड़कर वासुकी के माथे में छेद करके उस सींक की लहू लगी नोक को दिखाकर बहादुरी दिखाने की क्या जरूरत थी! सींक की खरोंच खाकर वासुकी नाग ने अपना सर हटा लिया और शाप दिया कि यहां जो भी शहर बनेगा, वह हरगिज़ नहीं टिकेगा। देख लेना, शाहजहानाबाद की क्या हालत होती है।

शुकदेव की ये बातें आज की नहीं, बहुत पुरानी हैं। ये बातें उसने जादिरशाह के लौट जाने के पहले ही कही थीं। नादिरशाह जब अटक पार करके लाहौर की तरफ बढ़ा, तो भारत के साधारण लोग ज़रा भी चिंतित नहीं हुए। केवल साधारण लोग ही क्यों, अमीर-उमरा, नवाब और खुद बादशाह भी चिंतित न हुए। आ रहा है, थोड़ा-बहुत लूट-पाट करके लौट जाएगा, वह भी लाहौर की तरफ से ही। महज़ बत्तीस साल पहले बादशाह आलमगीर का इंतकाल हुआ। आलमगीरशाही का प्रताप और उसकी फौज की बहादुरी की कहानी सुदूर ईरान-इराक तक फैली थी। काबुल-कंधार बादशाही इलाके में शामिल थे। इन बत्तीस बरसों के अरसे में घरेल लड़ाइयों, गद्दी के लिए आपसी छीना-झपटी में बादशाही ताकत कुछ कमजोर पड़ गई थी। दक्षिण में मराठे उत्पात मचा रहे थे, हैदराबाद में निज़ाम चिनकिलिच खां आजाद-सा था, मालवा-गुजरात निकल गए थे, तो भी नगाड़े की चोट से बादशाह के एक लाख सैनिक तैयार हो जाते। ऐसे में किसी ने सपने में भी नहीं सोचा कि नादिरशाह लाहौर पार करके दिल्ली पहुंच सकता है। सभी निश्चिंत थे। टिड्डियां आती हैं, खेती का थोड़ा-बहुत नुक़सान करके चली जाती हैं—वैसा ही होगा, लोगों का यही ख्याल था।

दिल्ली में कोई परवाह नहीं थी। बादशाही दरबार में बदस्तूर नाचगीत की महफिलें होती रहीं—बादशाह और तमाम दिल्ली के लोग नूरबाई की खूबसूरती, उसके नाच, उसके गाने की चर्चा करते रहे। शाम को भंग और शराब पीकर हो-हल्ला मचाते रहे। बादशाह की सलाहकार उनकी धर्म बहन कोकीजी ने भी कहा, कोई खतरा नहीं। लोग निश्चिंत हो गए। कभी ईरान के शाह की बात उठती, तो पहलवान की तरह ताल ठोककर लोग कहते—आने दो! अकेले मैं दस-बीस ईरानियों के सर काटकर लालकिले के सामने जमा कर दूंगा।

कि दूसरे ने मूंछे ऐंठ दाढ़ी फटकारकर कहा—घबराओ मत! कल सुन लेना कि नादिरशाह नमाज़ से उठते ही कहेगा, खुदाताला का हुक्म है, ईरान लौट जाओ।

और वह ठठाकर हंस पड़ा।

लेकिन लाहौर जीतकर नादिरशाह दिल्ली की तरफ बढ़ने लगा। बादशाह ने अंगड़ाई छोड़ी, नाच की महफिल बन्द की—उठा। चारों तरफ आदमी भेजे गए कि हिंदुस्तान पर आफत आई है। ईरान का बादशाह बढ़ता आ रहा है। सब लोग इकट्ठे हों! दक्खिन से निज़ाम उल-मुल्क आसफ़जाह आया, बाजोराव नहीं आए। सआदत अली खां के पास भी आदमी पहुंचा—बादशाह का फरमान निकला है। अपनी फौज लेकर चलिए।

अली कुइली खां को भी जाना था। सआदत खां उसका दोस्त था। और फिर नादिरशाह से उसे दुश्मनी थी। उसने खादिज़ा सुलतान को छीन लिया था। लेकिन वह नहीं जा सका। सुरैया की विनती से उसका जाना रुक गया। सुरैया को शुकदेव ने मना कर दिया था। उसने उसे नादिरशाह से लड़ने के लिए नहीं जाने दिया। नादिरशाह ने अली कुइली से खादिज़ा को ज़बर्दस्ती छीन लिया था—गुस्से के मारे लड़ाई में कहीं अली कुइली होशो-हवास खो बैठे और कुछ हो-हवा जाए तो सुरैया की दुनिया अंधेरी हो जाएगी। सुरैया ने शुकदेव के पास सवार भेजा था। उस समय वे दिल्ली में रह रहे थे। अली कुइली बादशाह की मीरताल्लुक था। सवार चौथे दिन शुकदेव की चिट्ठी लेकर लौटा।

शुकदेव ने लिखा—मंगल नादिरशाह का मददगार है। बादशाह पर शनि, राहु, केतु की दृष्टि है। दिल्ली के आसमान पर बादशाह की त्रिपाली की छाया पड़ रही है। इस लड़ाई में बादशाह की हार ही होगी। नवाब सआदत खां का नसीब और भी खराब है! बेगम साहबा, मेरी नेक सलाह है कि आप अली कुइली को लेकर दिल्ली से कहीं पूरब की ओर चली जाएं। दिल्ली शहर पर मंगल की बड़ी बुरी नज़र है। लगता है, दिल्ली खून से लाल हो जाएगी। लेकिन इतना कह सकता हूं मैं, अली कुइली की किस्मत में कोई आफत नहीं है। लगता है, लड़ाई पर उनका जाना न हो सकेगा।

वही हुआ। जाते वक्त बादशाह ने अली कुइली को तलब नहीं किया। उसे दिल्ली में ही छोड़ गया। जाड़े का दिन। पूस के बीच का समय। खबर आई कि करनाल की लड़ाई में दिल्ली के बादशाह नादिरशाह के हाथों बंदी हो गए! बंदी बादशाह को लेकर नादिरशाह दिल्ली रवाना हुआ।

इस खबर को दिल्ली पहुंचना था कि वहां लूट-पाट शुरू हो गई। सेठों ने भागना शुरू कर दिया। गरीब-गुरबे भी पूरब को, दक्खिन को भागने लगे। दक्खिन से पूरब को ही ज्यादा। क्योंकि दक्खिन के वर्गी सिपाही आगे बढ़ रहे थे। कहां तक बढ़ जाएंगे, वही जानें। लेकिन भागते हुए जो उनके चंगुल में पड़ जाएंगे, उनकी कम दुर्गत नहीं होगी।

सुरैया ने पागल की तरह कुइली खां से कहा—यहां से चले चलो। यहां अब रहना नहीं होगा! कुइली खां ने सुरैया की ओर ताका। वह हांफ रही थी। बेहद डर गई थी। उसका यह डर सिर्फ कुइली खां के लिए नहीं था, अपने लिए भी नहीं। डर उसे तीसरे के लिए ही था। यह था उसके गर्भ में।

कुइली खां चुप हो रहा। वह भी सोच रहा था। दिल्ली के लोगों ने नादिरशाह का सिर्फ नाम ही सुना था। कुइली खां ने उसे अपनी आंखों देखा है, प्रत्यक्ष जानता है उसे। नादिर भी अली कुइली को पहचानता है। उसकी लिखी मसनवी को नादिरशाह ने ईरान से बिलकुल गायब कर देना चाहा है। उसने सुन रक्खा था कि मसनवी में खादिज़ा सुलतान का नाम है। जिसके भी पास उस मसनवी की हाथ की लिखी प्रतिलिपि मिली, उसे सज़ा दी। जिसने वाला सुलतान की लिखी ग़ज़ल गाई, उसकी गरदन गई। लिहाजा अली कुइली को नज़र के सामने पाने पर...

अली कुइली चौंका! मन की आंखों उसने गुस्से से भरे नादिर का चेहरा देखा—उसका हाथ कमरबंद के छुरे की मूठ पर!

अली कुइली ने सुरैया की बात पर एतराज नहीं किया। बजरे पर सारी कीमती चीजें रखवाई और पहरे के लिए दूसरी नाव साथ में देकर उसे आगरे भेज दिया। वह खुद पांच हजारी मनसबदार था उस समय। उसकी मातहत पांच हजार जाट राजपूत और मुसलमान चगताई फौज थी। उनमें से चुने हुए ढाई हजार सैनिकों को लेकर वह आगरा चला आया, आगरे से अपनी जागीर में। वह जागीर अयोध्या के नवाब के इलाके में पड़ती थी—आगरे के इलाके की सीमा पर।

अली कुइली को वहीं पता चला कि नादिरशाह के हाथों बेइज्जत होकर सआदत खां ने जहर खा लिया है। ऐन होली के रोज़ दिल्ली के चांदनी चौक, फतेहपुरी बाज़ार, दरियागंज, जामा मसजिद, पहाड़ गंज में नादिर के हुक्म से ईरानियों ने खून से होली खेली। हिन्दू-मुसलमान का ख्याल नहीं किया, बच्चे-बूढ़े का ख्याल नहीं किया—औरतों में बूढ़ी, प्रौढ़ा, बदसूरत, बच्ची, किसी को न छोड़ा। चांदनी चौक की सड़क लहू-माटी से कादो हो गई। दरीबा गली और कूचा में कत्ल किए गए लोगों की लाशों का ढेर! मुसलमान अमीर-उमरावों की बहू-बेटियां कुएं में कूद गईं। हिन्दुओं ने अपनी बहू-बेटियों को खुद काटकर मुक्ति दे दी। इसके बावजूद हज़ारों-हज़ार हिन्दू-मुसलमान औरतों को ईरानी किजिलवास जानवर की तरह घसीटते हुए नादिरशाह की फौजी छावनी में ले गए। वहां रात-दिन जो एक चीख उठी औरतों की. उससे नीला आसमान काला पड़ गया। लेकिन लोगों को वह चीख सुनने का अवकाश नहीं था—वे खुद भी चीख रहे थे, या अल्ला, या खुदा! बचाओ! हिन्दू मारे डर के गोविन्द को पुकार रहे थे।

अली कुइली ने खुदा का शुक्रिया अदा किया, शुकदेव आचार्य को इनाम दिया और हाथ पकड़कर सुरैया को दुलारा। कहा—तुम्हें देने को तो मेरे पास कुछ नहीं है। क्या दूं?

सुरैया सुनकर सिर्फ रोई। पति-पत्नी दोनों ही कवि। शेरों में बात करना उनके जीवन का विलास नहीं, आनन्द था। रस की होली। लेकिन उस रोज दोनों ही कवियों के गले से कविता जैसे गायब ही हो गई थी।

उसके बाद से अली कुइली दिल्ली विशेष नहीं गया। अपनी जागीर में ही रहा। अयोध्या का नया नवाब सफदरजंग उसका दोस्त था। उसी नाते सआदत खां उसकी हिमायत करता था। इसके सिवा भी एक नाता था। वह नाता था धर्म का। अयोध्या का नवाबी खानदान शिया था और कुइली खां भी शिया था। नादिरशाह के लौट जाने के बाद से सिया-सुन्नी की आपसी तना-तनी बढ़ गई। बादशाही के लिए वज़ीर की, वज़ीरी के लिए उमरावों की हरकतें बढ़ गई।

नवाब सफदरजंग कुछ रोज़ तक उसी खेल में मशगूल रहा। नवाब के चलते कुइली खां को बीच-बीच में दिल्ली जाना पड़ा। पर सुरैया नहीं गई। वह अपनी गोदी के चांद को लिए अपनी जागीर में ही रही।

चांद उसकी लड़की थी। सोने के खिलौने-सी लड़की। नाम था गन्नागन्ना बेगम। रूप बाप का, गला मां का। उसके अंगों का छंद, गाने का ज्ञान जन्मजात था। यह दौलत मां के पेट से ही लेकर पैदा हुई।

1175 हिजरी में गन्ना बेगम सोलह कलाओं से परिपूर्ण युवती थी—सोलह साल की। सुरैया ने उसके ब्याह की गणना के लिए शुकदेव को बुलवाया। शुकदेव ने आते ही कहा—बेगम साहवा, बीवी की शादी किसके साथ करेंगी, यह बात तो बाद की है। सबसे पहली बात है कि दिल्ली पंजाब में नहीं। नहीं। दिल्ली की आवाज़ मैं कानों सुन रहा हूं—गिरी गिरी, गिरी। वह आवाज़ और ज़ोर की हो गई है, बहुत ज़ोर की।

2

गन्ना के रूप और गुण की शुहरत लखनऊ, आगरा, दिल्ली के संभ्रांत परिवारों में केवड़े की खुशबू की तरह फैल गई थी। रूप से ज्यादा गुण की, उसकी कविता करने की ख्याति संभ्रांत लोगों तक ही नहीं, देश के रसिक और समझदारों, यहां तक कि स्वप्नविलासी तरुणों की ज़बान पर भी पहुंच चुकी थी। पान-शरबत की दुकानों पर पान खाते, शरब पीते हुए कोई-कोई अचानक आवेश से कविता-पाठ कर

उठता—गुलाब की कली रोती है। तुमने सुना है वह रोना ? कली रोती है और कहती है, दुनिया के मालिक ने मुझे खिलने के लिए सिरजा है ! मैं खिलं, वे देखा करें ! उनकी निगाहों का स्नेह सूरज की किरणों-सा मेरे अंग-अंग में उतरेगा। मैं खशब से, मधु से भर उठूगी। मगर हाय री मेरी किस्मत, खिलते-न-खिलते ऐयाशों ने तोड़कर मुझे अपनी नाक के पास रखा। उसके बाद हिकारत से माटी पर फेंक दिया। मैं धूल में मिल गई। दुहाई तुम्हारी, मुझे खिलने दो, खिलने दो। रो-रो के गुलाब कहता है, मुझे खिलने दो, खिलने दो।

कि कोई दूसरी कविता कह उठता—बुलबुल सीटी बजा-बजाकर मतवाली हो उठी है। वह कहती है, गुलमुहर फूले हैं। बगीचा लाल हो गया है। सूरज की रोशनी बेताबी से खोजती फिर रही है कि कमल कहां खिला है। बुलबुल, कहां हो तुम ? मगर हाय री बदनसीब, तुझे पता नहीं कि तेरी सीटी सुनकर नर-बुलबुल के आने से पहले ही जाल लिए चुपचाप शिकारी आ रहा है। उड़ के भाग जा। अपना गाना बन्द कर। वरना तू कैद हुई कैद !

ये ग़ज़लें पहले आगरा, वहां से लखनऊ, लखनऊ से दिल्ली तक जा पहुंचीं। सोलह साल की ही उम्र में गन्ना अपनी ग़ज़लों के लिए मशहर हो गई।

इन ग़ज़लों के इस कदर प्रचार में सुरैया के अध्यवसाय और कौशल का हाथ था। गन्ना के भविष्य के लिए उसकी चिन्ता और सपने का अन्त नहीं था।

नादिरशाह के यहां से चले जाने के बाद ही गन्ना का जन्म हुआ था। उस समय की खंखार तबाही की खौफनाक याद से सुरैया बेगम ने सुख और शांति का छोटा-सा बसेरा बसाना चाहा था—पति, पुत्री और वह आप।

अपने पति को वह दिल्ली, यहां तक कि लखनऊ जाने से भी रोका करती थी। कहती—क्या होगा दौलत का ? सूबा या जागीर से क्या लेना ? सूबेदार और जागीरदार क्या वाला सुलतान से बड़ा है ? याकि सफरदरजंग अली कुइली खां पांच हज़ारी वाला सुलतान से ज्यादा सुखी है ?

कुइली खां कहता—ठीक ही कह रही हो।

कई साल शांति से ही गुज़रे ! कुइली खां गन्ना को गोदी से चिपकाए कहा करता—हमीं अस्त, हमीं अस्त हमी अस्त।

नन्ही गन्ना नाहक ही हंसती। सुरैया कहती, देखो-देखो, खुदा की मेहरबानी उसके होंठों की हंसी में झर रही है।

मगर वह शांति उन दिनों खुदा को ही मजूर न थी शायद! नवाब सफदरजंग ने कुइली खां को लखनऊ बुलवा भेजा।

नादिरशाह के अपमान से नवाब सआदत खां ने जहर खाकर खुदकुशी कर ली थी। उसके बारे में यह भी अफवाह उड़ी थी कि सआदत खां ने ही नादिरशाह को करनाल से दिल्ली बुलाया था। सआदत खां के कोई लड़का नहीं था, था उसका एक भतीजा मुकीम खां। वही उसका दामाद था। अक्लमंद, हिम्मतवर और बहादुर लड़ाकू। और फिर विलासी तथा खुले हाथ का। शायरी और संगीत का प्रेमी। शायरी के प्रेम से कुइली खां से उसकी दोस्ती हुई थी। और फिर दोनों ही शिया थे।

सआदत खां के मरने के बाद अयोध्या की सूबेदारी की गद्दी पर मुकीम खां बैठा और वह अबुल मनसूर सफदरजंग हो गया। कुछ दिनों तक वह मायूस-सा रहा। उसके बाद मानो नींद से जग गया। लखनऊ में वह सक्रिय हो उठा। कुइली खां को बुलवाया।

अली कुइली लखनऊ पहुंचा। उसकी मुस्तैदी देखकर हैरान रह गया। छावनी सैनिकों से भरी हुई थी। फौज में उसने किजिलबास सैनिकों की एक टुकड़ी देखी।

सफदरजंग से पूछा—ये आपको कहां मिल गए? ये तो नादिरशाह की फौज के सिपाही हैं?

सफदरजंग ने कहा—खुब पहचाना दोस्त। ये नादिरशाह की फौज के ही सिपाही हैं। यहां की रोटी और गोश्त, सोना-चांदी, हीरे-जवाहरात की इफरात देख ये ईरान नहीं लौटे—यहीं रह गए। मैं इन्हें यहां ले आया। ऐसे ज़बर्दस्त सिपाही ईरान, तुरान, अफगानिस्तान, हिन्दुस्तान—कहीं नहीं हैं।

—बेशक नहीं हैं। इन्हें मुल्क की मुहब्बत भी नहीं है। असल में ये तुरानी हैं। रोजी-रोजगार की तलाश में ईरान आए थे। यहां वे ईरानी आवें चाहे तुरानी, सबसे हिन्दुस्तानी की तरह ही लोहा लेंगे। लेकिन...

—कहिए, चुप क्यों हो गए?

—यह इतनी बड़ी जमघट लगाई है.''

—वही बताने के लिए तो आपको बुलवाया है। आप और सुरैया कबूतर के जोड़े-से अपने छोटे-से बसेरे में शेर और ग़ज़ल की 'वक-बकम' में चिलचिलाती दोपहरी बिताने की तरह अपनी ज़िन्दगी बसर कर रहे थे—मैंने वैसे में बुलवा भेजा।

—हमारे एक लड़की हुई है खबर सुनकर आपने हीरे की एक धुकधुकी भेजी थी, याद होगा जरूर।

—हां, हां, याद है। कैसी हुई है लड़की, बताओ। आपकी ईरानी सूरत मां के नाच-गान का इल्म और मां-बाप दोनों की शायराना सिफत ज़रूर पाई है, क्यों!

—जी! खुदा की मेहरबानी और आप जैसे दोस्त की दुआ से वह तो पाई है उसने।

—उन सबको यहां ले आइए।

—ज़रूर लाऊंगा। जब यहां कोई जशन होगा और नवाब का हुक्म होगा—उन्हें ले आऊंगा।

—नहीं भई, तुम्हें अभी ही आना पड़ेगा। जो मामूली कवि होते हैं, उनकी बात जुदा है। तुम ईरान के उसी अमीर खानदान के हो, जिन्होंने वहां की गद्दी की बगल में बैठकर ईरान के चक्के को घुमाया है। तुम शायर हो, तुम तो सिर्फ गुलाब और शीराजी और बुलबुल और औरत की खूबसूरती पर, उनके दिल, दर्द और कलेजे पर ही ग़ज़ल नहीं लिखते, बल्कि उनपर भी शेर और ग़ज़ल लिखते हो जो शेर की नाईं मर्दानी छाती पर वर्म पहनकर मुल्क को बचाते हैं, राज्य की नींव डालते हैं। तुम बल्कि उनसे भी ज्यादा हो। मैंने तुम्हारे लिए हथियार रखे हैं।

चौंककर कुइली खां ने उसकी ओर ताका।

सफदरजंग ने कहा—मैं तैयार हो रहा हूं कुइली खाँ। मुगल बादशाहत के सिर पर डंडा मारकर नादिरशाह ने उसे बेहोश कर दिया है। होश आए भी तो उसकी हाथ-पैर हिलाने की ताकत जाती रही है। पंजाव तो एक तरह से ईरान में ही शामिल हो गया। जितने बदतमीज़ अफगान रोहिला डाकू थे, वे रोहिल खंड में अमीर-उल-उमरा नवाब बन बैठे। ईरानी-तुरानी के आपसी झगड़े में हिन्दुस्तानी हिन्दू-मुसलमानों की मदद से तुरानी लोग शियों की बहद बेइज्जती कर रहे हैं। मैं खुद तुर्क होते हुए भी सिवा हूं। मुन्नियों के जुल्मो-सितम से सिया लोगों की दुर्दशा का अंत नहीं है। तुम भी शिया हो। शिया होकर मैं शियों की तकलीफ और बेइज्जती अब बर्दाश्त नहीं कर सकता। मैं तैयार हो रहा हूं। तुम्हें मेरा साथ देना होगा। उधर रोहिले तैयार हो रहे हैं। दक्षिण में मराठा लुटेरे। बल्लभगढ़ में जाट सूरजमल, बुंदेलखंड में बुंदेले राजपूत। बंगाल में अलीवर्दी ने मुर्शीदकुली के नाती सरफ़राज़ को शिकस्त दी और उसका खून करके सूबेदारी पर कब्जा कर लिया। उसने बादशाह से हुक्म नहीं लिया—न तो उसने सरफ़राज़ के खजाने के जमा का हिसाब दिया और न दौलत का हिस्सा ही दिया बादशाह को। चगताई बादशाह का खानदान सड़ गया है, तो भी उस बादशाही को

बचाए बिना हिन्दुस्तान की बादशाही, नवाबी, अमीरी—सब खत्म हो जाएगी। उन हिन्दू काफिरों का राज हो जाएगा और मुसलमानों को यहां सिर झुकाकर रहना पड़ेगा।

कुइली खां ने कहा—नवाब साहब, पिछले चार साल से मैंने इन बातों को सोचा ही नहीं है। अपने गरीबखाने में मैंने गहस्थ की नाईं शांति से दिन बसर किए हैं। नादिरशाही ज़ल्म और कत्लेआम से जिन बेचारों की तबाही हुई, उनकी सोच-सोचकर रोया किया है...

—हां, तुम्हारा वैसा एक गीत मैंने सुना है। एक भिखमंगा वही गीत गाते हुए भीख मांग रहा था। बड़ा अच्छा गीत है। सुनकर आंखों में आंसू आ जाते हैं। हाय नादिरशाह, हिन्दुस्तान तुम्हारा दुश्मन और ईरान तुम्हारा घर; ईरानी तुम्हारे अपने हैं और हिन्दी पराये! क्या ईरानियों का खून लाल और हिन्दी का काला है? ईरान का पानी मीठा और हिन्दुस्तान का पानी कड़वा है? ईरान के मुसलमान खुदा के और हिन्दुस्तान के मुसलमान क्या शैतान के पैदा किए हुए हैं? मैंने वह गीत सुना है वाला सुलतान! बात तुमने वजा कही है। मगर रोने से तो नहीं चलने का भाई। कहीं नादिर शाह दूसरी बार आया तो दरबार के लिए तेहरान दौड़ना होगा। कहते हो कि तुम्हारी बेटी खूबसूरत हुई है—वहां से हुक्म आएगा कि उसे ईरान भेजो। या कि ईरान का कोई कमीना सौदागर आकर कहेगा कि मैं इससे शादी करूंगा। या फिर इन हिन्दू काफिरों को ही कोनिश बजाकर इस मुल्क में रहना होगा!

कुइली खां अमीर खानदान का ठहरा—उसके लहू में राजनीति थी। बोला—आपकी निगाह बड़ी साफ है। आप ठीक देख रहे हैं। ठीक ही फरमा रहे हैं। आपका हम सिर-आंखों पर। मैं लखनऊ आने को तैयार हूं। आप मुझे जो भी जिम्मेदारी देंगे, अपनी जान पर खेलकर मैं उसे निबाहूंगा। जान जाएगी तो जाएगी, ईमान नहीं जाने दूंगा।

—वह मैं जानता हूं दोस्त! तुम्हारा कहा शेर मैं रोज सवेरे गूनगुनाता हूं। दरबार में भी सदा सुनाता हूं।—"तुम मुसलमान हो, इसका सबूत क्या है? सबूत यही है कि मैं बे-ईमान नहीं, ईमानदार हं।"

—मैं जाने को तैयार हूं। क्या करना होगा मुझे, हुक्म दीजिए। सिर्फ...

सफदरजंग ने उसकी और देखते हुए कहा—नहीं, नहीं, फौजी काम में मैं आपको नहीं लपेटंगा। आप लखनऊ के सिरिश्ते का जिम्मा लीजिए। एक भार और। बादशाह आलमगीर के ज़माने से गाना, बजाना, चित्र आंकना—ये कलाएं जहन्नुम में चली गई हैं। पता नहीं, आपको मालूम भी है या नहीं—एक रोज़ कलाविद, हुनरमंद उस्ताद

कंधे पर कफन लिए किले के सामने से जा रहे थे। बादशाह ने पूछा, किसका इन्तकाल हुआ, कफन में किसे लिए जा रहे हो? उन कलाविदों ने जवाब दिया—जहांपनाह, बादशाही हकमत में संगीतकला की मौत हो गई है। उसीको दरगीर करने जा रहे हैं। सन्नी आलमगीर ने कहा—कब्र का गड्ढा गहरा खोदना—कुआं-सा। जिससे यह कम्बख्त जिन होकर निकल न आए।

—मैंने सब सुना है। जानता हूँ!

—बादशाहों के विलास और औरतों के नशे से आलमगीर के बाद दिल्ली में फिर से गाना-बजाना शुरू हुआ है। मगर कितना? महज़ नूर बाई और मौलाव से हो भी कितना सकता है? दरबार में सुन्नियों की चलती है। वे इस ओर ध्यान नहीं देते। नाचने वाली दो-चार खूबसूरत बाई जी को लाकर बादशाह को सुला दिया कि वे निश्चित हो गए। मगर मैं यह नहीं चाहता। मैं चाहता हूं कि लखनऊ में चित्र और संगीत की तरक्की हो।

—यह तो मेरे दिल की बात है नबाब साहब। मैं आज से ही यह भार अपने ऊपर उठा लेता हूं।

सफदरजंग खुश हो गया। बोला सुनो दोस्त, तुम्हें मैं बताऊं। दिल्ली दरबार में हम सबों के लिए मौका आया है। इलाहाबाद के खानखाना अमीर खां से बादशाह की खतो-किताबत चल रही थी। तुम्हें मालूम होगा कि अमीर खां एक बार वज़ीर कमरुद्दीन के सामने सिर हेठ करके लौट आया है। अब की नहीं लौटने का। अमीर खां ने बादशाह को लिखा है कि मुझे जिम्मा दिया गया तो मैं तीन साल के अन्दर बादशाही की शकल बदल दूंगा। मैं तुमसे कहूं क्या कुइली खां, आज बादशाह का अपना खर्च भी नहीं चल पाता है। बादशाह ने हामी भर दी है। अमीर खां दिल्ली जा रहा है। मुझे साथ लिए जा रहा है। हम दोनों ने हाथ मिला लिया है। अभी महीने-भर बाद मैं सूबे बंगाल की तरफ जा रहा हूं। अलीवर्दी से या तो बंगाल छीन लेना पड़ेगा या उससे नया बन्दोबस्त करके बाकी रुपये वसूलने होंगे। मेरा इरादा है कि उससे पहले ही तुम आकर सिरिश्ताखाने में बैठ जाओ। मैं तुम्हारे लिए मकान-वकान ठीक कर चुका हूं।

लखनऊ शहर उस समय दिन-दिन बन रहा था, बढ़ रहा था। श्री और समद्धि में आगरा और दिल्ली से होड़ ले रहा था। गोमती के किनारे किला बन-बना गया। उधर नई नवाबशाही के महल पर महल खड़े होने लगे। चौक बाज़ार में शाम से बत्तियां जलने लगीं—हीरे-मोती से लदी किशोरी-सा झलमल लगता। इमारतें सारी की सारी

नई थीं—सूरत और सीरत से झकमक। उसपर पड़ती रोशनी की छटा! चौक के बीचों-बीच बाई जी के मुहल्ले में इसराज और सारंगी की झंकार उठती—उसके साथ गूंजता ख्याल और ठुमरी का आलाप। कहीं धुंघरू की रुनझुन। किले के मैदान में दिन को फौजों की कवायद होती। नवाब के घुड़सवार सड़कों की धूल उड़ाते हुए घोड़ा दौड़ाते—वे दिल्ली, वल्लभबढ़, दक्षिण को जाते। बादशाह के पास चिट्ठियाँ जातीं, सूरजमल से बातें होती, मराठा पेशवा या उसके भाई रघुनाथ राव से मोल-भाव होता।

इसी बीच कुइली खां सिरिश्ते में जा बैठा। शहर के एक छोर पर उसका डेरा—बगीचावाला सुन्दर-सा मकान। बगल के मैदान में उसके अपने एक हजार सैनिकों की छावनीं। बाकी चार हजार फौज जागीर पर थी। वहां का सारा भार दीवान पर था।

बीच-बीच में कुइली खां के यहां मुशायरा हुआ करता। लखनऊ शहर के शायर जुटते। परदे की आड़ में एक ओर सुरैया बेगम बैठा करती। वहीं से वह अपने शेर और ग़ज़ल सुनाया करती। हाथी के दांत 'पर चित्र बना-बनाकर शिल्पी लोग लाया करते।

उधर अमीर-उल-उमरा अमीर खां के साथ सफदरजंग दिल्ली में जम गया। दस हज़ार किजिलवास सवारों के साथ तोपखाना और बारूदखाना लेकर दिल्ली में मीर आतिश बन बैठा। मीर आतिश की नौकरी से सुन्नी हाफ़िजुद्दीन बरखास्त हुआ।

इस खबर से लखनऊ में रोशनी की दीवाली मनाई गई। उसके बाद दूसरी खबर आई—ज़बर्दस्त खबर। बादशाह मुहम्मद शाह के सबसे प्रिय पात्र इसहाक खां नज़ीमुद्दीन की रूपवती बहन से नवाबजादा शुजाउद्दौला की शादी! बादशाह ने खुश होकर नई बहू का नाम रक्खा—बहू बेगम।

उस धुमधाम में शुकदेव लखनऊ आया था। बहू बेगम की जन्मपत्री तैयार करके कह गया—नसीब बहत जोरदार हुए बिना इस बहू जैसी बहू नहीं मिलती। आगे चलकर सबको पता चलेगा कि बहू बेगम बहुत भाग्यवती और पुण्यवती है। लक्ष्मी है, साक्षात् लक्ष्मी!

सफदरजंग ने शुकदेव को सौ मुहरें दी थीं।

उसी समय शुकदेव ने गन्ना का भाग्य-फल देखा था। सूरैया ने आग्रह करके कहा था—पंडित जी, जरा मेरी बिटिया का नसीब देख दें। शुकदेव ने गन्ना का हाथ लेकर बड़ी देर तक देखा। देखा और सोचा। कहा कुछ नहीं।

सुरैया ने पूछा—पंडित जी?

—हां।

—कहिए।

—हां। कहकर वह फिर आसमान की ओर देखने लगा।

—चुपक्यों रह गए पंडित जी, कहिए।

—आपकी बिटिया बड़ी गुणमन्ती है बेगम साहबा। विद्या में तो यह आपसे भी बढ़ी-चढ़ी होगी।

—यह तो नसीब की बात नहीं हुई पंडितजी। जीवन में क्या है, कहिए।

—जिसके गुण होता है, उसे भला तकलीफ होती है बेगम साहबा!

—शादी कैसी होगी, सो कहिए।

—शादी? शादी...। हंसकर कहा—बिटिया के लिए तो हिन्दुस्तान के अमीर-उमरा दीवाने होंगे।

सुरैया खुश हो गई। बोली—सो तो होगा! शादी कैसी होगी, दूल्हा कैसा होगा?

—दूल्हा? आंखें बन्द करके मानो मन की आंखों से भविष्य देखते-देखते ही शुकदेव ने कहा-बहुत खूबसूरत, बड़ा इल्मवाला, बहुत बड़ा आदमी। लेकिन...

—लेकिन क्या पंडित जी?—शंका से सुरैया ने पूछा।

—लेकिन—शुकदेव ने फिर आंखें बन्द कर लीं। कहा—वह इससे भी बड़ी बात है। तुम्हारी बिटिया का नाम लोग सदा याद रक्खेंगे। अपनी प्रियतमा को लोग जैसे याद करते हैं, वैसे। गन्ना बेगम, गन्ना बेगम। और उनकी आंखों से आंसू बह निकलेंगे।

—आंसू किसलिए? लोग रोएंगे क्यों?

—इसलिए कि ज़िन्दगी में उसे अपनी आंखों नहीं देख पाए। रूपमती का नाम सुना है न। उसके लिए लोग आंसू क्यों बहाते हैं...

—कह क्या रहे हैं पंडित जी, गन्ना क्या जहर पिएगी?

—नहीं। हजारों दुःख भी हों, मगर गन्ना जहर पिकर अपने को खत्म नहीं करेगी। यह काम वह नहीं करेगी।

उसी गन्ना के ब्याह की समस्या खड़ी हुई। सोलह साल की युवती। इसीलिए आदमी भेजकर सुरैया ने पंडित को बुलवाया।

अली कुइली खां नहीं रहा। कुछ ही दिन पहले गुज़र गया। नवाबजादा शुजाउद्दौला की शादी के बाद से हिन्दुस्तान में बहुत कुछ हो गया। उत्थान-पतन! कितने अमीर उठे, कितने गिरे। अमीर क्यों, बादशाही का भी वही हाल। मुल्क में लड़ाई हुई—अभी

भी हो रही थी। नवाबजादा की शादी हुई 1164 हिजरी में और यह थी 1175 हिजरी। इन कुल ग्यारह सालों में जैसे एक सौ ग्यारह साल का हेर-फेर हो गया।

ईरान में नादिरशाह मारा गया। उसी के अपने वज़ीर मनसबदार किजिलवास अमीरों ने एक रात उसके तम्बू में घुसकर सोते में ही उसका खन कर दिया। छुरे के तेरह-तेरह घाव छाती पर।

नादिरशाह के बाद अफगान सेनापति अहमदशाह अब्दाली अफगानों के साथ अफगानिस्तान पर कब्ज़ा करके वहां का शाह हो गया।

काबुल की गद्दी पर कब्जा करके अब्दाली अफगानी फौज लेकर हिन्दुस्तान आया। पंजाब पर उसका धावा था। नादिरशाह पंजाब दखल कर गया था—इसलिए उसके बाद उसका मालिक वही है। वह 1166 हिजरी में पंजाब छीनने के लिए आया था। लाहौर दखल करके दिल्ली की ओर बढ़ने लगा। सोचा था, नादिरशाह की तरह वह भी दिल्ली से करोड़ों-करोड़ रुपये, सोना-चांदी, मोर-सिंहासन, कोहेनूर ताज और औरतों के साथ-साथ यहां की कारीगरी और इल्म भी लूट ले जाएगा। लेकिन इस बार मुहम्मदशाह समय पर सजग हो गया था। अमीर-उमरा, वजीरबख्शी, शिया-सुन्नी सभी आपसी मतभेदों को मुलतवी रखकर अपनी-अपनी फौज लिए अब्दाली का सामना करने के लिए निकल पड़े थे। बादशाह खुद नहीं जा सके, अपने बदले अहमदशाह शाहजादा को भेजा। नवाब सफदरजंग भी गया था।

अब्दाली पेशावर से लाहौर तक रास्ते के दोनों तरफ के गांव-शहरों को जलाकर खाक करता आया था। उसके साथ जादू का उस्ताद बाबा शबीर था। वह लाहौर का ही रहनेवाला था। उसका अड्डा था पेशावर। अब्दाली के लिए उसने खिलौने के घोड़े-तोपों को सच्चा तोप-घोड़ा बना दिया था। बाबा शबीर अपनी मां से भेंट करने के बहाने अकेले ही लाहौर में दाखिल हुआ था। लेकिन असल में वह आया था सूबेदार हिदायतुल्ला के पास अब्दाली का न्यौता लेकर। लेकिन हिदायतुल्ला के लोगों ने जो उसे देखा तो कत्ल करके बला ही दूर कर देने की कोशिश की। मगर जो भी जादू करना था, तब तक बाबा शबीर कर चुका था। हिदायतुल्ला हार गया। शबीर के जादू से उसकी अकल बिलकुल बिगड़ गई थी। नहीं तो तमाम दिन लड़कर उसे रोकने के बाद शाम-शाम को अपनी फौज को यह कहकर लौटने का हुक्म क्यों देता कि अफगान भाग गए? लाहौर की फौज पीछे लौटी कि अफगान सैनिक बन्दूकें लिए टूट पड़े, अफगानी तोपें गोले दागने लगीं। और आखिर लाहौर को दखल करके अब्दाली

ने दिल्ली की तरह लूटपाट कर शहर को तहस-नहस कर दिया। उसके बाद बोला—अब दिल्ली चलो। हिदायतुल्ला भाग गया था। लाहौर के बेईमान मीर मोमिन ने तीन लाख रुपया देकर अब्दाली से पंजाब की सूबेदारी ले ली। सरहिंद दखल करते-करते अब्दाली बढ़ते-बढ़ते मानपुर में ठिठक गया।

मानपुर में दिल्ली की फौज ने पड़ाव डाला था। अब्दाली चौंका। हिन्दुस्तान के पास इतनी फौजें हैं, इतनी हैं तोपें। खेमे गाड़कर अब्दाली सोचने लगा। लड़ाई के दिन सुबह सवेरे नमाज पढ़कर निकलते ही वज़ीर कमरुद्दीन अब्दाली की तोप से घायल हो गया। फिर भी भारतीय सेना घबराई नहीं। नवाव सफदरजंग, जयपुर के राजा ईश्वरीसिंह, वज़ीर का बेटा—फौज लेकर आगे बढ़े। सफदरजंग ने एक पहाड़ी दखल कर ली और उस पर गोलदाज़ सिपाही तथा बन्दूकधारियों को चढ़ाकर हजारों-हजार अफगानों को भून डाला।

शाम होते-होते अब्दाली बाकी बची फौज को लेकर एक किले में घुस गया था। रात को ही अगर हिन्दुस्तानी फौजों ने उस किले को घेर लिया होता, तो अब्दाली वापस नहीं लौट सकता। लेकिन हिन्दुस्तानी सिपाहियों ने वैसा नहीं किया।

हिन्दुस्तान के अमीर-उमरा और शाहजादा ढीले-ढाले थे। एक बात यह भी हो सकती है कि हिन्दुस्तान में लड़ाई का एक नियम है, कानून है। वह यह कि रात में दुश्मनों पर बेकायदे हमला न करो। रात के इसी मौके का लाभ उठाकर अब्दाली अपनी अफगान फौज लेकर काबुल की ओर भाग निकला था—नहीं तो सफाया हो जाने की नौबत थी।

अब्दाली सरहिन्द से सीधे काबुल की ओर रवाना हुआ था। हिन्दुस्तानी फौज ने दूर तक पीछा तो किया था, लेकिन अपनी ढिलाई से उसे पकड़ नहीं सकी। हिन्दुस्तान की रईसी बड़ी रईसी होती है। भंग, अर्क, अफीम, तम्बाक, पान-ज़र्दा, रबड़ी-शरबत, रोटी-गोश्त और महफिल में नाच-गानेवाली कसबियां—इतने लवाजमात के साथ बड़ी तेज़ी से दौड़ा नहीं जा सकता। जो इस तरह से दौड़ते हैं या दौड़ सकते हैं, वे जंगली हैं। वे लड़ाई नहीं करते, लूट-पाट करते हैं, डकैती करते हैं।

लड़ाई पर से लौटकर नवाब सफदरजंग ने यह बात कही थी। उस समय लखनऊ में एक ज़ोरदार जुलूस निकला। नवाबजादा शुजाउद्दौला की शादी में जैसी धूम-धाम हुई थी, वैसी ही धूम-धाम या उससे भी ज्यादा।

शायद उससे भी ज्यादा ही।

नवाब सफदरजंग दिल्ली का वज़ीर हुआ। अब्दाली को खेदकर जब वे लोग लौट रहे थे, तो रास्ते में खबर मिली कि बादशाह शाह मुहम्मद नासिरुद्दीन ग़ाज़ी नहीं रहे। चल बसे!

लड़ाई के बाद सफदरजंग को थोड़ा बुखार आ गया था।

अली कुइली को आकर लखनऊ में बताया—बजीर-ए-आज़म खान-खाना अमीर-उल-उमरा नवाब अबुल मनसूर सफदरजंग ने।

कहा—उस रोज़ लड़ाई शुरू होने से पहले ही सुबह सवेरे वज़ीर कमरुद्दीन तोप से जख्मी हो गया—मैंने उसी वक्त समझ लिया। हां दोस्त, मैं जानता था कि सफदरज़ंग के सिवा हिन्दुस्तान की इज्ज़त रखनेवाला दूसरा कोई नहीं है। वास्तव में लड़ाई मैंने जीती। मुझे पता था। मगर बादशाह दिल्ली में थे। उनके पास लौटे बिना कोई फैसला नहीं होने का। उसके बाद उस रोज़ पानीपत के खेमे में मैं नमाज़ पढ़के उठा ही था कि खेमे के पहरेदार ने कहा—हुजूर, बादशाह नहीं रहे! दिल्ली से खबर आई है। मैं फौरन अहमदशाह के तम्बू में गया। कोनिश करके कहा—बादशाह शाह मुहम्मद बिहिश्त गए! अब हिन्दुस्तान के बादशाह आप हैं—मैं बादशाह का नमक-हलाल बन्दा हूं। खिदमत में गुलाम का हज़ार सलाम!

शाहजादा ने हंसकर कहा बादशाह नये वजीर-ए-आज़म नवाब अबुल मनसूर सफदरजंग से बहुत खुश हैं। मैं वज़ीरे-आज़म को तहेदिल से मुबारकबाद देता हूं। मुबारक वज़ीरे-हिन्दुस्तान!—ज़रा रुककर बोले, नहीं तो...

सफदरजंग ने कहा—नहीं तो बादशाह ने अगर मुझे वजारत नहीं बख्शी होती, तो मैं वहीं से सीधे लखनऊ चला आता। और फिर आज़ाद हो जाता। सुलतान बनकर चाल चलने लगता।

कुइली खां ने कहा—अमीरों में आप शेर हैं नवाब साहब। जंगल में सिंह के बाद ही शेर का स्थान होता है। उस अधिकार को नाकबूल कौन करे? लेकिन हां, नया बादशाह अक्लमन्द ही लगता है।

सफदरजंग ने कहा—नहीं कुइली खां, तैमूरी शाही खानदान में वह बुद्धि, वह दूरनज़र, वह हिम्मत अब नहीं रही। वह सब जाती रही। अहमदशाह का भी वही हाल है। बाईस साल का नौजवान—इससे पहले बादशाह ने उसे बाहरी दुनिया से जान-पहचान का कभी मौका ही नहीं दिया। हरम में बन्द करके रक्खा था। यों कहो कि भूखा ही रक्खा था। न तो अच्छी तनखाह देता था न दो-चार अच्छी बांदियां। नतीजा यह है कि बादशाह होते ही उसकी लालसा आग-सी लहक उठी है। उसकी मां जो है, वह बड़े छोटे घर की है। तवायफ थी ऊधम बाई। बादशाह ने भोग-लालसा से उससे

निकाह किया था। वह औरत अब सब कुछ बन बैठी है। उससे आ जुटा है हरम का खोजा सरदार जावेद खां। परले सिरे का हरामी।

इसी वक्त खटखट कर तातारिन पहरेदार ने आकर सलाम किया।

सफदरजंग ने उसकी ओर ताका—क्या है?

—खानज़मान साहब की बिटिया आई है खुदावंद की खिदमत में मुबारकबाद देने के लिए।

खानज़मान यानी अली कुइली खां।

सफदरजंग को कौतूहल और आनन्द दोनों हुए। कहा—हां? अच्छा ले आओ उसे। इसके लिए इत्तला की ज़रूरत थी?

नौ-दस साल की लड़की। चेहरा हूबहू फारस के खूबसूरत कुइली खां जैसा। देखते ही समझ में आ जाता कि उसी वाप की बेटी है। वेश-भूषा में बड़ी सादगी, सफाई, एक ही नज़र में लगता—वाह!

सफदरजंग 'वाह' कह उठा।

बाअदब सलाम करके कुइली खां की बेटी गन्ना करीब में खड़ी हई। सफदरजंग ने कहा—तुम्हारी बिटिया तो बहिश्त की हर-सी है कुइली खां! देखने में तुम्हारी ही जैसी हूबहू। और रुचि कितनी सुन्दर। वाह!

उसके बाद गन्ना से कहा—तुम मुझे मुबारकबाद देने आई हो? किसने भेजा? तुम्हारी मां सुरैया बेगम ने?

गन्ना ने सलाम करके कहा-जी नहीं खुदावंद, मैं अपने मन से आई हूं। रात लखनऊ में रोशनी की बहार देख मैं बाग-बाग हो गई। जी में आया...

और उसने अपनी आवाज़ में कुछ पंक्तियां कहीं। भावार्थ—लखनऊ शहर की ये बत्तियां आसमान के सितारों-सी जगर-मगर हैं—ये सारी की सारी जोत तो पूनम के चांद-से खुदावंद सफदरजग की लौ से जल उठी हैं। ऐ परवरदिगार, लखनऊ के आसमान में सफदरजंग की जोत सदा जलती रहे!

वल्लाह! यह शेर किसका है बिटिया, तुम्हारे अब्बाजान का या तुम्हारी अम्माजान का?

—जी नहीं गरीबपरवर, इसे आपकी इस नन्ही बांदी ने बनाया है।

—अच्छा! बहुत खूब, बहुत खूब! ताज्जुब है! तुम शेर बना लेती हो?

अली कुइली अब तक चुप था। बोला—जी। गन्ना आठ ही साल की उम्र से

कविता करती है।

—और क्या कर सकती हो? गीत गा सकती हो?

—जी हां। नाच-गाना तो गोया वह लेकर ही पैदा हुई है। मुशायरे में भी शेर, ग़ज़ल, मसनवी सुनाती है।

हंसकर सफदरजंग ने कहा—आखिर ग़ज़ल काहे से लिखती हो तुम? मुहब्बत में दीवाना बनने की उमर तो हुई नहीं है तुम्हारी!

गन्ना ने कहा—क्यों जहांपनाह, जिनकी वजह से इस दुनिया में ऐसी रोशनी है, इतना रंग, इतना गीत, इतनी गंध है, मेरे शेर, ग़ज़ल, मसनवी उसीके लिए हैं।

—मुझे सुनाओ तो...

गन्ना कोनिश करके कहने लगी—नीले आसमान को देखकर लगता है तुम नीले हो—चांद और सूरज को देखकर जी में आता है, तुम हो जगमग जोतवाले सफेद। रात देखकर तुम काले लगते हो, लेकिन रोज़ रात में सपना देखती हूं, तुम्हारा कोई रूप नहीं! तुम केवल अपार करुणा हो!

उस लड़की की ओर सफदरजंग हक्का-बक्का-सा देखता रह गया। उसके बाद अपने गले से बेशकीमती जवाहरात का एक हार उतारकर उसे पहना दिया और कहा- उसी अपार करुणावाले दुनिया के मालिक का एक मामूली-सा गुलाम हूं मैं बेटी-उन्हीके हुक्म से मैंने तुम्हें यह हार पहना दिया।—उसके बाद तातारिन से कहा—गन्ना को बेगम साहबा और बह बेगम के पास ले जा। उनसे कहना-इसे खिला-पिलाकर तब वापस जाने दें।

गन्ना चली गई तो कहा—कुइली खां!

—जी।

—तुम बड़े किस्मतवर हो। ऐसी बेटी है तुम्हारी! तुम्हारी बेगम सुरैया भी कभी तवायफ थी। मगर आज वह वास्तव में पाक-साफ है। इसी से तुम्हें ऐसी बेटी हुई है। और ऊधम बाई को देखो—वह भी तवायफ थी-वज़ीर अमीर खां की बेटी खादिमा खानूम ने उसे बादशाह के सामने हाज़िर किया था। मुहम्मदशाह की तकदीर! हां, तकदीर ही कहंगा! बादशाह की पहली बेगम बादशाह फर्रुखशियर की बेटी थी। उसके कोई लड़का नहीं हुआ। दूसरी बेगम निज़ाम की बेटी। उसके एक बच्ची हुई। लड़का पैदा हुआ छोटी जात की तवायफ ऊधम बाई के पेट से। उसे तहज़ीब तक नहीं आती। वह इज्जत नहीं समझती। मैं तुमसे क्या बताऊं कुइली खां, मज़हब तक की जानकारी नहीं है उसे। बाईस साल का लड़का, वह भी बादशाह—और उसकी मां क्या तो बाई जी

नवाब कुदसिया साहब उज्जमानी साहब जी साहिबा हज़रत ऊधम बाई! पचासहज़ारी मनसबदार की खातिर। और उसकी मुहब्बत का पात्र कौन है, पता है? वही हरामी खोजा सरदार जावेद खां! ऊधम बाई का भाई—अभी-अभी उस रोज तक वह गली-कूचों की खाक छानता फिरता था और जो औरतें रास्तों पर नाचा करती थीं, उनके साथ औरत बनकर नाचा करता था। उस कम्बख्त को लाकर दोहजारी मनसबदार बनाया है। उसका खिताब है मुतकादउद्दौला बहादुर! मैं सोचता क्या हूं, मालूम है?

—जी?

—मैं सोचता हूं कि यह बिटिया अगर छोटी नहीं होती, जवान होती, तो अहमदशाह से इसकी शादी कराकर उस निकम्मे आदमी को कीचड़ में से निकाल लेता और एक बार फिर से तैमूरशाही शासन को हिन्दुस्तान में ज़बर्दस्त बना देता। बिटिया को तुम खूब जतन से लिखाना-पढ़ाना, राजनीति सिखाना—सिर्फ शेर-ग़ज़ल नहीं। मौका मिले तो यह लड़की नूरजहां बेगम की तरह सल्तनत को चला सकेगी।

गन्ना के बारे में पति की ज़बानी सफदरजंग की कही बातें सुनकर सुरैया एकटक ताकती रह गई।

कुइली खां ने कहा—मगर मैं ऐसा नहीं करूंगा।

सुरैया चौंकी—क्यों?

—गन्ना की जिन्दगी जिसमें तुम्हारी जैसी सुख की हो, मैं वही करूंगा। तुम्हें क्या समझाना सुरैया, उस जिंदगी में बड़ा दुःख है, बड़ी जलन है। राजनीति में डूब जाने से मुझे तो तुमने ही रोका है।

सुरैया बोली—चूक हो गई। ज़िन्दगी में चूक होती है वाला सुलतान, उस चूक पर जो हाय-हाय करते हैं—वे मुर्दे हैं। अफसोस न करके जो उस चूक को सुधारते हैं, दुनिया में वही जिंदादिल हैं। वही शेर हैं!

कुइली खां अवाक् होकर सुरैया को ताकता रह गया। बड़ी देर के बाद बोला—सुरैया!

सुरैया ने कहा—मैं जब छोटी थी, तब ऊधमबाई की मां मेरी मां की बांदी थी खानज़मान। ऊधमबाई उस समय दस साल की थी। मेरे झूले को झुलाया करती थी। मुझे गोद खेलाती थी। नसीब कहिए खानज़मान, नसीब! ऊधमबाई आज हिन्दुस्तान के बादशाह की मां है!

कुइली खां ने कहा-नसीब की दौलत शराब की दुकान है। प्यास मिटाने के लिए गांव के किनारे के झरने को छोड़कर उधर मत दौड़ोसुरैया! शराब बोतल में रहती है। बोतल खाली हो जाती है। नशा टूटने पर छाती फटने लगती है। झरने के पानी से नशा ज़रूर नहीं

होता, लेकिन उससे छाती फटने की नौबत नहीं आती और फिर वह पानी खत्म नहीं होता।

सुरैया ने उस दिन अपनी बेटी को सजा-संवारकर मोहिनी बनाया था। नौ साल की थी, तो क्या! मन हरनेवाली बनने के लिए जैसा सजना चाहिए, वैसा ही उसे सजाकर देखा था और उसके एक भविष्य की कल्पना की थी।

लड़की उसकी नूरजहां ही है। चाहे तो बखूबी बन सकती है। उसके होंठों पर हंसी खेल गई थी। लेकिन आईने में अपनी शक्ल देखकर गन्ना ने कहा—यह मुझे क्या बना दिया है अम्मी? यह क्या...?

—क्यों, देख तो सही, कैसी दिख रही है!

—बड़ी बुरी लग रही हूं! क्या है यह? ऐसी चटकदार वेश-भूषा, बालों का यह ढंग—कर क्या दिया मुझे? मैं उतार दूंगी सब। नहीं!

—खबरदार, बिगाड़ना मत!

—मैं तवायफ-सी जो लग रही हं!

सुरैया ने बेटी के गाल पर एक तमाचा जड़ दिया। उस अचानक चोट से गन्ना घबरा गई, पर रोई नहीं।

—तवायफ! हंः। जानती है, बादशाह अहमदशाह की मां तवायफ थी! तेरी मां यह सुरैया भी कभी तवायफ थी।

गन्ना भौचक्की रह गई। कई क्षण अपलक आंखों मां को देखती रहकर बोली—तुम तवायफ थीं!

—हां। मैं तवायफ थी।

—मुझे तवायफ बनाओगी? नूरबाई? दिल्ली की नूरबाई?

सुरैया चुप रह गई, इस बात का जवाब देते नहीं बना। कुछ देर के बाद बोली—नहीं। तुझे नूरजहां बेगम जैसी बनाना चाहती हूं—जिसके कदमों पर सारा मुल्क लोट पड़े। नूरबाई नहीं।

अपने ही हाथों उसने जड़ा बिखेर दिया, चेहरे को पोंछ डाला। कहा, मैं कुछ भी नहीं होना चाहती। नवाब के रंगमहल में आज मैंने बह बेगम को देखा। उन्होंने मुझसे कहा—गन्ना, खुदाताला पर लिखी तुम्हारी यह ग़ज़ ल मुझे बड़ी अच्छी लगी। जी जुड़ा गया। तुम्हें जिसमें सारी ज़िन्दगी यही याद रहे; अपनी ग़ज़ल ही तुम याद रखना—'खुदा मालिक! भूख लगी तो तुमसे खाना मांगा। तुमने लहलहाते गेहूं से खेत भर दिए। प्यास लगी—तुमने दरिया उमड़ा दिया। किन्तु तो भी भूख-प्यास न मिटी। सुख की चाह की-

तुमने सुख दिया, घर-द्वार दिया, खेत-खलिहान दिया, जागीर, बादशाहत दी। फिर भी दुःख दूर नहीं हुआ। घर टूटते हैं, खेती छिन जाती है, जागीर-सल्तनत के लिए लड़ मरते हैं। चाहा नहीं सिर्फ तुम्हें। काश, तुम्हें चाहा होता, तो तुम मिलते। और, तुम्हें पाने से तुम तो कभी खोने के नहीं, हम ही तुममें खो जाते हैं!' याद रखना। जानती हो, दुःख मुझे भी है। तुम्हारी ग़ज़ल से अपना दुःख मैं भूल गई।

ऐं! तू फकीर बनेगी! तो फिर अपने बाप की तरह माला जपा कर।

गन्ना चुप रह गई।

सुन-सुनाकर खानजमान ने सुरैया से कहा—इतने दिनों के बाद तुम्हारे जी में आग जली।

सुरैया ने कहा—जी हां। आखिर मैं तो तुम्हारी तरह खादिज़ा सुलतान की जुदाई के गम में फकीर नहीं बन गई हूं! मरकर पत्थर नहीं बन गई हूं! यह समंदर—जिसमें पानी ही पानी है, उसमें भी आग है। वह आग जलती है। आग मुझमें भी थी। आज अगर वह धधक ही उठी तो कौन-सा कसूर हो गया? और इसके भी ज़िम्मेदार तुम्ही हो!

छाती पर हाथ रखकर कुइली खां ने कहा—मैं?

हां, तुम। याद करो खानज़मान साहब, दिल्ली से हटाकर छोटी जागीर में मैं ही तुम्हें खींच लाई थी। उस दिन तवायफ सुरैया को इस बात की बड़ी खाहिश थी कि छोटा-सा घरहो, सुख की गिरस्ती हो। गन्ना पैदा हुई। मैंने गोदी में चांद का टुकड़ा पाया। उसके बाद तुम लखनऊ आए। नवाब बहादुर के बुलावे पर लखनऊ आए। तुम्हारे साथ-साथ मैंने भी खातिरदारी पाई, दौलत पाई। अपनी आंखों के सामने ही देखा कि देखते ही देखते नवाब सफदरजंग हिन्दुस्तान का वज़ीर बन गया। बादशाह को वह खिलौना बनाकर खेलने लगा। स्याह-सफेद का मालिक बन बैठा। दिल्ली में ऊधमबाई पचासहजारी अमीर का सम्मान पा रही है—वह बादशाह की मां है। रोज सवेरे झरोखे पर बैठी हज़ारों का सलाम लेती है। मेरे आग लगी है। वह आग तुमने सुलगाई है।

कुछ देर चुप रहकर कुइली खां ने कहा—सवेरे पूरब को मुंह किए खड़े सूर्योदय देखकर, ताजे फूलों को देखकर नशा सवार हो जाता है सुरैया! लगता है—इस दिन का कभी अंत नहीं है। सूरज की रोशनी भी हमें छलती हुई छटा बढ़ाती है, तेज बढ़ाती। मन दौड़ पड़ता है खेत खलिहान में, फूल-फसल में, काम-काज में—उस वक्त पश्चिम को मुंह कर लेना होता है, जिधर वह सूरज डूबता है और जिधर मक्का-काबा की मसजिद है—जिधर को मुंह करके

मुसलमान नमाज़ पढ़ते हैं। मैं यहां दौलत के लिए, खातिरदारी के लिए नहीं आया हूं सूरैया। मैं नवाब की मदद को आया हूं। सुन्नियों ने शियों का अपमान किया है—इसके लिए भी और बादशाहत की बुनियाद हिल उठी है, हिन्दू सर उठा रहे हैं—उससे बादशाहत को बचाने के लिए भी। दिल्ली की ओर ताककर वहां के लालकिले पर ही नज़र को न टिकाओ—उसे और भी पच्छिम की ओर फैलाओ, जहां नमाज़ के वक्त नज़र जाती है।

सुरैया इसके बाद कुछ देर चुप रही। उसकी आंखों से टपाटप आंसू टपकने लगे।

खानज़मान ने प्यार से कहा—रोती क्यों हो भूल-चूक इन्सानों से होती है।

—तुमने ऊधमबाई की बात क्यों कही?

—लालकुंवर की बात तो याद करो। हिन्दुस्तान के बादशाह जहांदारशाह को खिलौना बनाकर खेलती थी। उसका अंत क्या हुआ...

सुरैया सिहर उठी। खानज़मान का मुंह दबाकर बोली—मत कहो, मत कहो! मुझे याद नहीं था!

× × ×

"पहाड़ की चोटी पर जंगल में आग लगी। आग किसी ने लगाई नहीं। पेड़ों की आपस की घिसन से लग गई। वह आग जल रही है। तमाम दिन, और तमाम रात जलती है। आसमान में मेघ घिरे। पानी बरसा। लगा कि आग बुझ गई। नहीं, धुआं उठ रहा है। फिर लहक उठी। यह आग कैसे बुझेगी! हाय खुदा, दीन-दुनिया के मालिक! एक बेचारी चिड़िया एक पेड़ पर बैठी थी। उस पेड़ ने उसे बड़े आदर से बुलाया था। जंगल जला, पेड़ जलने लगा। उस बेचारी चिड़िया को पनाह कहां! इसका तुम जवाब नहीं दोगे, तो कौन देगा?"

गन्ना ने सोलह साल की उम्र में यह ग़ज़ल बनाई। यह ऊपर की घटना के सात साल बाद की बात है।

सुरैया ने बेटी से पूछा—मतलब इसका? क्या कहना चाहती है तू?

सात साल के अरसे में दुनिया, खास करके हिन्दुस्तान में बहुत-कुछ रद्दोबदल हो गया। कुइली खां ने सुरैया से कहा था—सुरैया, सूरज जब उगता है, तो लोग पूरब की तरफ ही ताकते हैं। उस समय उगे सूरज, ताजे खिले फूल और खेतों की फसल को देखकर लगता है, इस दिन का कभी अन्त नहीं होगा। उसने सुरैया को उस पश्चिम की ओर निगाह डालने को कहा था, जहां नमाज़ पढ़ते समय मुसलमानों का मन और नज़र गड़ती है। सात साल में हिन्दुस्तान में जितना कुछ बदल गया, उसकी ओर नज़र न

करके सुरैया पति के कहे मुताबिक अपनी ज़ागीर में ही होशियारी से रह रही थी। उसे दीवान इकबाल खां ने भी ऐसा ही कहा था।

इकबाल खां ने कहा था—खानज़मान नहीं रहे। लखनऊ में आप रहेंगी किस हक से, किस हिम्मत से? लखनऊ शहर—अमीर-उमरा, नवाब-नवाबजादाओं का आमद-रफ्त। गन्ना कब किसकी निगाह में पड़ जाएगी, क्या ठिकाना! नवाबजादा शुजाउद्दौला की नारी-लोलुपता मुल्कभर में ज़ाहिर हो चुकी है। बहू बेगम जैसी रूप-गुणवाली बेगम भी उसकी लालसा की आग को नहीं बुझा सकी। आप किस भरोसे लखनऊ में रहेंगी?

सात साल के बाद सुरैया बेगम के निश्चिन्त जीवन में चिंता आई। लड़की जो सोलह साल की हो गई! नादिरशाह 1156 हिजरी में आया था। वैशाख में हिन्दुस्तान की धूप तेज़ हो जाएगी इसलिए वह उसके पहले ही लौट गया था। गन्ना उसके दो साल बाद सुरैया की गोद में आई थी। सोलह साल हो गए। उसकी शादी की फिकर अपने-आप आ गई मां को। उसकी ग़ज़ल वह बड़े ध्यान से सुनती है। उसे पता तो है कि मन की वह बात उसीमें बाहर निकल आती है, जो दुनिया में किसी से नहीं कही जाती। उसने खुद भी यह काम किया है! मुशायरे में नाम कमाने के लिए अच्छी-अच्छी बातें जोड़कर ग़ज़ल तैयार करके गाया है। शायद हो कि वे बातें दिल की न हों, पर यों ही आपसे-आप जो ग़ज़लें आ गई हैं, उनमें तो दिल की बात ज़रूर ही होगी।

ब्याह की बात सोचने की वजह हो गई थी। लखनऊ से नवाबजादा शुजाउद्दौला ने अपने वालिद को लिखा है ज़िद पकड़ी है, कि वह गन्ना से शादी करेगा। नवाब सफदरजंग ने लिखा है, नवाबजादा से गन्ना का ब्याह हो तो मुझे बड़ी खुशी होगी। बहू बेगम उसे बहन की तरह आदर करेगी और नवाबजादा शुजा भी शायद बदचलनी छोड़ सुधर जाए!

दोनों की उमर में बड़ा फर्क था। तिसपर आज नवाब सफदरजंग का सितारा झुक रहा था। नवाबजादा की लंपटता की बदनामी से लखनऊ आगरा मुखर हो रहे थे। उसकी लहर दिल्ली तक पहुंच चुकी थी। सुरैया खुद तवायफ थी, उसे पता है कि यह बीमारी जिसमें एक बार घर कर लेती है, फिर मरने तक नहीं छोड़ती।

फर्रुखाबाद का नवाब अहमद खां बंगाश रोहिला अफगान था—धर्ममत में भी सुन्नी। ये शिया थे। दोनों में संबंध नहीं होने की ही बात। मगर कुइली खां की कवित्व शक्ति और मीठे स्वभाव से नवाब बंगाश उसकी कदर करता था। वह सुरैया की भी खातिर करता है। खातिर करता है उसकी ग़ज़ल लिखने की खूबी और चरित्र के बदल

जाने से। दुनिया में तवायफें बहुतेरी हुई हैं बेगम साहबा, लेकिन घर और गिरस्ती पाने के बाद भी उनका पुराना नशा और आदत नहीं जाती। इस बात में वह सुरैया की तारीफ करता था।

नवाब सफदरजंग जब दिल्ली में वज़ीर था, तो बंगाश नवाब से लखनऊ की तराई के सखुआ-वन के लिए लड़ाई हुई थी। उस समय बंगाश की फौज ने कई दिनों तक धावा करके लखनऊ शहर का बहुत-सा हिस्सा दखल कर लिया था। तीसरे दिन लखनऊ की फौज ने उसे पीछे हटाया था और एक सुलह भी हुई थी। उस सुलह की सारी बातें कुइली खां ने बताई थीं। वह दो बार फर्रुखाबाद गया था उस सिलसिले में। उसी समय नवाब से दोस्ती हुई थी।

खां ने कहा—ख़ानज़मान, आप मेरे लिए ईरान के वाला सुलतान हैं। आपकी इज्जत मेरे लिए नवाब-बादशाह से भी ज़्यादा है। नवाब-बादशाह बुखारा-समरकन्द के लिए दुनिया को लोहू से नहलाते हैं। आप लोग प्यारी के गाल के तिल के लिए बुखारा-समरकन्द लुटा दे सकते हैं।

अगर अल तुर्की शीराजी बदस्त आबद दिले मारा।

बखाले हिन्दूअश बखशस समरकन्दो बुखारारा।

वह सरहद और सखुए का जंगल अगर आप चाहते होते, तो मैं आपको सलाम करके फौरन वापस आ जाता।

तभी से बंगाश से दोस्ती का एक नाता था। बंगाश ने सुरैया के पास आदमी भेजा था। कहलाया था कि सुरैया बेगम को मेरा हज़ार सलाम कहना और कहना कि बदचलन व्यभिचारी शुजाउद्दौला से वे गन्ना जैसी लड़की का ब्याह न करें। गन्ना से खुद बादशाह के वज़ीर इमाद-उल-मुल्क गाज़ीउद्दीन ने ब्याह करना चाहा है।

सुनकर सुरैया अवाक् हो गई।

नवाब बंगाश ने कहा कि वज़ीर ने लाहौर के मुगलानी बेगम की बेटी उमधा बेगम से ब्याह करने की कही थी, पर उस रिश्ते को उसने नामंज़ूर कर दिया। तिसपर दो दिन पहले एक हिन्दू साधु ने आकर बताया कि गन्ना पर अभी शनि की दृष्टि चल रही है।

सुरैया ने शुकदेव को बुलवा भेजा।

उसे सादर बिठाया। पूछा—पंडित जी, आप बताइए कि गन्ना की शादी मैं कहां करूं? यह बहुत गुप्त बात है। सिर्फ आपसे कह रही हूं। आप मुझे रास्ता बता दीजिए। मैं क्या करूं? एक तरफ नवाबज़ादा। नवाब सफदरजंग हमारे आश्रयदाता हैं। उधर हैं हिन्दुस्तान के

वज़ीर। उस रोज़ एक हिन्दू साधु बता गया कि गन्ना पर अभी सनीचर की नज़र है।

शुकदेव ने कहा—बेगम साहबा, शादी किससे करें यह तो बाद की बात है। यह कह दूं कि बेटी की शादी पश्चिम में मत कीजिए। सारी दिल्ली 'गिरी-गिरी' कर रही है—मेरे कानों में वह आवाज़ आ रही है। पश्चिम से आकर सदा से आंधी हिन्दुस्तान को तहस—नहस करती रही है। बराबर। जिनके आंखें हैं, वे साफ देख रहे हैं बेगम साहबा, कि पेशावर शहर के ऊपर बादल झांक रहे हैं। बिजली कौंध रही है। पश्चिम में नहीं, पूरब।

—पूरा पूरब न होते हुए भी लखनऊ बहुत पूरब में है। लेकिन नवाबज़ादा शुजाउद्दौला की बात तो आपकी अजानी नहीं।

—हां, मैं जानता हूं बेगम साहबा, खूब जानता हूं। नवाबज़ादा की कुण्डली मैंने ही बनाई थी। उसमें मैंने देखा है, इसी गुनाह, इसी पाप से नवाबज़ादा एक दिन खत्म होगा। उसे औरत के हाथों ज़ख़्मी होना पड़ेगा। सब मैंने देखा है। लेकिन तुम्हारी गन्ना की किस्मत की एक खूबी है कि जो उससे शादी करेगा, उसमें वह पाप नहीं रहेगा।

—तो आप यह कह रहे हैं कि गन्ना से शादी होने से नवाबज़ादा में यह गुनाह नहीं रहेगा, वह सुधर जाएगा?

—बहुत मुमकिन है। गन्ना का भाग्य तो यही कह रहा है। जो उसका पति होगा, उसमें यह दोष नहीं रहेगा।

—हिन्दू साधु ने ऐसा ही कहा, लेकिन सनीचर की दशा...।

—नहीं, सनीचर की दशा में नहीं, उसने या तो भूल से देखा या सयाना है।

सुरैया ने दस मुहरें देकर पंडित को विदा किया। कहा, इतने में ही खुश होना पण्डित जी! ख़ानज़मान नहीं हैं। हम गरीब हो गए हैं।

—मेरे लिए यही हज़ार मुहर हैं बेगम साहबा। मेरे तो भविष्य का और कुछ नहीं दिखाई देता—सब जैसे आंधी से अंधेरा हो गया है। ज़ोरों की आंधी आ रही है। ओः!

शुकदेव सिहर उठा, मानो सच ही वह कुछ खौफनाक देख रहा हो।

सुरैया डर गई—पंडित जी!

पंडित आपे में आया। कहा—दूसरे जनम में जिसमें यह विद्या न सीखूं बेगम साहबा। इसके जानने से आदमी क्या देखता है, जानती हैं?

सुरैया उसकी ओर ताकने लगी।

शुकदेव ने कहा—सिर्फ दुःख ही देखता है। हंसकर कहा—सोच देखिए बेगम साहबा, दुनिया के सभी तो मरते हैं। अंत-अंत तक सूरज भी बुझ जाएगा, चांद भी बुझ

जाएगा—माटी की यह दुनिया धूल होकर आसमान में मिल जाएगी। यह आसमान भी नीला नहीं रहेगा। स्याह अंधेरे में सब डब जाएगा। वैसी जगह जिसकी आंखें जाती हैं, उसकी तो हर घड़ी बड़ी खौफनाक घड़ी होती है।

सुरैया ने कहा—आप यह सब न कहें पंडित जी, जाइए।

—हां, जाता हूं। यह विद्या कोई न सीखे।

शुकदेव चला गया।

सुरैया अन्दर गई। गन्ना वहां नहीं थी। बांदी से पूछा—अरी, साहबज़ादी कहां गई?

—छत पर।

—छत पर?

—हां, गुनगुनाकर ग़ज़ल बना रही हैं।

सुरैया छत पर गई। छत पर के दरवाज़े के पास से ही सुना, गन्ना गा रही है—"पहाड़ की चोटी पर जंगल में आग लगी है। आग किसीने लगाई नहीं। पेडों की आपस की घिसन से लग गई। वह आग जल रही है। तमाम दिन, तमाम रात जलती है। तार से, धुएं से आसमान में बादल घिरकर पानी बरसता है। लगता है, आग बुझ गई। लेकिन आग नहीं बुझी। धुआं उठ रहा है। धूप तेज़ होगी, हवा चलेगी तो फिर लहकेगी। वह आग कैसे बुझेगी? हाय खुदा, एक बेचारी चिड़िया एक पेड़ पर बैठी थी। उस पेड़ ने उसे बुलाया था। जलकर वह पेड़ राख हो गया। आज उस बेचारी को कहां पनाह है, यह कौन बताएगा? इसका जवाब तुम दो खुदा, तुम दो!"

सुरैया चौंक उठी। गन्ना यह क्या गा रही है? इसका मतलब क्या है? एक अर्थ बिजली-सा उसके मन में ख़ेल गया! वह उसके पास जाकर खड़ी हुई। गन्ना ने देखा, मां आकर खड़ी हुई है। वह ज़रा हंसी।

सुरैया ने पूछा—इसके माने क्या हैं गन्ना?

गन्ना फिर ज़रा हंसी।

सुरैया ने पूछा—तू क्या कहना चाहती है?

—कुछ भी नहीं। यों ही मन में आ गया...

—क्यों आया?

—सो मैं कैसे जानूं?

—पहाड़-ज़ंगल कहां जल रहा है? कहां देखा तूने?

—सारे का सारा हिन्दुतान जल रहा है अम्मी, और कहती हो कि जंगल कहां

जल रहा है?

—तूने चिड़िया के बारे में कहा। कौन चिड़िया?

—चिड़िया? वह है हिन्दुस्तान के गरीबों की जान।

—वे लोग किस पेड़ पर बैठे थे?

—मुगल शासन के पेड़ की डाल पर...

—तू झूठ बता रही है गन्ना। चिड़िया तू है।

—तो फिर तुम पेड़ को भी जानती होगी— बताओ।

—वह राह की धूल से नवाब सफदरजंग द्वारा उठाकर लाया हुआ वह छोरा है, जिस नवाब बादशाही खानदान का बताता है। आलमगीर बादशाह का बेटा कामबख्श का पोता आदिलशाह। सात महीने का झूठा बादशाह अकबर आदिलशाह।

गन्ना ज़रा चुप रही। उसके बाद बोली—उसपर नाहक ही नाराज़ हो रही हो अम्मा। वह बादशाही खानदान का है या नहीं, झूठा बादशाह है या नहीं—उसने तो कभी इसके बारे में कहा नहीं है। कहा है फकीर साहब ने। शाह फाना। उसे ज़बर्दस्ती नवाब कहकर अपने स्वार्थ के लिए हाथी पर चढ़ाया। उसने तो नहीं चाहा था अम्मा। वह फकीर है। और मेरे मन की कह रही हो! नः, उसे बांधा नहीं जा सकता! कहो तो, उससे बातें करके तुमने ही नहीं कहा था कि दुनिया में यह दुर्लभ आदमी है। तुम हैरान नहीं रह गई थीं?

सुरैया इस बात को काट नहीं सकी। आदिलशाह—जितना ही रूप है उसे—दुनिया से उतनी ही उदासी। बात सही है। वह जैसे सुरैया की आंखों में नाच रहा है।

बांदी आई। सलाम करके बोली—बंदगी।

—क्या है?

—नायब ने इत्तला भेजी है।

—इकबाल खा साहब ने?

—जी।

इस समय में इकाबल खां? सुरैया जल्दी-जल्दी नीचे उतरी।

3

नायब इकबाल खां अधबूढ़ा भारतीय मुसलमान था। लोग राजपूत मुसलमान कहते थे। इसलिए कि पुरखे राजपूत थे। कभी मजबूरी से मुसलमान हो गए थे पर राजपूती आचार-विचार थोड़ा-बहुत अभी भी मानते थे। इस्लाम धर्म के प्रति

भी निष्ठा थी।

कुइली खां की जागीर की नायबी और उसकी पांच हजार फौज की देख-रेख वही करता। जैसे हिसाब का पक्का वैसा ही योद्धा के हिसाब से साहसी। लगातार बीस साल से कुइली खां की जागीर को वही चलाता आ रहा था।

इकबाल खां को कुइली खां ने एक बार बहुत बड़े अपमान से बचाया था। बीस साल पहले। उस समय कुइली खां ने सुरैया से शादी नहीं की थी।

इकबाल खां एक छोटा-मोटा ताल्लुकेदार था। तीन ताल्लुकों की ताल्लुकेदारी। ताल्लुकों के सारे लोग इकबाल जैसे ही राजपूत मुसलमान थे।

पास ही एक अफगान ताल्लुकेदार था। सुन्नी मुसलमान। वह इकबाल के ताल्लुकों को हड़प जाने के लिए भेड़िये-सा चौबीसों घंटे ताक लगाए रहता था। जीभ से लार टपकती रहती थी। बीच-बीच में अफगान लोग डाकुओं जैसा हमला किया करते थे। सब कुछ लूट-पाट ले जाते थे। रुपया-पैसा ही नहीं, उनकी मां-बहन, बहू-बेटियों को भी लूट ले जाने के लिए आया करते थे। लेकिन हर बार वे कामयाब नहीं होते। इकबाल खां के ताल्लुके के राजपूत मुसलमान जब यह समझ लेते कि इस लड़ाई में हार जाएंगे तो घर की औरतों को काट डालते, फिर तलवार ताने निकल पड़ते। लड़ते हुए मर जाते या फिर घर की औरतों को काटकर निकलते, जमात बनाते और अफगानों को मार भगाकर फिर से अपनी ज़मीन दखल करते।

उस बार अफगान ताल्लु केदार ने डकैती नहीं, बदस्तूर लड़ाई छेड़ दी इकबाल ख़ां से। लड़ाई का बहाना यह बनाया कि उसकी एक बेहतरीन खुरासानी घोड़ी को खुद इकबाल खां ने चुरा लिया है। फिर सीमा का दावा। दोनों की जागीरों की सीमा बनी एक छोटी-सी नदी बहती थी। वह नदी सीमा तोड़कर अफगानों की जागीर में जा घुसी। लिहाज़ा इस पार जो ज़मीन निकली, उसपर इकबाल खां ने दखल जमाया।

बात सही थी। इकबाल खां ने उसकी घोड़ी को चुराया तो नहीं था, पकड़ लिया था। जाने कैसे तो वह घोड़ी छूट निकली थी और जंगल में भागी जा रही थी। इकबाल खां अपने घोड़े पर उधर से जा रहा था। उस खूबसूरत घोड़ी को देखकर वह लट्टू हो गया।

चालाकी से उसने अपने घोड़े की मदद से उस घोड़ी को फंसाया और रस्सी से बांध लिया।

घोड़ी का विवाद सीमा-विवाद से भी बड़ा हो उठा। अफगान ताल्लुकेदार ने अपनी घोड़ी की मांग की और इस अपमान के बदले इकबाल खां की तीसरी बेगम की भी मांग की, जिसकी खूबसूरती की इलाके में शुहरत थी। यह शर्त नहीं मंज़ूर होने से वह इकबाल के ताल्लुके को फूंक डालेगा, दखल कर लेगा। हर अफगान सिपाही एक-एक औरत पकड़ लाएगा, बांदी बनाकर रखेगा।

इकबाल ने अफगान ताल्लुकेदार के आदमी को अपमानित करके लौटा दिया और मुकाबला करने को तैयार हो गया। लड़ाई में इकबाल की हार नहीं हुई। उसने अगल-बगल से काफी राजपूत सिपाही जमा कर लिए थे। और राजपूत मुसलमानों ने उसकी मदद की थी। अपनी सीमा को पीछे छोड़कर पहले से ही आगे जाकर इकबाल ने अफनान के ताल्लुके में खूंटी गाड़ दी थी। लड़ाई वहीं पर हुई। सवेरे से पूरी तीन घड़ी की लड़ाई हुई। आखिर अफगान भाग खड़े हुए। राजपूत मुसलमानों ने उनका पीछा किया। लेकिन अचानक पीछे से 'आग-आग' का शोर हुआ।

आग! हां, इकबाल खां के किले में आग जल उठी थी।

इकबाल चौंका! हाय अल्ला, उसके कबूतर के दरबे का दरवाज़ा कैसे खुल गया! और, वही कबूतर उड़ गया, जिसके जाने से यह मानना होगा कि उसकी हार हो गई।

इकबाल खां फौज के साथ दौड़ा। दौड़कर बदनसीबी को रोक नहीं सका। होना था सो हो चुका था। किले में आग जल रही थी। कबूतर के आते ही बेगमों तथा दूसरी-दूसरी औरतों ने आग में जलकर जान दे दी। बारूदखाने में आग लग जाने से किले का एक तरफ का हिस्सा उड़ गया था।

बदनसीबी का यहीं अन्त न था। अफगान ने नवाब सफदरजंग, नवाब बंगाश के पास नालिश की कि मुसलमान होते हुए भी इकबाल काफिर है। उसने काफिर जैसा काम किया। उसके घर की औरतें जोहर करके जल मरीं।

लखनऊ में इसका विचार हुआ। सफदरजंग ने कहा—मुसलमान होते हए भी तुमने काफिरों के धर्म का पालन किया है! औरतों ने जौहर रचा। इस्लाम में तुमको विश्वास नहीं है?

इकबाल खां ने कोर्निश करके कहा—बंदापरवर, मैंने सुना है कि मेरे पुरखे राजपूत थे। मगर मैं मुसलमान का बेटा हू, मुसलमान मां के पेट से पैदा हुआ, उसीका दूध पीकर पला। छुटपन से ही मां-बाप ने सिखाया, खुदा मेहरबान, यह सारी दुनिया उन्हीं

की इच्छा से पैदा हुई है। जिनकी इच्छा से यह दुनिया पैदा हुई इस्लाम उन्हींका सबसे प्यारा धर्म है। इसे खुदा ने कहा था और पैगम्बर ने सुना था। मैं मुसलमान हूं। दिन में पांच दफा नमाज़ पढ़ता हूं। लाइला इलल्लाह-मुहम्मद-इ-रसूलिल्ला। रमज़ान में रोज़ा रखता हूं—ज़कात बांटता हूं। ईद-बकरीद में कुर्बानी करता हूं। ईमान को दुनिया में सबसे बड़ा मानता हूं। हुज़ूर, इस्लाम में मां-बहन-बीवी की इज़्ज़त बड़ी पवित्र मानी जाती है। वह इज़्ज़त काफिरों की भी है। इज़्ज़त बचाने के लिए उनके घर की मां-बहनें जल मरती हैं। यह जौहर है। वे लोग इज़्ज़त के लिए अपने हाथों भी मां-बहनों को काट डालते हैं। इस्लाम में भी ऐसा बहुत होता है। औरतें ज़हर भी पीती हैं, कुएं में भी कद पड़ती हैं और जल भी मरती हैं। वह जौहर नहीं है। लेकिन इन रोहिले अफगानों की पराई औरतों को लूट ले जाने की हरकत को मैं इस्लाम के खिलाफ मानता हूं। मेरी बेगम, बहनें जल मरी हैं, यह ठीक है। लेकिन उन्होंने जौहर नहीं किया है। न तो उन्होंने काफिर का धरम माना है और न ही मैं काफिर हो गया हूं।

इकबाल ने अन्याय शायद न किया हो, तो भी इसके कहने के लहजे से सफदरजंग नाराज़ हुआ। कहा—तुम झूठ बोलकर सच्चाई पर परदा डाल रहे हो इकबाल खां।

जो कट्टर मुसलमान थे, वैसे अफगान, ईरानी, तुरानी—सबने ज़ोरों से सफदरजंग का समर्थन किया। कहा—बात सही है। यह, इसके ताल्लुके के लोग इस्लाम धर्म को नहीं मानते।

कुइली खां उस समय नौजवान था। उसकी ज़िन्दगी में उस वक्त तक सुरैया नहीं आई थी। उसे इकबाल की साफगोई और निर्भीकता अच्छी लगी। उसने खड़े होकर कहा—बंदा की गुस्ताखी माफ हो गरीबपरवर, मैं खुदा के गुलाम के नाते कुछ कहना चाहता हूं।

शायर के नाते वाला सुलतान मुसलमान समाज में आदर का पात्र बन गया था। हिन्दुस्तान आए कुछ ही साल हुए थे। फारस के अमीर खानदान का लड़का, कुशल कवि और खूबसूरत जवान। उसके शेर और ग़ज़लें सुनकर लोग पागल हो उठते। लोग उसकी ओर मुखातिब हुए। नवाब भी उसे मानता था। कहा—कहिए वाला सुलतान, क्या कहना चाहते हैं, कहिए!

उस रोज़ अली कुइली ने शेर नहीं सुनाए। कहा, खुदावंद! दुनिया में खुदाताला का सत्य धर्म इस्लाम ही है। इस पर जो शुबहा करता है, वह काफिर है। लेकिन इस्लाम में शिया, सुन्नी, सूफी जैसे कितने ही मत हैं, यह बात सफदरजंग जैसे मुसलमान की

अजानी नहीं। हिन्दुस्तान में आज शिया-सुन्नी की लड़ाई चल रही है। लेकिन शिया हो चाहे सुन्नी, सूफ़ी हो चाहे और कोई, जब मरते हैं तो सब एक ही तरह से मरते हैं। बुखार से मरते हैं तो एक-से मरते हैं। तलवार से हिन्दू-मुसलमान की गरदन एक ही तरह से दो टुकड़े होती है। शिया के भी होती है और सुन्नी के भी होती है। लोगों को जब जान की कुर्बानी करनी होती है, इज़्ज़त बचानी होती है, तब भी ऐसा ही होता है। मरने के जो भी कुछ तरीके हैं—सबके लिए समान खुले हैं। नदी-कुएं में कूदना, ज़हर खाना, छुरा मार लेना, पत्थर से सर फोड़ना, जल मरना। अफगान ताल्लुकेदार ने इकबाल खां के यहां की औरतों को छीन लेने की धमकी दी थी। यह धर्म के खिलाफ काम था। इकबाल की बीवी-बहनों ने ही तो जान बचाने के लिए, आबरू बचाने के लिए किले में आग लगाई थी। इकबाल खां ने सिर ऊंचा करके कहा कि वह मुसलमान है। पांच दफे नमाज़ पढ़ता है, रमज़ान में रोज़ा रखता है, दान-खैरात करता है, कुर्बानी करता है। वह ईमानदार है। इन बातों में कोई झूठ हो तो उसका विचार करें। उसकी बह-बेटियां जल मरी, इसका विचार करेंगे तो वह अविचार होगा, हुज़ूर।

जनता का मन विचित्र होता है, चरित्र विचित्र होता है। लोगों ने तुरत वाला सुलतान की ताईद की—बजा है, बजा।

सिर्फ वे कट्टर अफगान ही चुप थे।

इकबाल ने कहा—हुज़ूर, मैं अगर मुसलमान न होता तो आज राजपूत राजा जाट सूरजमल का ताबेदार होता। उनके मातहत बहुतेरे मुसलमान नौकरी करते हैं। ढूंढ़ने से अफगान भी मिलेंगे। मगर यह खाकसार उनकी ताबेदारी में नहीं गया, उनकी मदद नहीं ली।

अली कुइली के किए उस रोज़ इकबाल खां की पत रह गई। वह अफगान ताल्लुकेदार ही बेआबरू हुआ। भारतीय और शिया मुसलमान खुश हुए। सफदरजंग ने कहा—इकबाल खां, तुम मुसलमान हो! उस अफगान को खुदाताला माफ करे।

इकबाल खां दूसरे ही दिन सवेरे अली कुइली के पास आया। उसके कदमों में अपनी तलवार रख दी और कहा—बंदानवाज़, यह इकबाल आज से आपका गुलाम है।

तभी से इकबाल अली कुइली का सब कुछ है। उसकी जागीर का वज़ीर, नाज़िर, सिपहासालार—सब कुछ। उसका ताल्लुका अली कुइली की जागीर से ज़्यादा दूर नहीं। उसी के ताल्लुके के मुसलमान अली कुइली के पांच हज़ार सैनिकों में तीन हज़ार से भी ज़्यादा हैं। अली कुइली की मौत दिल्ली में हुई। एक गुप्त चिट्ठी लेकर नवाब सफदरजंग ने ही उसे बादशाह के पास भेजा था। अली कुइली की मौत अचानक हुई।

इकबाल खां साथ था। मरते वक्त वह कुछ कह नहीं सका, लेकिन अर्थपूर्ण दृष्टि से इकबाल खां की तरफ ताकता रहा था। इकबाल खां ने उसका मतलब समझ लिया था। उसने हाथ में कुरान लेकर कहा—कुरान हाथ में लिए खुदा को गवाह रखकर शपथ करता हूं कि जब तक मैं जिन्दा हूं, बेगम साहबा और गन्ना बेगम के पैरों कोई कांटा भी नहीं चुभने दूंगा। ईमान को मैं सब कुछ मानता हूं। बेईमान और नमकहराम मैं नहीं हूं।

लौटकर इकबाल खां ही सुरैया और गन्ना को लखनऊ से जागीर में ले आया था। कहा—बेगम साहबा, अख्तियार ही बहिश्त और बेअख्तियार ही जहन्नुम है। जहां अपना बस है, वहीं आज़ादी है। जहां बस नहीं, वह कैद है। शायद हो कि गांव अच्छा न लगे, फिर भी अपने गांव का किला ही गन्ना के लिए ठीक है—आपके अख्तियार का बहिश्त है! नवाबजादा की...

इकबाल खां ने इससे आगे नहीं कहा। सुरैया लेकिन सब समझ गई। नवाबज़ादा की लालसा की आग! उस समय गन्ना की ग़ज़लों की आग जंगल की आग-सी ही धधक रही थी। गन्ना का नाम, उसके रूप की शुहरत सारे मुल्क में फैल चुकी थी।

सुरैया इकबाल खां से परदा नहीं करती थी। कुइली खां के जीते जी ही वह उसके सामने होती थी, बोलती-चालती थी।

कुइली खां ने कहा था, सरैया, इकबाल खां धार्मिक है। इसे तुम अपना धरम भाई मानना। नौकर और भाई में बड़ा फर्क होता है।

सुरैया वही मानती है।

सुरैया आई। इकबाल खां ने सलाम करके कहा—मजबूरी में आपको इस असमय में तकलीफ देनी पड़ी। एक खबर मिली...

—बुरी खबर?

—जी। अच्छी ज़रूर नहीं है।

—क्या है इकबाल खां?

—उस रोज़ जो एक हिन्दू फकीर आया था, वह फकीर नहीं था। सुरैया चौंकी। फकीर नहीं, तो कौन था?

—जटा लगाए राख मले, साधु बनकर वह जाट सूरजमल का बेटा जवाहरसिंह आया था।

सुरैया फिर चौंकी—वह जबाहरसिंह था?

—जी, खुद जवाहरसिंह।

सुरैया चुप हो गई। दो दिन पहले साधुओं की एक टोली आई थी। पचासेक मूर्तियां। साथ में कुछ घोड़े, एक हाथी। हाथी पर साधुओं का महंत। बड़ी-बड़ी जटाओंवाला संन्यासी। बाकी कुछ घोड़ों पर, कुछ पैदल। मथुरा-वृन्दावन जा रहे थे। अली कुइली और सुरैया बेगम का नाम सुना था। सो किले के सामने आकर झंडा गाड़ दिया। घी-आटे की फरमाइश की। कहा—खुदा के लिए, भगवान् के लिए। भला होगा। खुदा की मेहरबानी, भगवान् की दया मिलेगी! साधु को, फकीर को खिलाओ। सेवा करो!

सुरैया ने झरोखे से देखा। उसे संन्यासियों का महंत बड़ा भला लगा। जैसा खूबसूरत था, वैसा ही तंदुरुस्त और बलवान्। लगा, कोई राजकुमार संन्यासी हो गया है। सिंहासन छोड़कर। सुरैया ने उन्हें भरपूर भोजन का सामान देने का हुक्म दिया।

वे दिन-भर वहां रहे। उनके आसपास बहतेरे लोग जुटे थे। दो-चार साधुओं ने भजन से लोगों को मग्न कर दिया। गुरु ने बहुतों का चेहरा देखकर ही भाग्य बताया। किसी को तावीज़ दी, किसी को जड़ी। किसी को लोहे की तो किसी को पीतल की अंगठी दी। भारत के मुसलमान राजे हिन्दुओं को काफिर चाहे कहें, मगर साधु-संन्यासियों के चमत्कार पर वे अविश्वास नहीं करते थे। अकबर, जहांगीर आदि ने इन साधु-संन्यासियों की बड़ी खातिरदारी की थी। अवश्य आलमगीर के ज़माने में यह सब उठ गया था, पर उसके बाद फिर वही धारा बह निकली। आज तो ये साधु-संन्यासी बहुत तरह से नवाबों की मदद करते थे। इनकी लड़ाई ग़ज़ब की होती। मानो दैवीशक्ति से लड़ते हों। राजेन्दर गिरि गुसाईं तो नवाब सफदरजंग का दायां हाथ था। उसके नाम से दुश्मन थर-थर कांपते थे। बंदूकें छूटती हों, तोपें चल रही हों, तीर मारे जा रहे हों—ऐसे माहौल में राजेन्दर गिरि शेर की तरह दहाड़ उठता। उसकी शकल ही बदल जाती। गुसाईं नाचने लगता, एक हाथ में त्रिशूल और दूसरे में तलवार लेकर दुश्मन के तोपखाने पर टूट पड़ता। तोपखाना दखल कर लेता या दुश्मनों को तितर-बितर कर देता। उसकी अपनी जमात थी संन्यासियों की। सब संन्यासी अपने गुरु जी के पीछे-पीछे दौड़ पड़ते।

गिरि गुसाईं की लखनऊ दरबार में इतनी खातिर थी कि वह घोड़े पर सवार नगाड़ा पिटवाता हुआ दरबार में आता था, दरबार में नवाब को कभी सलाम नहीं करता था! आशीर्वाद देने की अदा से हाथ उठाकर खड़ा हो जाता। सफदरजंग मसनद छोड़कर खड़ा हो जाता, आगे बढ़कर हाथ पकड़ कर सादर उसे लिवा जाता। गिरि गुसाईं को कोई शत्रु मार नहीं सका। मारा सफदरजंग के मनसबदार इस्माइल खां के एक

बंदूकधारी सिपाही ही ने। पीछे से गोली मार दी। गुसाईं की छाती मंत्रपूत थी, पीठ नहीं। जानकर ही पीठ को वह मंत्रपूत नहीं करता था। कहता था, कभी अगर मेरी अकल मारी जाए, मैं पीठ दिखाकर भागूं, तो वैसे में पीठ पर गोली लगे, तलवार का वार हो, मैं मारा जाऊं। इस्माइल खां को इस बात का पता था। उसने अपने सिपाही से गोली मरवा दी।

गुसाईं के मारे जाने से नवाब सफदरजंग का दायां हाथ टूट गया। गोकुल में नागा गुसाईं थे। सबके सब संन्यासी। वे दुनिया में किसी से नहीं डरते। उन्हें गद्दी नहीं चाहिए, जागीर-ज़मींदारी नहीं चाहिए—चाहिए सिर्फ दोनों जून आटा और घी। पेड़ के नीचे या झोंपडे में पड़े रहते। ये त्रीनों काल देख सकते। सारा देश उनकी खातिर करता, हिंदू भी, मुसलमान भी। इस तरह के मुसलमान फकीर भी थे। निरंजन फकीर के गुस्से से वज़ीर अमीर खां तड़प-तड़पकर मर गया। लिहाज़ा सुरैया ने उन संन्यासियों की खातिर की। इकबाल खां ने भी की।

जाते वक्त महंत ने कहा—तुम्हारी सेवा से संतुष्ट हुआ। आत्मा तृप्त हुई। खुदा-भगवान् तुम्हारा भला करेंगे। दीवान जी, हम थोड़ा भभूत देना चाहते हैं। हज़रत बेगम को खबर कीजिए। उन्हें बुलाइए या मुझे उनके पास ले चलिए।

इकबाल बड़ी आफत में पड़ा।

साधु को ले जाए, बेगम को उसके पास बुलाए!

आखिर उसने सुरैया से जाकर कहा। सुरैया ने कहा—तो उन्हें लिवा लाइए। बात नहीं मानने से दोष होगा।

साधु बैठक में आकर बैठा। सुरैया ने सलाम किया। कहा—आप सन्तुष्ट हुए बाबा?

—खूब। मेरे परमात्मा ने कहा, बेगम का भला मना के जा। उनकी बेटी को तावीज़ दिए जा। लो माई, पकड़ो। उसने सिर की जटा से एक लाल पत्थर निकालकर सुरैया को दिया। दामी पत्थर। कहा—माई जी, इसे अंगूठी में लगाकर तुम पहनना। भला होगा। उसके बाद एक नीलम और एक चौकोर कवच निकाल कर कहा—यह तुम्हारी बिटिया के लिए है मां जी। मैंने देखा, उस पर अभी सनीचर की दशा है। इससे सारा अमंगल भाग जाएगा। सनीचर प्रसन्न होकर उसे राजरानी बना देगा। मैंने देखा, उसके लिए तुम्हारी चिन्ता का अंत नहीं है। इससे सब चिन्ता जाती रहेगी।

सूरैया ने हाथ पसारा। नीलम देते-देते संन्यासी ने हठात् हाथ हटा लिया। कहा, नहीं माता जी; तुम उसी को बुला लो। मैं मंतर पढ़कर यह उसी के हाथ में दूंगा।

सुरैया धीरे-धीरे अभिभूत हो गई थी। गन्ना को आखिर उसने बुलाया। अवश्य बुरके में ले आई। सलाम करके गन्ना ने हाथ फैलाया। संन्यासी उसे नीलम देने लगा कि चौंककर बोला, बाप रे, हाथ की रेखाएं हैं! यह तो साक्षात् राजरानी का हाथ है।

ज़रा देर चुप रहा। बोला, ज़रा तुम्हारा कपाल तो देखें कुमारी।

गन्ना ने बुरका हटाया। उसके चेहरे को गौर से देखकर संन्यासी ने कहा—तुम्हारी यह बिटिया ब्रजरानी जैसी भागवंती है। यह ज़रूर राजरानी होगी। इसका पति बहुत बड़ा वीर होगा। खूब समझ-बूझकर इसकी शादी करना!

संन्यासी विदा हुआ। यहां से आगरा, आगरा से मथुरा, मथुरा से वृन्दावन।

इसी घटना के बाद सुरैया ने शुकदेव आचार्य को बुलवा भेजा था। शुकदेव आज ही वापप गया। अभी—कुछ ही देर पहले।

अब इकबाल ने बताया, वह हिन्दू साधु साधु नहीं था, वह साधु के वेश में जाट राजा का बेटा जवाहरसिंह था!

सुरैया कुछ देर सन्न-सी रही। फिर पूछा—किसने कहा आपसे? आपने कैसे जाना?

मुझे कुछ शुबहा-सा हुआ था बेगम साहबा। उसने जो नीलम गन्ना को दिया, वह बहुत कीमती है!

—यह समझने की नजर मुझे भी है। लेकिन ये हिन्दू साधु होते ही अजीब हैं। सुना है, किसी साधु ने वृन्दावन में एक माणिक पाया था। उसे उसने जमुना की रेती में डाल दिया था। सिक्ख गुरु के बारे में भी सुना है। एक सिक्ख ने उन्हें जवाहरात के कंगन ला दिए थे। एक नदी में गिर गया। सुनकर सिक्ख घबराया। पूछा, गुरु जी, कहाँ गिरा, मुझे बताइए तो मैं ले आऊं निकालकर। गुरु ने दूसरे कंगन को पानी में फेंककर कहा, वहां। इनके लिए जवाहरात की तो कोई कीमत ही नहीं होती!

—मैं जानता हूं वह। आप शिया हैं। हमारे पुरखे हिन्दू थे। सुन्नी, तुरानी अफगान हमें आधा काफिर कहते हैं।—मगर मैंने इसका और भी सबूत पाया है।

—कौन-सा सबूत?

—शुकदेव आचार्य को नाव पर बिठाने के लिए मैं जमुना के घाट पर गया था।

वहीं पर मथुरा की एक नाव आकर लगी। उस नाव पर अपनी जागीर का एक बनिया था। माल बेचने के लिए मथुरा गया था। उसने कहा, ताज्जुब है! मथुरा के घाट पर साधुओं की एक टोली शोर मचाते हुए हाथी की तरह पानी में उतरी और सब जाट सिपाही बनकर पानी से बाहर निकले। और उन सबका जो महंत था, वह किमखाब का चुस्त पाजामा, कुरता, पगड़ी, कमरबन्द लगाकर राजा बन गया। लोगों ने कहा, वह वल्लभगढ़ का युवराज जवाहरसिंह है!

सुरैया भौचक रह गई। छाती धड़क उठी। 'अल्ला मेहरबान' कहकर चिल्ला उठा उसका हृदय।

जाट राजा सूरजमल ने वल्लभगढ़ में काफी ताकत बटोर रक्खी थी। अफगान, राजपूत भी उससे डरते थे। मराठे उससे बचकर चलते। लखनऊ के नवाब सफदरजंग को उसका भरोसा रहता। राजपूत राजे भी उससे पार नहीं पाते।

जवाहरसिंह यों साधु बनकर क्यों आया था, यह अन्दाज़ लगाने की बात न रही। वह गन्ना को अपनी नज़र से देखने आया था।

बह कह गया, यह ब्रजरानी जैसी भागबंती है। इसका मतलब साफ है। जाट अपने को यादव राजपूत कहते हैं। कृष्ण जी के वृन्दावन के अहीर यादव राजपूत हैं। मथुरा-वृन्दावन अंचल को ब्रज-मंडल कहते हैं और वहां के राजा बनना चाहते हैं। भरतपुर, वल्लभगढ़, कुमहार, डिग—चार किले लेकर जाटों के सरदार बदनसिंह ने जयपुर के महाराजा जयसिंह की कृपा पाई थी। वह अपने को कभी राजा नहीं कहता था। ठाकुर की उपाधि ले रक्खी थी। वह कभी दिल्ली के बादशाह के दरबार में नहीं गया। कहा करता कि मैं जाट सरदार ठहरा—अपने खेत-खलिहान, खेती-बारी लेकर पड़ा रहता हूं। भला मैं दिल्ली के दरबार में जा सकता हूं! उसका गोद लिया बेटा सूरजमल आज राजा सूरजमल है। उसका इलाका आज आगरे के पश्चिम-दक्षिण से लेकर उधर राजपूताना तक चला गया है। उधर मथुरा-वृन्दावन का इलाका उसका न होते हुए भी वास्तव में वही उसका मालिक है। दिल्ली से आगरे तक की बादशाही सड़क उसी के हाथ में है।

जवाहरसिंह उसी का बेटा है। इस जवाहरसिंह के बारे में सुरैया ने बहत कुछ सुना था। वह धूर्त है। बादशाही सड़क पर अपने चार दोस्तों और सिपाहियों के साथ भेड़िये की तरह घूमता फिरता है। सारा चंबल उसके डर से कांपता रहता है।

यह तो साफ है कि वह गन्ना को चाहता है। उसके रूप-गुण की शुहरत सुनकर इस तरह से गन्ना को वह देखने के लिए आया था। अब वह पागल हो उठेगा। अभी कुइली

के पांच हज़ार सिपाहियों की यह मजाल नहीं कि उसे रोके। सुरैया ने सुना है कि जाट राजा का नगाड़ा बजते ही तीस-चालीस हज़ार सिपाही जुट जाते हैं। यही नहीं, बन्दूकें और तोपें भी जुटाई हैं उन्होंने। उनके सामने यह छोटा-सा किला कब तक टिकेगा?

हिन्दू राजे गंडों की तादाद में शादियां करते हैं। पचीस-पचास-सौ भी हों तो कोई बात नहीं। ऊपर से वे उपपत्नियां रखते हैं। महल-भर उपपत्नियां। पहले क्या होता था, सुरैया को यह नहीं मालूम। आजकल तो वे मुसलमान उपपत्नी भी रखते हैं। बाजीराव पेशवा—जात के ब्राह्मण हैं। तमाम हिन्दुस्तान में उनका सम्मान है। उनके एक मुसलमानिन प्यारी थी। नाम था मस्तानी। घोड़े की पीठ पर सवार हो वह पेशवा के साथ लड़ाई पर भी जाती थी। फिर भी वह उपपत्नी से ज़्यादा कुछ नहीं थी। उसका बेटा शमशेर आज अपने भाई बालाजी राव के मातहत एक मामूली मनसबदार है इज्जत क्या है। उसकी!

एकाएक सुरैया को गुस्सा हो आया। उसका भय भाग गया। वह तवायफ थी। खुदा की मेहरबानी और भाग्य की बदौलत आज वह फारस के अमीर शायर अली कुइली की बीवी है। अल्लाह के दरबार में उसका सब पाप, सब गुनाह कट गया। अपने प्यारे की वही अकेली प्रियतमा थी। उस सुरैयाकी बेटी है गन्ना—जो रूप में, गुण में ऐसी है, वह विधर्मी काफिर की उपपत्नी होगी! उसकी पैदाइश की घड़ी से ही वह कामना करती आई है कि गन्ना उससे भी भाग्यवती होगी—अपने पति की वही अकेली प्रियतमा होगी। वह—? नहीं, यह वह हरग़िज़ नहीं होने देगी। कभी नहीं!

सुरैया के जवाब के इन्तज़ार में इकबाल खां चुपचाप खड़ा ही था। सुरैया ने इतनी देर के बाद कहा—इकबाल खां!

—हुक्म?

—आपका क्या ख्याल है, जवाहरसिह का इशरा तो साफ है?

—जी हां! अब वह गन्ना को मांगेगा और ना करने से...

—ज़बर्दस्ती छीन ले जाएगा। तोपों से हमारे किले को चूर-चूर कर देगा। दिल्ली के बादशाह के पास दरखास्त लिख भेजिए।

—उससे क्या नतीजा निकलेगा बेगम साहिबा? साठ साल की उम्र में बादशाह बनकर शाहज़ादा मैजुद्दीन ने क्या किया था, मालूम है? बादशाह मुहम्मदशाह की बेटी साहिबे ज़मानी की बेटी हज़रत बेगम। सोलह साल की थी वह। उसकी खूबसूरती शमादान की जलती मोमबत्ती-सी थी शायद। बादशाह होते ही मैजुद्दीन ने कहा, मैं उससे शादी करूगा। हज़रत बेगम बोली—मैं ख़हर पीकर मर जाऊंगी। मलिका-ए-

ज़मानी साहिबे-ज़मानी ने कहा—हज़रत बेगम अगर खुद से नहीं मर सकेगी, तो हम दोनों मां मिलकर उसे जिबह कर देंगी। समझेंगी कि खुदाताला के दरबार में कुर्बानी की है। बादशाह को दरखास्त भेजने से वही गन्ना को मांग बैठेगा। कहेगा, फौज भेज रहा हूं। गन्ना को बादशाही हरम में भेज दो।

बात सही थी। बादशाह की बाबत कहने के वक्त सुरैया ने यह नहीं सोचा था। हाय, दीन-दुनिया के मालिक, तुम औरतों पर ऐसे बेरहम क्यों हो? उनकी किस्मत ऐसी क्यों? सारी दुनिया की औरतें मर्दों की दौलत— दौलत क्या, खेलने की चीज़-सी रह गई हैं। बहुत हुई तो फूल या मोती की माला-सी। जिसे ज़्यादा ज़ोर है, वही दूसरे के गले से उतारकर उसे अपने गले में पहन लेता है। उसके बाद फिर नई माला मिलती है, तब उसे अपने हीरा मोती के खज़ाने में डाल देता है, या कि किसी को बख्शीश में दे डालता है। ले जा!

इकबाल ने कहा—कुछ-न-कुछ तै कर लेना होगा बेगम साहबा, समय नहीं है। गन्ना को लेकर इधर एक आंधी-सी घुमड़ उठी है। कब बिजली कौंधेगी और तूफान उठ जायेगा, कहा नहीं जा सकता। सुना है, लखनऊ में नवाबज़ादा पागल हो रहा है। नवाब साहब को गन्ना से थोड़ी ममता है। लेकिन नवाबज़ादा से हारकर ही उन्होंने आपको खत लिखा है। उधर दिल्ली का वज़ीर इमादुल मुल्क। लाहौर की नवाब बेगम मुगलानी की बेटी उमधा बेगम से उसकी शादी तै हो चुकी है। लेकिन मुगलानी बेगम मनसबदारों और बंदों के साथ जो कर रही है, उन किस्सों से कान रखना लामुहाल हो रहा है। यह एक मौका पाकर इमादुल मुल्क उस शादी को तोड़कर गन्ना से ब्याह करना चाहता है। उधर रोहिला नवाब नजीबुद्दौला का बेटा जबिता खां गन्ना से अपना रिश्ता तै करने के लिए बाप की नाक में दम किए हुए है। इसके सिवा मेरे सुनने में आया है कि छोटे-छोटे नवाब-जागीरदार भी गन्ना को चाह रहे हैं। ये स्यार महज़ इसलिए चूं नहीं कर पा रहे हैं कि दो तरफ दो शेर हैं—एक तरफ शुजाउद्दौला, दूसरी तरफ इमादुल मुल्क। अब नया भेड़िया सामने आया है—जवाहर सिंह। जो करना है, जल्द ही करना चाहिए।

—मैं सोच देखती हूं। मुझे एक रात सोचने का समय दो!

—जो भी करना है, झटपट कर लेना है। रास्ते में मुझसे शुकदेव पंडित ने कहा, एक बात मैं तुमसे कह जाऊं। बेगम साहबा से मैंने नहीं कही। जब तुम्हारे यहां की चिट्ठी गई थी, मैं हिन्दुस्तान का भाग्य विचार कर रहा था। देख रहा था कि

उत्तर-पश्चिम से एक आंधी आ रही है। उस आंधी से सब अंधेरा हो गया, और कुछ भी नहीं देख सका। और जब गन्ना की कुंडली देखी, तो पाया कि हिन्दुस्तान और गन्ना का भाग्य बिलकुल एक-सा है। देखा कि गन्ना की किस्मत एक डोंगी-सी बीच दरिया में पड़ी है और उधर आसमान में मेघ जमकर तूफान उठ रहा है। अब अगर जीना हो तो उस डोंगी को बीच दरिया से निकालना होगा। किसी किनारे उसे लगाना ही होगा। मैंने कहा, मैं समझ नहीं सका पंडित जी। खोलकर कहिए। दरिया ज़िन्दगी है यह समझा, किस्मत डोंगी है, यह भी समझा। मगर आप यह किनारा क्या कह रहे हैं? बोले—मेरे ख्याल में एक किनारा अयोध्या है, दूसरा दिल्ली। शुजाउद्दौला और इमादुल मुल्क। किसी किनारे लगाना होगा। गन्ना की शादी कर दो।

—मैं कल सवेरे कहूंगी इकबाल खां!

सवेरे बांदी छत पर गई थी। वहां से एक तीर उठा लाई। तीर का फल लोहे का नहीं, सोने का था। उसमें एक चिट्ठी लिपटी थी। उसमें उर्दू की कुछ पंक्तियां लिखी थीं।

बांसुरी बजानेवाला चरवाहा ही हो चाहे, राजा की बेटी वह सुर सुनकर उतावली हो उठती है। उसमें जात, कुल, मान का ख्याल नहीं होता। तुम राजा-उमराव की बेटी, बांसुरी का सुर क्या नहीं सुनती? तुम्हें कब तक पुकारूं? कब तक?

चिट्ठी पढ़कर सुरैया चुप खड़ी रही। गन्ना आई। सुरैया सचेत हुई। उसके हाथ में चिट्ठी देकर बोली—पढ़!

गन्ना ने पढ़ा।—डर लग गया मां?

—डरने की बात नहीं है?

—कोई डराए और डरो, जभी डर की बात है। डरो नहीं तो डरने की क्या बात है?

—तुझे डर नहीं लग रहा है?

—नहीं अम्मी। जिससे सभी डरते हैं, वह है मौत। उसी मौत से आदमी आदमी को डराता है। मौत से नहीं डरो तो फिर आदमी से कैसा डर?

—मगर मैं तुझे मरने तो नहीं दे सकूंगी गन्ना!

—आखिर कैसे बचाओगी?

—यहां से भाग जाऊंगी।

—कहां भागोगी?

—अकबर आदिल कहां है, वहीं जाऊंगी।

गन्ना हंसी। कुछ बोली नहीं।

सुरैया ने कहा, मैं उसी के हाथों तुझे सौपूंगी गन्ना। मेरे लिए सबसे बड़ी चीज तेरा सुख है।—उसने बांदी को बुलाया।

बांदी ने आकर सलाम बजाया। सुरैया ने कहा—इकबाल खां को इत्तला दो।

इकबाल खां आकर सलाम करके खड़ा हो गया।

सुरैया ने कहा—यह देखो। छत पर तीर में लिपटा यह खत पड़ा था।

इकबाल ने कहा—यह तो होगा ही। ऐसा कोई काम ही नहीं, जो जवाहरसिंह नहीं कर सकता हो। जमुना के किनारे के उस जंगल के पेड़ों से छत पर आसानी से तीर फेंका जा सकता है। मैंने तो हुजूर से कल ही कहा था। आपने क्या तै किया?

सुरैया ने कहा—यहां से पहले तो आगरा जाऊंगी। वहां के किलेदार से कहकर महीने-भर वहां रह सकने का इन्तज़ाम कीजिए इकबाल खां। भरतपुर की तोप से यह माटी का किला टूट सकता है, मगर शाहनशाह अकबर का किला तोप से नहीं उड़ने का। उसके लिए जो खर्च होगा, मैं दूंगी।

—लेकिन वहां हमारी फौज को तो नहीं रहने देंगे और आप गन्ना को लेकर रहेंगी।—इकबाल खां थम गया।

—अगर किलेदार ही बदनीयत हो, अगर सारी दुनिया के लोग ही जानवर हो जाएं तो जीकर ही क्या होगा—वैसे में मां-बेटी मिलकर ज़हर खा लेंगी! राणा की शरण में जा पातीं, तो निश्चिंत हो सकतीं। मगर वहां जाने के लिए तो भरतपुर पार करके जाना होगा।

इकबाल ने कहा—गुलाम की गुस्ताखी माफ करें, गन्ना की शादी हो जाए कि बस चुक जाए।

—शादी मैंने तै कर ली इकबाल खां। आप पता करें कि अकबर आदिल कहां हैं?

इकबाल खां चौंका—अकबर आदिल?

—हां, अकबर आदिल!

—आप क्या सोचती हैं, वह फिर कभी बादशाह होगा?

4

अकबर आदिलशाह! लोग कहते हैं, गुलाम था। गुलामों की पैठ में बिकने के लिए आया था। चौदह-पन्द्रह साल की उम्र। देखने में ग़ज़ब का!

पांच साल पहले की बात। उस समय नवाब सफदरजंग दिल्ली का वजीर था। नवाबज़ादा शुजाउद्दौला पैठ मैं गुलाम की तलाश में गया था।

फटे कपड़े, कमर में रस्सी बंधी, अनोखा रूपवाला वह गुलाम लापरवाह खड़ा था। वह जामा मसजिद की मीनार की तरफ एकटक ताक रहा था।

शुजाउद्दौला मोल-भाव कर रहा था, कि दिल्ली के मशहूर फकीर हज़रत शाह फाना आए। एकटक उसे देखने लगे, फिर पुकारा, ऐ बच्चे!

छोकरे ने आवाज़ नहीं दी। एक प्रकार से शाह फाना नवाबज़ादे को ढकेलकर ही आगे निकल गए। छोकरे की छाती पर हाथ रखकर कहा—ऐ बच्चे!

अब की छोकरे ने उनकी ओर देखा। कहा—हज़ार सलाम हज़रत! कसूर माफ करें, मैं मीनार को देखते हुए सब भूल बैठा था।

शाह के कानों में शायद उनमें से एक भी बात नहीं गई। वे उसकी ओर झुके। पूछा—तू कौन है?

छोकरे ने कहा—मेरा नाम अकबर है।

—अकबर?

—जी, मेरी अम्मा मुझे इसी नाम से पुकारती थी।

—तेरे वालिद का क्या नाम है?

—हज़रत, आप फकीर हैं। आपसे झूठ कहूं तो गुनाह होगा। लेकिन मरते वक्त मेरी मां ने मुझसे कहा था—आदिल, तेरा बाप मुझे राह की धूल पर बिठाकर चला गया। मैं भी तुझे दुनिया में राह की धूल पर ही बिठाकर जा रही हूं। अपना परिचय तू इस धूल में खो दे। कोई पूछे तो कहना, नहीं जानता हूं!

—यह शकल तूने कहां पाई? अपनी अम्मां से या अब्बा से?

—अब्बा की बड़ी धुंधली-सी याद है मुझे। लेकिन अम्मा कहा करती थी कि मैं अपने अब्बा जैसा हूं। और अब्बा अम्मां से कहा करते थे, नहीं—मैं उनके अब्बा यानी अपने दादा-सा हूं देखने में।

—तेरे अब्बा का नाम मैं बताऊं?. मुहम्मद फ़ीरोज़—मुहम्मद फ़ीरोज़मंद। ऐं! उसके बाप का नाम शाहज़ादा मुहम्मद कामबख्श। हां? उसका बाप शहनशाह

औरंगज़ेब, उसका बाप बादशाह शाहजहान...

—इसीलिए मैं मसजिद की मीनार की ओर ताक रहा था हज़रत—बड़ी भली लग रही थी। आंखों में आंसू भी आ रहे थे कि वह जो खुदाताला का आसन है, रसूलिल्लाह को पुकारने के लिए मेरे ही पुरखों ने इस आसन को तैयार किया था—उसी दिल्ली शाहजहानाबाद की हाट में मैं गुलाम होकर बिकने के लिए आया हूं।

शाह फाना ने कहा—कामबख्श सभी शाहज़ादों से देखने में खूबसूरत था। वह मेरा दोस्त था। मैंने तुझे देखते ही पहचान लिया। बड़ा ज़ालिम था वह। बहुत ज़ुल्म करता था। फिर भी वह मन से फकीर था। दानिशमंद खां ने लिखा ही था कि "वह जिस दिन इस दुनिया से उठ गया, उस दिन चारों तरफ से मुबारकबाद गूंजा।" तू जैसे ठीक वही है। फिर लौट आया है। सोचते भी अच्छा लगता है! तेरा बाप पुराने किले से भागा था। कहां गया, नहीं जानता। तू उसका बेटा है।

देखते-देखते भीड़ लग गई थी।

शुजाउद्दौला ने बाप के पास सवार भेजा था। इतनी बड़ी और अनोखी खबर वज़ीर को तुरन्त मालूम होनी चाहिए।

तब तक अकबर की कमर से रस्सी खुल चुकी थी। शाह फाना ने कहा—हाय रे नसीब! हाय खुदा की मर्ज़ी। कैसे ताज्जुब की बात है। अकबर आदिल ने शाह फाना से सारी बातें कही थीं। शाहज़ादा फ़ीरोज़मंद पुराने किले से भागे थे। भक्का जाएंगे, हज करेंगे। रास्ते में बीमार पड़े पेड़ के नीचे पड़े रहे, पानी-पानी चीखते रहे। रास्ते के पास जो गांव था, वहां की एक मुसलमान औरत उन्हें पानी पिलाकर अपने घर उठा ले गई। सेवा-जतन से चंगा किया। उनका हज करना न हो सका। उसी घर के दामाद बनकर वहीं रह गए। लेकिन निकम्मे दामाद को वह खेतिहर ससुर बर्दाश्त न कर सका। उनकी शकल देखकर ससुर उन्हें खेत में काम-काज करने को नहीं कहता था। कहता था किसी ज़मींदार-जागीरदार के सिरिश्ते में मंशी का काम करने के लिए। लेकिन फ़ीरोज़मंद वह भी नहीं करते थे। आखिर लानत-मलामत नहीं सह सकने के कारण एक दिन वे रास्ते पर निकल पड़े। उनकी स्त्री भी घर नहीं रही—वह भी साल-भर के अकबर को गोदी में लेकर पति के पीछे-पीछे निकल पड़ी। फ़ीरोज़ एक दरगाह के फकीर बने। वहीं चार-पांच साल रहे। उसके बाद एक दिन दुर्घटना घटी। उस समय नादिरशाह दिल्ली आया था। दिल्ली को लहू से नहलाकर, उसे जहन्नुम बनाकर तख्तेताऊस, कोहेनूर और दिल्ली की इज़्ज़त लेकर अपने मुल्क लौट रहा था। यह

सुनकर फ़ीरोज़ जैसे पागल हो गए। उसी दिन रात को उन्होंने स्त्री को अपना परिचय दिया था। कहा था—जलालुद्दीन अकबरशाह, शाह जहांगीर, शाहनशाह शाहजहां की दिल्ली, तख्तेताऊस, कोहेनूर—उस दिल्ली की इज़्ज़त है। मेरी भी इज़्ज़त है। अमीना, मैं बादशाह औरंगज़ेब के शाहज़ादा कामबख्श का बेटा हूं। मेरा नाम है फ़ीरोज़मंद। इसीलिए मैंने किसी की नौकरी नहीं की, नौकरी नहीं कर सका। खेती भी मेरा काम नहीं। मेरे वालिद कामबख्श थे तो शाहज़ादा मगर मन से वे फकीर थे। भाई से लड़ते हुए जिस लड़ाई में वे मारे गए, उस युद्ध में उनकी ज़बान पर बस एक ही बात थी—खुदा की मर्ज़ी! जो भी होगा, वह भी उनकी मर्ज़ी। मरते वक्त भी यही कहा था—खुदा की मर्ज़ी। मैं भी वही जानता हूं अमीना—खुदा की मर्ज़ी। उन्हींकी मर्ज़ी से मक्का की ओर रवाना हुआ था। उन्हींकी मर्ज़ी से जाना नहीं हुआ। तुम मिल गईं। उन्हींकी मर्ज़ी से इस दरगाह में उन्हींको पुकारते पड़ा हूं। उनके नाम से जो भी दे देता है, उसीसे तुम लोगों की रोटी चलाता हूं। लेकिन आज दिल्ली की इज़्ज़त को पैरों से रौंदकर नादिरशाह ईरान लौट जाएगा, इसे मैं किसी भी तरह से खुदा की मर्ज़ी नहीं मान पा रहा हूं। किजिलवास सिपाहियों को ढकेलकर शहर के पास जा नहीं सकूंगा। पहुंचने से पहले ही मेरी गरदन चली जाएगी। जाए गरदन, उसे खुदा की मर्ज़ी मान लूंगा। लेकिन इज़्ज़त जाएगी—उसे खुदा की मर्जी नहीं मानूंगा।

अमीना ने अवाक् होकर सुना था। उसके साथ-साथ छः साल के अकबर ने सुना था।

फ़ीरोज़मंद चल दिए थे। किसी का कहना नहीं माना था। कहा—रोना मत अमीना। मैं जा रहा हूं। खुदा की मर्ज़ी !

अमीना ने एक बात पूछी थी—और हम लोगों का क्या होगा ?

—खुदा जाने।

फ़ीरोज़मंद चल दिए। फिर नहीं लौटे। कोई खबर भी नहीं आई।

अमीना लड़के को लेकर दिल्ली की ओर चली।

वह बाबर, हुमायूं, अकबर की दिल्ली को देखेगी। जहांगीर की दिल्ली को देखेगी। शाहनशाह शाहजहां की दिल्ली को देखेगी। औरंगज़ेब की दिल्ली। जामा मसजिद में नमाज़ पढ़ेगी। मगर उसकी वह उम्मीद पूरी नहीं हुई। दूरी भी तो कुछ कम नहीं थी। कठियावाड़ की ओर से आ रही थी। बीच-बीच में कहीं-कहीं कुछ दिन रुकती, फिर चलती। रास्ते में अमीना का पैर टूट गया। एक गांव में छः महीने रुक जाना पड़ा।

रास्ते पर खुदा का नाम लेकर भीख मांगा करती। लोग उसके पांवों को देखकर

हमदर्दी ज़ाहिर करते तो वह कहती—मर्ज़ी खुदा की। लंगड़ाते हुए तीन साल में वह अजमेर शरीफ पहुंची। आखिर वहीं रुक गई। और आगे नहीं बढ़ी। कहा, अकबर, खुदा की यही मर्ज़ी है कि एक खेतिहर की बेटी चगताई बादशाह की बहू के रूप में दिल्ली पहुंचेगी, तो उस खानदान की हेठी होगी—यह नहीं होने का। खुदा ने खेतिहर की बेटी को वहां पहुंचने ही नहीं दिया। लेकिन खुदा मेहरबान है, मेहरबानी करके उसने मुसलमानों के इस बड़े तीरथ अजमेर शरीफ तक हमें पहुंचने दिया। यही बहुत है। यही मेरा हज है। यहां भी तो चगताई बादशाह आए हैं। यहां अमीर नहीं, गरीब नहीं, बादशाह नहीं, भिखमंगा नहीं—सब समान हैं। यहां भी बादशाह की कितनी कीर्ति है! यहीं मेरा अंत होगा— यही खुदा को मर्ज़ी है। मैं मर जाऊं तो तू दिल्ली जाना।

अभी छः महीने पहले तक वे वहीं थे। अजमेर शरीफ में पीर साहबों की मेहरबानी से अकबर मसजिद में काम करता था। वहीं उसने कुछ लिखना-पढ़ना सीखा। लोगों को उसके लिए बड़ी जिज्ञासा थी, लेकिन अमीना ने परिचय बताने को मना कर दिया था।

कहा था—खबरदार बेटे, गर्दन कट जाने पर भी मत बताना कि तेरे अब्बाजान का नाम शाहज़ादा फ़ीरोज़मंद है, उसके अब्बाजान का नाम शाहज़ादा कामबख्श, उसके अब्बाजान का नाम शाहनशाह बादशाह आलमगीर ग़ाज़ी है। खबरदार, अपमान की यह स्याही उनके नामों को काला कर देगी।

दस-ग्यारह साल के अकबर ने यह समझा था और अक्षर-अक्षर उसका पालन किया था।

छः महीने पहले उसकी मां मरी। अजमेर शरीफ में उसे कब्र देकर पीर और मुल्लाओं से विदा होकर अकबर दिल्ली की ओर चला।

चगताई वंश की दिल्ली। वह दिल्ली क्या तो सोने से मढ़ी हुई है। मीनारों के शिखर पर सोने के ताज की बहार—गुंबजों पर चांद-सूरज की किरणों से सोने की चमक। लालकिला, जामा मसजिद—कितना क्या! अकबर सब देखेगा। जामा मसजिद में नमाज़ पढ़कर कहेगा—मेरा नसीब ऐसा क्यों?

लेकिन रास्ते में खुदा की मर्ज़ी कुछ और ही हो गई। वह जिस दल के साथ दिल्ली आ रहा था, उस पर डकैतों का धावा हुआ। दल तितर-बितर हो गया। रास्ता भूलकर अकबर आगरा-ग्वालियर के रास्ते चल पड़ा। बीच में उसे फिर डकैतों ने पकड़ा और गुलामों का व्यवसाय करनेवालों के हाथ बेच दिया।

× × ×

अकबर ने हंसकर कहा था—खुदा की यही मर्ज़ी थी कि कमर में रस्सी बांधे मुझे गुलामों के बिकने के बाज़ार में आना होगा!

सभी अवाक् होकर सुन रहे थे। शाह फाना गरदन हिलाकर कह रहे थे—बेशक! खुदा की मर्ज़ी!

इतने में वज़ीर सफदर के भेजे हुए सिपाही आए। सिपाहियों ने शाह फाना को झुककर सलाम किया। कहा—वज़ीर साहब ने हमें इन्हें लिवा जाने के लिए भेजा है। आपको भी हज़ार सलाम कहे हैं, और कहा है, इन्हें दरबार में भेज देंगे।

शाह फाना ने कहा—सवारी क्या लाए हो? शाहज़ादा जाएंगे कैसे?

—नवाबज़ादा शुजाउद्दौला ने घोड़े पर ले जाने को कहा है।

—ठीक है, मगर इसकी जान का ज़ामिन कौन है?

—ज़ामिन मैं रहा हज़रत!—कहां से तो दो रईस मुसलमान आ पहुंचे। हज़रत को मुहर नज़र की और अफीम भेंट की।

शाह फाना के लिए अफीम दुनिया की सबसे बेहतरीन चीज थी। सिपाही लोग अबकर को लेकर चले गए।

उसके बाद उस शाहज़ादे या शाहज़ादा के परिचय वाले छोकरे को दिल्ली में किसी ने नहीं देखा। दिल्ली में तरह-तरह की अफवाहें फैलीं। और-और शहरों में भी अफवाहें फैलीं। किसी ने कहा—चील या बाज़ जैसे झपट्टा मारते हैं, वज़ीर साहब खबर पाते ही उसे झपट ले गए।

किसी ने कहा—वज़ीर नहीं, खुद बादशाह अहमदशाह और उसकी मां ऊधमबाई ने।

किसी ने कहा—तुम्हें खाक मालूम नहीं है। वज़ीर, बादशाह, बादशाह की मां—ये सब कुछ नहीं हैं। यह सब किया है हरम के खोजा सरदार जावेद खां ने।

और किसीने कहा—रहने भी दो। उस छोकरे ने ही सफेद झूठ कहा था। बिलकुल झूठ। असल में वह गुलाम ही था। किसी अमीर के यहां था। वहां उसने शाहज़ादा फ़ीरोज़मंद के बारे में सुना था। सयाना था, उसने यह किस्सा गढ़ लिया था। मौका पाकर भाग रहा था। मालिकात पकड़कर गुलाम बेचनेवालों के हाथ बेच दिया। वज़ीर ने खुद से तहकीक ने कराई। पता चल गया, वह खोजा गुलाम था। वज़ीर ने देखते ही उसे...

हाथ के इशारे से बताया कि काट डाला।

किसीने कहा, नहीं। सिर घुटाकर, नाक-कान काटकर भगा दिया।

खुद बादशाह ने वज़ीर को बुलाकर पूछा था—क्या बात है वज़ीर साहब। क्या सुन रहा हूं! शाहाज़दा कामबख्श का पोता गुलाम बाज़ार में...

वजीर ने सलाम करके कहा—बादशाह इन बातों की फिक्र न करें। मैंने सब ठीक कर दिया है। वह बादशाह के सुनने लायक नहीं है।

—लेकिन शाह फाना ने तो कहा, देखने में वह हूबहू कामबख्श-सा था?

—शाह फाना की उमर बहुत हो गई—नज़र कमज़ोर हो गई है और दिमाग भी सही नहीं है। तिसपर अफीम खाता है। वह कभी जावेद खां को भी देखकर कहेगा कि देखने में वह जहांदारशाह या फर्रुखशियर-सा है।

बादशाह की आंखें और चेहरा लाल हो उठा था। लेकिन कुछ बोल नहीं सका। वज़ीर ने चिकोटी काटी थी। खोजा जावेद खां और बादशाह की मां ऊधमबाई के बारे में शहर में कानाफूसी होती थी। यह बादशाह को मालूम था।

वजीर ने फिर कहा—जहांपनाह, इसकी फिक्र न करें। ज़ब तक यह खाकसार है, तब तक किसी शाहज़ादे की मजाल नहीं कि मसनद को हिलाए।

प्रसंग को बदलकर कहा—आपने कहा था, इसलिए जहांपनाह को एक बात की याद दिला रहा हूं। शाहज़ादा को छुटपन से ही शासन की तालीम देने का विचार बहुत अच्छा है। शाहज़ादा का दरबार लगेगा, अमीर-उमरावों के बच्चे आएंगे, शाहज़ादा को कोर्निश करेंगे, नज़राना देंगे। वे बच्चे अभी से जानेंगे कि यही हमारे बादशाह हैं। वह दरबार शाम को दीवाने-खास में होगा।

अहमदशाह खुश हो गए। कल्पना में दीवाने-खास में शाहज़ादे को दरबार करते देख खुश हो गए।

उस अजीब छोकरे को दिल्ली में किसीने नहीं देखा—लेकिन लखनऊ में चौदह-पन्द्रह साल के एक खूबसूरत किशोर को नज़रबंद बनाया गया था। किले की एक तरफ एक छोटे-से कमरे में वह रहता था। पहरा था। सिपाही-संतरी या बाहर के लोगों को वहां नहीं जाने दिया जाता था। लेकिन हां, दिल्ली में जो कैदी ज़मीन पर फटे कम्बल और फटा बधनाकटोरा लिए अंधेरे में रहता—उससे उसकी हालत बहुत अच्छी थी। उसके लिए गुलाम-बांदी थी। बावर्ची था।

बाहर से केवल मुल्ले आते थे। वे उसे पढ़ाते थे। कुरानशरीफ पढ़ाते थे। साल-भर बाद ख़ानज़मान अली कुइली पर उसे फारसी पढ़ाने का भार दिया गया। अली कुइली

उसे हाफ़िज़ और उमरखैयाम पढ़ाता।

कुछ दिनों के बाद उसे लखनऊ शहर घूमने की इजाज़त दी गई थी। उस समय अली कुइली गठिया का शिकार था। इसलिए वह अली कुइली के यहां जाता था।

जिस दिन पहले-पहल पहुंचा अली कुइली ने अचरज से पूछा—यह कैसी पोशाक पहनकर तुम निकले हो आदिल?

उसके उस रूप में पोशाक सच ही उसे फब नहीं रही थी। मलमल का पाजामा। मलमल का ही कुरता। सर पर मामूली टोपी। पांवों में मोटे चमड़े का जूता—जैसा देहाती लोग पहनते हैं। आंखों में सुरमा नहीं। कपड़ों में खुशबू नहीं। नाम उसका अकबर आदिल के बजाय नवाब के हुक्म से सिर्फ आदिल ही रह गया था। आदिल ने पूछा—क्यों भला!

कुइली खां ने कहा—नहीं, नहीं, यह पोशाक तो नवाब के महल के नौकर-चाकर पहनते हैं। मैंने नवाब की ओर से तुम्हारी पोशाक तो बनवा दी है।

आदिल ने कहा, जी, जो होता है, खुदा की मर्ज़ी से होता है। तो वही हो। नसीब लोगों की किस्मत से खेलता है, उसमें इंसान का बस नहीं। न रहे बस। लेकिन अपनी इज़्ज़त बचाए रखना इंसान के हाथ में है। वहां नसीब को खेल खेलने देने से इज़्ज़त नहीं रहती।

कुइली खां ने कहा—खेल में नसीब अगर ज़्यादा इज़्ज़त दे तो उसे फेंक ही क्यों दोगे? और अगर वह बेइज़्ज़त ही करे तो उपाय क्या है? नसीब का खेल खुदा की मर्ज़ी से ही होता है।

आदिल ने अदब के साथ सलाम करके कहा—गुस्ताखी माफ करें। आप ईरान के वाला सुलतान हैं—ईरान-तुरान-अफगानिस्तान-हिन्दुस्तान के एक नामी शायर—जाने-माने ज्ञानी। नसीब का खेल खुदा की मर्ज़ी से ही होता है। इससे सच्ची बात और नहीं। लेकिन इन्सान को इज़्ज़त का बोध उन्होंने ही दिया है। वहां उसकी मर्ज़ी परखने की होती है। जिब्राइल देखते हैं। ऐसे देखते हैं, जैसे कुश्ती के समय विचारक देखता है। जहां नसीब इन्सान को उसके पावना से ज्यादा इज़्ज़त देता है, वहां उसे लेकर वह हार जाता है। जो उसे नहीं लेता, फेंक देता है, जिब्राइल दौड़े जाते हैं।—ऐ दीन-दुनिया के मालिक, नसीब की लड़ाई में इन्सान जीत गया, नसीब हार गया! खुदाताला की महिमा खुश होती है। हां, मेरी मर्ज़ी पूरी हुई। लेकिन नसीब जब इज़्ज़त छीनने को आता है तो इन्सान जान की बाजी लगा देता है। उस छीना-झपटी में वह जान दे भी

देता है। वहां भी खुदा प्रसन्न होते हैं—जिब्राइल कह उठते हैं—'यह है कुर्बानी! यही तो खुदा की मर्ज़ी है।"

सुरैया और गन्ना बगल के कमरे में थीं। अली कुइली से उन्होंने सब सुन रखा था—उस खूबसूरत बदनसीब जवान को देखने के लिए आई थीं। रूप से वे मान गई थीं—हां, यह चगताई खानदान का है।

अभी उसकी बात सुनकर दोनों के अचरज का ठिकाना नहीं रहा। दोनों एक-दूसरे को ताकने लगीं।

शाबाश! कहकर अली कुइली ने उसके हाथ थाम लिए। कहा—ये बातें तुम्हें किसने सिखाईं आदिल? अब्बाजान ने?

—जी। मेरे अब्बा कहा करते थे—खुदा की मर्ज़ी। राह चलते-चलते अम्मी कहती थीं—नसीब का खेल। नहीं तो—अम्मी धीमे से कहतीं—नहीं तो टांग तुड़ाकर मुझे लंगड़ाते हुए चलना पड़ता, खुदा से कहना पड़ता—रोटी दो! मैंने सोचते-सोचते सीखा है कि इज़्ज़त इन्सान की है, मेरी है। जंगल में जिस रोज़ डाकुओं ने मुझे पकड़ा, कमर में रस्सी लगाई, उसी रोज़ पत्थर में सिर पीटकर मुझे मर जाना चाहिए था। लड़कर मर जाना था। मैं हार गया। फिर तो मैं दुनिया के कानून से वास्तव में गुलाम हूं! उस रोज़ शाह फाना ने मेरे अब्बा, अब्बा के अब्बा का नाम लिया। शर्म से मैं इतना-सा हो गया। लोगों ने खैर मनाई। मुझे लगा, लोगों ने मुझ पर थूका। मैं सीख गया। मर्ज़ी खुदा की है, खेल नसीब का। लेकिन इज़्ज़त इन्सान की है। खुदा की यही मर्ज़ी है कि इन्सान वह इज़्ज़त रख सके।

अली कुइली ने कहा—तुम मसनवी में, ग़ज़लों में इन बातों को गूंथ रक्खो।

आदिल ने हंसकर कहा—नसीब से जूझते-जूझते और खुदा की मर्ज़ी समझते-समझते मैं थक गया, ग़ज़ल-मसनवी कब बनाऊं? और फिर कविता मुझे नहीं आती। आप लोग इतना तो पढ़ाते हैं। आप आपसे सच बताऊं, मुझे अच्छा नहीं लगता है। मुझे कुरान अच्छा लगता है। पढ़ता हूं। नकल करता रहता हूं। उसी में दिन कट जाता है। कभी-कभी हाथीदांत पर तसवीर बनाता हूं। अजमेर में थोड़ा-बहुत सीखा था। मेरी खाहिश है, अकबर से लेकर अपने दादा तक सब बादशाह-शाहज़ादा की तसवीर बनाऊंगा। अपने अब्बा और अम्मां की बनाऊंगा। वही मेरी बादशाही होगी।

ज़रा चुप रहा। उसके बाद बोला—मेरी स्थिति झूले पर चढ़े हुए आदमी जैसी है। अभी ऊपर, अभी नीचे। चक्कर खा रहा हूं। जी-जान से पकड़े हुए हूं झूले को आंखें बंद किए। मुझे फुरसत कहां?

कुइली खां ने कहा—तुम मुशायरे में आया करो। धीरे-धीरे सबा अच्छा लगने लगेगा।

—आप चाहेंगे, तो ज़रूर आऊंगा।

—तुम्हें खुशी होगी?

ज़रूर। आप जब कह रहे हैं, तो ज़रूर खुशी होगी। और खुदा की भी वही मर्ज़ी होगी।

जाते वक्त आदिल ने कहा—कुरान की मैंने नकल की है। उसे ले आया हूं। अर्ज़ है कि आप उसे देख दें।

—रख जाओ। ज़रूर देख दूंगा।

उसकी लिखावट और मेहनत देखकर सुरैया हैरान रह गई थी। गन्ना ने अवाक् होकर उसे देखा। तमाम दिन उसके पन्ने पलटती रही। कुइली खां से कहा—अब्बाजान, मैं यह कुरान लूंगी। आप शाहज़ादा से कह दें।

आदिल ने सुना तो बहुत खुश हुआ। कहा—इससे बड़ी खुशनसीबी क्या होगी मेरी? गन्ना बेगम की ग़ज़लों की तारीफ में सारा मुल्क पंचमुख है। शाहज़ादी जहांनारा, शाहज़ादी जेबुन्निसा ग़ज़ल लिखा करती थीं—गन्ना बेगम की गिनती उनके साथ होती है। उन्हें यह कुरान की नकल अच्छी लगी और लेना चाहती हैं तो इससे बढ़कर मेरा और क्या सौभाग्य हो सकता है!

गन्नाने उसे अपनी मसनवी भेज दी थी। कपाल से उसे लगाकर आदिल ने कहा था—बहुत खूब! इसे मैं जतन से ताज़िंदगी अपने पास रक्खूंगा।

गन्ना ने ऊपर ही कुछ पंक्तियां लिख दी थीं—दुनिया में जितने भी फूल खिलते हैं, सबकी सुन्दरता और खुशबू खुदा की ही महिमा है। दुनिया में जितने गीत, जितने सुर हैं, उन सबमें भी उसी खुदा की महिमा है। संसार में जो भी प्रेम है—इन्सान से इन्सान का, मां से बेटा का—उसमें भी उसी खुदा की महिमा है। उसी महिमा से गूंजती है अज़ान—ला इला इलल्लाह! गन्ना कहती है, अपने दिल को उसी महिमा से धो लो, तो गीतों में ही अज़ान सुनोगे।

आदिलशाह 'वाह-वाह' कर उठा था।

गन्ना की ग़ज़लों में इसीके बाद से नया सुर जागा था। पहले धुंधला, फिर धीरे-धीरे साफ।

वह सूर सबके ध्यान में आया था, और सबने शाबाशी देते हुए कहा—अब तो गन्ना का हृदय खिले गुलाब जैसी खुशबू और बहार बिखेरेगा।

आदिल बैठा सुनता और तारीफ करता। कभी-कभी कुइली खां कहता—अगले मुशायरे में तुम्हारी ग़ज़ल सुनने की उम्मीद किए बैठा हूं आदिल साहब!

आदिल को कुइली खां आदिल साहब कहने लगा था। आदिल के अंग-अंग में नौजवानी की छटा निखर रही थी। थोड़ी-बहुत दाढ़ी-मूंछे झांकने लगी थीं। गले की आवाज़ भारी हो आई थी। पोशाक उसकी गरचे वही मलमल वाली थी, मगर धुप-धुप धुली। टोपी पर थोड़ा-बहुत काम। जूते में हलकी ज़री। मामूली-सी। उसमें सोना-रूपा नहीं।

आदिल साहब सुनकर हंसता। कहता—हुज़ूर, खुदा की सृष्टि में सिर्फ फूल ही नहीं हैं। उन फूलों की खुशबू, उन फूलों का रस लेने के लिए, तारीफ करने के लिए खुदा ने ही मधुमक्खियों को बनाया है। भौंरों को बनाया है। मैं फूल नहीं मधुमक्खी हूं।

अगले मुशायरे में गन्ना ने पर्दे के पीछे से ग़ज़ल सुनाई। जिब्राइल ने आकर फकीर से पूछा—फकीर, खुदा की महिमा को समझा है? फकीर ने मधु का पात्र और खुशबू की शीशी सामने रखकर कहा—समझने की क्या कहते हो स्वर्ग-दूत, मैंने संजोया है उसे। खुद उसका स्वाद लेता हूं, औरों को चखाता हूं। जिब्राइल ने पूछा—फकीर, तुम मधुमक्खी हो कि फूल से खुदा की महिमा बटोर रक्खी है? उसकी ओर कभी ताककर देखा है? तुम खुद क्या फूल की तरह खिल सकते हो? वह मधु और खुशबू तुममें विकसी है? तुम फूल होकर फूलो फकीर, तुम्हारे रस और वास से खुदा खुश हो उठें!

महफिल में 'वाह-वाह' होने लगी। कुइली खां ने कहा—अब तो ग़ज़ल लिखे बिना नहीं रह सकोगे आदिल साहब!

उस रोज़ सुरैया ने बेटी से पूछा—यह तूने किया क्या गन्ना? हंसकर गन्ना बोली—मधुमक्खी के छत्ते में एक खरोंच लगा दी!

—ज़रूरत क्या पड़ी थी?

—अगर झरे तो शहद थोड़ा झरे न!

—ऊं हूं।

—क्या कहना चाहती हो?

—नौजवानी में मैं तवायफ थी गन्ना। नौजवानी में मन क्या खेल खेलता है. मुझे मालूम है। यह खेल मत खेलना बेटी! चंदन घिसकर लगाने से बदन जुड़ाता है। लेकिन हिन्दू लोग चंदन की लकड़ी से लाश फूंकते हैं। चंदन-काठ के अंगारे और मामूली अंगारे में कोई फर्क नहीं है। वह भसम लगाने से दुनिया पास से खिसक जाती है—सार हो जाती है फकीरी। फकीरी में खुदा की मेहरबानी कितनी है, नहीं जानती,

लेकिन मां-बेटा, पति-पुत्र, भाई-बहन के आनन्द में खुदा की जो मेहरबानी है, जिससे जी जुड़ाता है, उसमें वह तो नहीं है। आदिल हिंदुओं की चिता का वही चंदन-काठ है। उसे जलकर खाक होना ही पड़ेगा! वज़ीरे-हिंदुस्तान नवाब सफदरजंग ने उसे जलाने के लिए ही जुटाया है। मुझसे यह सुन ले तू। देख लेना, कुछ ही दिनों में अहमदशाह से वजीर की खटपट शुरू होगी। बहुत जल्दी। उस झगड़े में लड़ाई की आग भड़केगी और चंदन होकर उस आग में आदिल को जलना ही होगा।

सुरैया की बात अक्षरशः सत्य निकली थी। साल-भर के अंदर ही वजीर-बादशाह का झगड़ा शुरू हो गया।

नवाब सफदरजंग उस समय रोहिलखंड में रोहिलों से लड़ रहा था। खोजा जावेद खां के सहारे अहमदशाह और ऊधमबाई दिल्ली चला रहे थे। बाज़ार की वसूली से रंगमहल और बादशाह का खर्च चल रहा था। इधर शोलापुरी बेगम और ऊधमबाई में सफदरजंग को भगाने की साजिश हो रही थी। इसी बीच अब्दाली फिर काबुल से दिल्ली आया। मोइनुल मुल्क को बंदी बनाकर लाहौर और मुलतान में अफगानी झंडा फहराकर अपने एक मनसबदार को उसने दिल्ली भेजा।

कलंदरबेग अफगानी ने अब्दाली की चिट्ठी बादशाह को देकर सिर ऊंचा करके कहा—हुजूर, काबुल, कंधार, अफगानिस्तान के बादशाह, दुनिया के रुस्तम अब्दाली ने अपनी तलवार और पंजे के ज़ोर से लाहौर और मुलतान पर कब्ज़ा किया है। दिल्ली के बादशाह से उन्होंने पचास लाख सिक्के की मांग की है। यह मांग खुदाताला के नाम से है। बादशाह या उनके कोई बदमाश ताबेदार अगर इससे नाराज़ हों, तो वे अब्दाली के गुस्से के शिकार होंगे।

सारे दिल्ली दरबार में ऐसा एक भी अमीर न था, जिसके गले से इसपर चूं भी निकले। सिर्फ दीवाने-आम और लाल किले के पत्थर के पायों में अफगानी की बातें प्रतिध्वनित होती रहीं। बादशाह मारे डर के कांप उठा था। कलंदरबेग को बड़ी खातिर के साथ पचास लाख रुपये देकर अब्दाली की मांग मंजूर कर ली थी।

कुमायूं-रोहिलखंड से लौटने पर वजीर ने सर पीट लिया—हाय रे हिन्दुस्तान का नसीब, इसका जवाब देने के लिए एक भी मर्द नहीं था?—फिर कहा रहे कहां से? लाल किले का सूबेदार एक खोजा है।

झगड़ा यहीं से शुरू हुआ। अहमदशाह, ऊधमबाई, शोलापुरी, बेगम इंतिज़ामुद्दौला और सफदरजंग के धरम बेटे ने अफगानों को बुलाकर सांठ-गांठ की। शिया वज़ीर

सफदरजंग के खिलाफ सुन्नियों की साज़िश।

सफदरजंग निरा अकेला। भरोसा एक सलाबत खां, और लड़ाई का सहारा सिर्फ राजेन्दर गिरि गोसाईं। लड़ाई में उसे दिल्ली से हटना पड़ा। वल्लभगगढ़ के सूरजमल से हाथ मिलाया। दिल्ली से फौज लेकर निकल गया। लखनऊ लौट जाने की सोची थी। उधर इंतिज़ाम वज़ीर बना। सफदरजंग के खेमे से भागकर इमाद बादशाह से जा मिला।

सफदरजंग को अकबर आदिल की याद आई। एक दिन उसकी चिट्ठी लेकर सवार लखनऊ पहुंचा। चिट्ठी कुइली खां के नाम थी। लिखा था—"अकबर आदिल को बादशाह की इज्ज़त देकर फौज के साथ जितनी जल्दी बने दिल्ली चले आओ। अहमदशाह की बादशाही खत्म होगी—शुरू होगी अकबर आदिल की बादशाही। लखनऊ की मसजिद में हिन्दुस्तान के बादशाह कहकर खुतवा पढ़वाना। तोपों की सलामी देना और डौंडी पिटवा देना—हिन्दुस्तान के नये बादशाह हुए अकबर आदिलशाह।"

वह खत कुइली ने सुरैया और गन्ना को दिखाया था। गन्ना की आंखें दपदपा उठीं।

और सुरैया देख रही थी। क्या देख रही थी, वही जाने।

आदिल साहब ने कहा—जनाब खानज़मान साहब, यह है नसीब का खेल! मगर खुदा की मर्ज़ी क्या है, कह सकते हैं?

कुइली खां ताकता रहा। उस जवान की बात का जवाब वह सोचसमझकर देता था। कहा—जहांपनाह, अब से आप हिन्दुस्तान के बादशाह हैं। यही खुदा की मर्ज़ी है!

—मेरी इन्सानियत की इज्ज़त, नमक का दाम क्या इससे अदा होगा वाला सुलतान साहब?

कुइली खां चौंका। कहा—जहांपनाह!...

टोककर आदिलशाह ने कहा—नहीं, आदिल साहब कहिए। कुछ समय के लिए बादशाही को अलग रक्खें। अभी मैंने उसे अपनाया नहीं है। आप मेरे शिक्षक हैं—मौलवी। उसी निगाह से देखते हुए मुझसे बात कीजिए।

कुइली खां ने कहा—आदिल साहब, तुम डर रहे हो? सच-सच कहो। इसमें लेकिन डरने की कोई बात नहीं। मैं बादशाही का खेल नहीं खेलता। मगर समझता हूं। तमाम हिन्दुस्तान में अभी भी नवाब सफदरजंग जैसा हिम्मत और कलेजेवाला आदमी नहीं है। इतनी बड़ी फौज भी किसी की नहीं है, तुम डरो मत।

आदिल ने हंसकर कहा—मेरे अब्बाजान बादशाही खानदान के शाहजादा थे। वे गद्दी का लोभ छोड़कर हज को निकले थे। मेरी मां खेतिहर की बेटी थी। मगर वैसी मां कम होती है। अल्लाह का नाम लिए बिना कभी किसी से रोटी नहीं मांगी। मैं निहायत मामूली झोंपड़े में पैदा हुआ। उसके बाद अब्बा चल बसे। कहते गए, चगताई वंश की इज़्ज़त बचाने जा रहा हूं। कहते थे खुदा की मर्ज़ी! क्या होगा, यह भी खुदा जाने। उसके बाद मैं आधा हिन्दुस्तान पैदल चला। गुलाम होकर दिल्ली में बिकने आया। मुझे डर कैसा? क्यों हो डर? वह बात नहीं, आप हिसाब जानते हैं—मुझे हिसाब नहीं आता। कहिए तो, बादशाह होने पर अगर गरदन जाए तो नवाब साहब के नमक का बदला चुकेगा?

कुइली खां ने कहा—आदिल साहब, तुम फकीरी लेकर दुनिया में पैदा हुए हो—बादशाही ताज पहनकर जो पीड़ा होगी तुम्हें, उससे ज़िन्दगी-भर का देना चुक जाएगा। और तुम बादशाह होगे, तो बादशाही खुदा की मस्जिद होगी।

उसी रोज़ शाम को आदिल खुद ख़ानज़मान के यहां आया। पोशाक उसकी वही मलमल की ही थी, सिर्फ माथे पर कीमती पगड़ी थी, पैरों में जरीदार जूता। घोड़े पर चढ़कर आया था। साथ में सवार थे। उस वक्त तक उसके बादशाह होने का एलान नहीं किया गया था।

कुइली खां ने अदब से बात की। 'जहांपनाह' कहा। कहा—यह क्या अघटन आप घटा रहे हैं। कल घोषणा होगी। सारा देश जानेगा कि आप बादशाह हुए, और आज शाम को...? एक मामूली पांचहज़ारी मनसबदार के यहां ऐसे...

आदिल साहब ने कहा—जी, मेरे आधे आज़ाद जीवन की परमायु आज ही तक है। कल से ही बादशाही कानून की जंजीर का कैदी बन जाऊंगा। आज जाने एकाएक क्या ख्याल आया, मैंने एक ग़ज़ल बना डाली। आपको, बेगम साहब को, साहबज़ादी को सुनाने चला आया। मेरी यह पहली कविता है और शायद आखिरी!

कुइली खां ने उस दिन अच्छा-बेजा का विचार नहीं किया। खुद जाकर सुरैया और गन्ना को बुला लाया।

उन लोगों ने आदिल शाह को कोर्निश किया।

आदिलशाह ने बाधा दी—आप मेरी भी मां जैसी हैं बेगम साहबा। और मैं आज बादशाह भी नहीं हूं। आज तो मैं एक नया शायर हूं—वाला सुलतान, सुरैया बेगम और गन्ना बेगम—हिन्दुस्तान के तीन मशहूर शायरों को अपनी पहली ग़ज़ल सुनाने आया हूं।

"रात के चांद को देखा है? नहीं देखा है। क्योंकि तुम लोग कहते हो कि चांद हंसता है। लेकिन मैंने देखा है कि चांद हंसता नहीं है। चांद रोता है। हसते हुए ही वह रोता है। उस रोज देखा, बीतती रात की शांत धरती—चांद की धुली हंसी से दुनिया में जैसे बहार आई है। लेकिन देखा, घास की नोकों पर, गुलाब की पंखुरियों पर अनगिनत आंसुओं की बूंदें टलमल कर रही हैं। कौन रोया? चांद ने कहा—मैं। मैंने अवाक् होकर पूछा—चांद, तुम रोते हो? चांद ने कहा—खूदा की मर्ज़ी से रोना ही अपनी किस्मत है। दीन-दुनिया के मालिक ने मुझे ताप नहीं दिया है। मैं हिम शीतल हं। मेरा ख्याल है, मेरी हंसी की शीतलता से गुलाब और भी ताज़े रूप से झलमला उठेगा। मगर हाय रे मेरा नसीव! मेरी चांदनी की शीतलता से गुलाब की पंखुरी-पंखुरी पर मौत की छाया घनी हो आती है। एक-एक करके पंखुरियां झड़ जाती हैं। मैं इसीलिए रोता हूं और कहता हूं, मुझमें मौत का परस है, ऐ दुनिया, तुम रात को सो जाना। मेरी छूत मत लगाना। गुलाब, रात को तुम मुंह छुपा लो! मैं चुपचाप रोकर पश्चिम को चला जाऊं—अपने आँसू की आखिरी बूंद खुदाताला के दरबार में देकर कहूं— दयामय, मुझे जनम-भर के लिए छुट्टी दे दो!"

कविता के भाव में, पाठ की लय में ऐसा कुछ था कि तीनों श्रोता, यहां तक कि पूरे कमरे की हवा मानो दर्द से भारी हो गई। तीनों ने लम्बी उसांसें भरीं। गन्ना की आंखों में आंसू छलक आए। उसने शर्म के बहाने सिर झुका लिया था। पर सुरैया समझ गई थी कि वह रो रही है।

अली कुइली ने पूछा—आपको इतनी तकलीफ क्यों है, हिन्दुस्तान के भावी बादशाह?

आदिल ने कहा—खुदा की मर्जी से यही अपना नसीब है। जभी मैं दुनिया से दूर रहा हूं, दूर ही रहना चाहता हूं। फिर भी खुदा की मर्ज़ी से इज्ज़त रखने के लिए आज मुझे हिन्दुस्तान के आसमान में इंजोरिया पाख की प्रतिपदा या दूज के चांद-सा उगना पड़ रहा है। महज़ दो घड़ी के लिए—फिर छुट्टी।

—क्यों, तुम पूर्णिमा के चांद होकर पारी पूरी नहीं करोगे, यह किसने कहा?

—अपनी तकदीर को मैं जानता हूं ख़ानज़मान साहब।

इतने में प्रासाद में रात के पहले पहर का घड़ियाल बजा। नक्कारखाने में विहाग के सुर का आलाप शुरू हो गया...

आदिल साहब सलाम करके उठ खड़ा हुआ। कल होंगे बादशाह अकबर आदिलशाह ग़ाज़ी—हिन्दुस्तान के मालिक—हिन्दू जिसे 'दिल्ली श्वरो वा जगदीश्वरो

वा' कहते हैं। मुसलमान कहेंगे—अल्लाह के प्रतिनिधि। कल से आदिलशाह सबके 'आप' हो जाएंगे, 'तुम' नहीं रहेंगे। वह किसी को अभिवादन नहीं करेंगे, सब उन्हीं को अभिवादन करेंगे।

आदिल साहब ने हंसकर कहा—आप लोगों से यही शायद अन्तिम विदाई ले रहा हूं।

आदिल साहब चला गया। सुरैया की आंखें गीली हो आईं—गन्ना बुत-सी खड़ी रह गई।

रात को सुरैया ने कुइली खां से कहा—नवाब सफदरजंग से कहकर आदिल साहब से गन्ना की शादी कर दो न। सुरैया ने कुछ दिन पहले खुद ही गन्ना से कहा था—गन्ना, उससे खेलने का अरमान मत रख। वह चंदन चाहे हो, उसे घिसकर शरीर को शीतल नहीं किया जा सकता। उस चिता में जलकर अंगार हो जाएगी। फिर भी अभी सुरैया ने ऐसा संकल्प किया।

कुइली ने कहा—मैंने आदिल से कहा था। उस समय उसके बादशाह होने की बात नहीं थी। उसने कहा था, नहीं, नहीं, आपकी बेटी बहिश्त को हूर है—हिन्दू जिसे देवी कहते हैं, वह। मुझ जैसी किस्मत वाले से उसकी शादी नहीं हो सकती। तिसपर मेरी ज़िन्दगी का क्या, आज है, कल नहीं। अजमेर के इमाम ने मुझसे कहा था—तुझे बड़ा कष्ट उठाना पड़ेगा। खुदा को याद करके सब सहते जाना। उससे आनन्द मिलेगा। नहीं तो तुझे खुदकुशी करनी पड़ेगी।

कुइली ने ज़रा चुप रहकर कहा—उस नौजवान को इतना कोमल देख रही हो न, वह उसका बाहरी रूप है। अन्दर से वह लोहे से भी सख्त है।

सुरैया उदास होकर सो गई थी। सवेरे उसने बांदी से सुना—गन्ना रात बिलकुल नहीं सोई। औंधी पड़ी फूट-फूटकर रोती रही।

बाद की बात हिन्दुस्तान के लोग जानते हैं। तीन साल पहले, 1172 हिजरी में, भारतीयों के चैत महीने में एक दिन फौज सजाकर, बड़े हाथी पर नवाब सफदरजंग के सोने का हौदा कसकर, उस पर किमखाब-साटिन के मोती-झालरवाला चंदोवा लगाकर अकबर आदिलशाह ग़ाज़ी के नाम की घोषणा करते हुए लखनऊ से दिल्ली की ओर शाही जुलूस रवाना हुआ था।

नवाब सफदरजंग ने दिल्ली में एलान कर दिया—अहमदशाह की बादशाही खत्म हो गई। शाह ग़ाज़ी आलमगीर के बेटे शाह कामबख्श के बेटे फ़ीरोज़मंद बहादुर

के बेटे अकबर आदिलशाह हिन्दुस्तान के नये बादशाद हैं।

आदिलशाह ने कहा था—नसीब का खेल!

नसीब का खेल ही कहिए। दुनिया के सभी आदमी से नसीब खेलता है। लेकिन अभी उसके जी में क्या आया, वही जाने। छोटी बच्ची जैसे घरौंदे में खिलौने लिए खेलती हैं, वह इस समय हिन्दुस्तान की बादशाहत को ही लेकर खेलने में मशगूल हो गया। इतना बड़ा देश यह हिन्दुस्तान, इतने-इतने लोग—इनके नसीब तो एक प्रकार से ठीक ही हैं कि ये भूखों मरेंगे, दुःख उठाएंगे, बीमारी से मरेंगे; राजा-नवाब लड़ेंगे और उसमें इनके घर जलेंगे, ये झुलसेंगे, खून होंगे, इनकी औरतें छिनेंगी, आंधी उठेगी, नदी में बाढ़ आएगी और उस बाढ़ में ये मरेंगे। सभी तो बंधा-बंधाया है। दुनिया के आदिकाल से ही तै है। मगर हिन्दुस्तान की बादशाही में नसीब ने सबसे पहले शाहजहां को बेटे के हाथों कैद कराकर इस खेल की शुरुआत की। दाराशिकोह कत्ल हुआ था। शुजा मरा था। मुराद मरा था। औरंगज़ब के हाथों उनकी तकदीर पुंछ गई थी। उसके बाद से इतनी छीना-झपटी, इतनी मार-काट हुई कि देश के लोग अवाक् रह गए।

बादशाह ही नहीं बादशाह के साथ वज़ीर।

सैयद बंधुओं ने ही फर्रुखशियर को गद्दी पर बिठाया था और फिर उन्हींने उसकी आंखें निकालकर उसका काम तमाम कर दिया था। उसके बाद कै महीने में दो-दो बादशाह। कोई कहता है, वे लोग अपने-आप ही मर गए थे और कोई कहता है, सैयदों ने उन्हें ज़हर दे दिया था। उसके बाद मुहम्मदशाह। मुहम्मदशाह को बादशाह बनाया सैयद भाइयों ने। मुहम्मदशाह ने सैयदों को समाप्त कर दिया। मुहम्मशाह को घायल कर गया नादिरशाह। उसके बाद अहमदशाह। अहमदशाह से वजीर सफदरजंग की ठनी। सफदरजंग बादशाह कहके आदिलशाह को सामने लाया।

आदिलशाह अपनी किस्मत को ठीक ही पहचानता था।

लालकिले में वह घुस नहीं पाया। सफदरजंग की छावनी में किमखाब-मलमल-साटिन के पर्दे-चंदोवे तले लकड़ी की कुर्सी पर बैठकर सात-आठ महीने बादशाही की। हिन्दुओं के वैशाख महीने से अगहन तक। बस। हो गई उसकी बादशाही! अहमदशाह से सफदरजंग हार गया। नये वज़ीर इन्तिज़ामुद्दौला ने सफदरजंग को शिकस्त दी। आदिलशाह और सफदरजंग का नसीब-राजेन्दर गिरि को सफदरजंग के सिपाही ने ही गोली से मार दिया। सफदरजंग का दायां हाथ टूट गया। वह लखनऊ चला गया।

कुइली खां ने सुरैया से कहा था—लौटते वक्त भी सफदरजंग आदिलशाह को वैसे ही हौदे और हाथी पर ले आया।

आदिलशाह वही पुराना आदिलशाह हो गया। उसके होंठों की हंसी एक दिन के लिए भी नहीं टूटी। उन के महीनों की बादशाही में भी नहीं...बादशाही का खेल खत्म हो जाने पर भी नहीं।

सिर्फ एक दिन। दिल्ली से लौटकर कुइली खां ने कहा था—सुरैया, आदिल की बादशाही सिर्फ एक दिन देखी थी। कुछ दिनों के लिए प्रकट होकर बादशाह आदिलशाह मानो उसी पुराने शांत और उदास आदिलशाह में सिमट गया। काली पहाड़ी की लड़ाई में मनसबदार इस्माइल खां ने बेईमानी से अपने एक सिपाही के हाथों पीछे से राजेन्दर गिरि गुसाईं पर गोली मरवा दी। गिरि गुसाईं पीठ को मंत्रपूत नहीं करता था। कहता था—दुश्मन को पीठ दिखाकर भाग आने से हमारे धरम से दोज़ख होगा। पीठ को मंतर से बांधने का मतलब है, दुश्मनों के बड़े मुकाबले में पीठ दिखाकर भागने का इरादा होगा। पीछे भागने से ही मरना होगा। लेकिन गुसाईं यह नहीं जानता था कि उसे अपने ही दल का कोई मारेगा। इस्माइल खां को गुसाईं पर बड़ा गुस्सा था। खबर जब आई तो एक आवाज़ सुनकर मैं चौंक उठा। सुरैया, लगा, जैसे कोई शेर दहाड़ उठा। नज़र उठाकर देखा, तो बादशाह! चेहरा लाल हो उठा है। हाथ उनका कमर की तलवार पर। चीख उठे—मनसबदार इस्माइल खां की गरदन कोई काटकर ला देगा मुझे? कोई? वज़ीर चौंका—चुप हो जाइए बादशाह। इस्माइल खां जान जाएगा कि राजेन्दर गिरि गुसाईं नहीं है, तो अपनी फौज के साथ तुरन्त अहमदशाह से जा मिलेगा। चुप रह जाइए। उसके बाद हुक्म दिया—उस सिपाही का सिर काटकर बादशाह को दो लाकर। बादशाह आदिल चौंके! बोले—ठहरो। उन्होंने वजीर से कहा—बादशाह के रूप में यही मेरा आखिरी हुक्म है वज़ीर साहब—वज़ीर के नाते इसके पालन का भार आप पर रहा, वह यह कि सिपाही के बदन को कोई छुए नहीं। गिरि गुसाईं की मौत के कसूर की उसकी सारी ज़िम्मेदारी मैंने साफ कर दी।—कहकर वह अपने तंबू में चला गया।

नवाब सफदरजंग नाराज़ हुआ। उसने सोचा था। उस सिपाही का हाथ पहले कटवा लेगा, फिर गरदन कटवाएगा। कहेगा, निशाने की चूक से जो इस तरह अपनी ही तरफ के आदमी को मारता है, हाथ काट लेना ही उसकी सज़ा है। गिरि गुसाईं की फौज उसकी गरदन तो उतार ही लेगी। लेकिन आदिलशाह ने माफ कर दिया। सफदरजंग

नाखुश तो हुआ, लेकिन वह बात उसने मानी थी।

नतीजा इसका अच्छा नहीं हुआ।

गुसाईं की फौज फिर वैसी लडी नहीं। बिलकुल अलग से लड़ती थी। अपने पीछे नवाबी फौज को नहीं रहने देती थी।

उसके बाद आदिल वही पुराना आदिल हो गया सुरैया। वही पुरानी बात। वैसी ही मीठी हंसी।

जयपुर के राजा माधोसिंह ने सफदरजंग से तसफिया कर लिया। सफदरजंग ने कहा—आदिलशाह, तुम्हारे लिए मैंने जागीर की बात कही है।

आदिल ने कहा—मैं शाह-बादशाह नहीं हूं नवाब साहब—मैं वही आदिल हूं जो गुलाम होकर बिकने के लिए आया था। आपकी मेहरबानी से मुझे बहत कुछ मिला। आपके नमक का बदला चुकाने के लिए मैंने लटकती तलवार के नीचे नकली बादशाही की। मुझ पर एहसान का और क़र्ज़ न चढ़ाएं नवाब साहब! जागीर और तनखा मुझे नहीं चाहिए। मैं बस एक ही चीज़ चाहता हूं, छुट्टी।

सफदरजंग की भी आंखें छलछला रही थीं। उसने फिर भी आदिल को नहीं छोड़ा। वही किमखाब से सजे हौदे पर बिठाकर ले आया। आगरे ले जाकर मनसबदार अमर सिंह के हाथों सौंपकर कहा—इसे किलेदार के ज़िम्मे कर दो।

मैं समझ गया कि आदिल कैद कर लिया गया।

मैंने आदिल की तरफ देखा। उसने हसकर कहा—मर्ज़ी खुदा की, खेल नसीब का! सलाम नवाब साहब, सलाम वाला सुलतान साहब। यही मेरा नसीब है। मैं यह जानता था।

नसीब ही कहिए। नन्ही-मुन्नी के खिलौना-खेल-सा नसीब बादशाहवज़ीर से खेल रहा है। आगरे के किले में आदिलशाह ही कैद नहीं हुआ। दो-तीन महीने बीतते न बीतते नसीब ने अहमदशाह के हाथों वज़ीर इन्तिज़ामुद्दौला के खिलौने को तोड़ा। नाटे कद का आदमी, भूरी आंखें, बाल का रंग कुछ लाल-सा। इमादुलमुल्क वज़ीर बना। नसीब ने इमाद के ज़रिये इस बार बादशाह खिलौना अहमदशाह को तोड़ा। उसको दोनों आंखों का अंधा बनाकर पुराने किले के उसी कमरे में दाखिल कर दिया। उसके साथ गई उसकी बही तबायफ मां—ऊधमबाई।

नसीब ने इमाद को भेजा—वह नया बादशाह-खिलौना ले आया—शाहज़ादा

मैजुद्दीन। बहादुरशाह के बेटे का बेटा। नसीब ने घोषणा की—बादशाह आलमगीर ग़ाज़ी।

अकबर आदिलशाह ने आगरे के किले में ये खबरें ज़रूर सुनी होंगी और उसने जरूर कहा होगा—मर्जी खुदा की, खेल नसीब का। अहमदशाह इज्ज़त नहीं बचा सके। इमाद की फौज के डर से वे पेड़ की जड़ में छिप गए थे। सैनिक उन्हें खींचकर उसी घर में ले गए, जहां फर्रुखशियर मरा था, उससे पहले जहांदारशाह, लाला कुंवर मरे थे। मुंह को ऊनी चादर से ढक्कर ऊधमबाई को भी उसी घर में डाल दिया गया था। अहमदशाह चीख उठे—पानी! पानी!

इमाद के लोगों ने बादशाह के सामने मिट्टी के एक गंदे बर्तन में थोड़ा-सा मैला पानी बढ़ा दिया था!

नसीब खिलखिलाकर हंस पड़ा था!

इसके बाद आदिलशाह के नसीब का खेल। वह भी अजीब! एक दिन कुइली खां ने ही कहा था—ज़रा खुदा की मर्ज़ी तो देखो सुरैया! खबर मिली कि आगरे के किले में आदिलशाह को चेचक हुई है! ऐसी भयानक हई कि डर के मारे लोगों ने उसे किले के बाहर एक झोंपड़े में डाल दिया है। एक बर्तन में कुछ रोटियां और थोड़ा-सा पानी सिरहाने के पास रख दिया है। वह बचेगा नहीं शायद।

सुरैया का जी यह सुनकर खराब हो गया था। मां-बाप के सामने ही गन्ना की आंखों से टपटप आंसू चू पड़े थे।

सुरैया ने कहा—गन्ना, उसे भूल जा। भूल जा।

गन्ना सिर्फ रोई थी।

महीने-भर के बाद कुइली खां ने बताया—खुदा की मर्जी अजीब है! उस झोंपड़े में अकेला पड़ा-पड़ा जी गया आदिलशाह। मरा नहीं। लेकिन वह चला कहां गया, कोई नहीं जानता।

आज इतने दिनों के बाद सुरैया ने इकबाल से कहा—खोज करके बता सकते हो इकबाल, आदिलशाह कहां है? पूछ देखो, किसी ने ऐसे फकीर को देखा है, जो 'मर्ज़ी खुदा की, खेल नसीब का' कहता चलता है? चेहरे पर चेचक के दाग हैं। नहीं तो मैं यह कहती कि देखने में वैसे खूबसूरत अमीर भी कम ही हैं। वह लखनऊ के नवाबज़ादा शुजाउद्दौला से भी सुन्दर है।

5

पानीपत में एक कतार से चार दरगाहें। उत्तर से दक्खिन। बाबा हाफ़िज़ महल की दरगाह सबसे उत्तर में। उससे थोड़ा पूरब हटकर बाबर की बनवाई हुई मसजिद। लड़ाई जीतने के बाद बाबर ने यह मसजिद बनवाई थी। उसी मसजिद के किनारे एक कम उमर का फकीर बैठा था। बैठा-बैठा वह देख रहा था। बादशाही सड़क से बादशाही फौज चली जा रही थी। चारों ओर धूल और धूल। घोड़ों की टापों, हाथियों के पैरों, सिपाहियों के जूतों की ठोकरों और गाड़ी के पहियों से कुंडली बनाती हुई धूल ऊपर को उठ रही थी। दिल्ली का वज़ीर इमादुल मुल्क लाहौर जा रहा था।

इमाद महज़ बीस साल की उम्र में हिन्दुस्तान का वज़ीर बना। अपनी अक्ल के ज़ोर से वह नसीब से मनमाना खेल खेल रहा था।

छः साल पहले, बाप के मरने पर पन्द्रह-सोलह साल का वह लड़का सफदरजंग के यहां रात-दिन रोया था और पन्द्रह दिनों तक उसके पैरों के पास घुटने टेककर हाथ जोड़कर कहता रहा था कि आप मेरे वालिद के दोस्त रहे हैं। भाई के समान। आप मेरे चाचा हैं—धरमबाप हैं। आपके सिवाय मेरा कोई नहीं है।

वज़ीरे-हिन्दुस्तान नवाब सफदरजंग ने उसे अपना धरमबेटा बनाया था। लड़के से पगड़ी-बदल कराई और खुद बेगम के पास ले जाकर शरबत-मिठाई खिलाकर भरोसा दिया। बादशाह के दफ्तर में उसे मीरबख्शी की नौकरी दिलाई। उस समय उसका नाम साहेबुद्दीन था। इमादुल मुल्क वह तब नहीं बना था।

पन्द्रह-सोलह साल का वही साहेबुद्दीन चार साल में आज हिन्दुस्तान का वज़ीरे-आज़म अमीरुल मुल्क फ़ीरोज़जंग इमादुल मुल्क गाजीउद्दीन बहादुर बन गया! बादशाह का सर्वेसर्वा!

ईरानी, तुरानी, अफगानी अमीरों से कद का छोटा। चेहरे में ज़बर्दस्त होने का खास कोई लक्षण नहीं। थीं सिर्फ दो आंखें। भरी आंखें—बनबिलाव जैसी।

छाती पर कुरान झूलता होता। मुंह में कुरान की आयतें रहतीं। शराब नहीं छूता। औरतों की तरफ नहीं ताकता। दुनिया में कोई भी काम करके कभी पछताता नहीं। और ऐसा कोई काम ही नहीं, जिसे वह न कर सकता हो। अहमदशाह ने उसके हाथ में कुरान देकर कहा था—शपथ करो कुरान लेकर कि मेरी कोई बुराई नहीं करोगे। उसने शपथ खाई। बादशाह ने उसे वज़ीर का कलमदान दिया सोने का। उसी कलम

से कुछ क़ाग़ज़ों पर सही बना करके उसने अपने मनसबदार को भेजा कि रंगमहल से पकड़कर अहमदशाह को उसी हाजत में पहुंचाओ, जहां दूसरे बादशाह कैद रहते आए हैं। बादशाह की आंखें निकाल लेने का हुक्म दिया। इसके लिए उसे ज़रा भी परेशानी न हुई; चेहरे पर, कपाल पर ज़रा देर के लिए भी कोई लकीर नहीं पड़ी। वही इमादुल मुल्क !

इमादुल मुल्क कट्टर सुन्नी था, मगर रोहिला अफगानों का बड़ा भारी दुश्मन। इसलिए कि रोहिले हिन्दुस्तान, काबुल-कंधार में दुरानी शासन देखना चाहते थे। काफिरों से उसे नफरत थी, मगर पेशवों से सांठ-गांठ करके अंताजी को दिल्ली में रक्खा था। मराठा सेना को तनखा देकर पोसता था। वह सेना उसके पीछे रहती थी। फर्रुखाबाद का अहमद खां अफगान उसका दोस्त था। वह उन अफगानों में से नहीं था, जो हिन्दुस्तान में दुरानी शासन का सपना देखते थे। चाहे जैसे हो, हिन्दुस्तान को वह फिर से ऊपर उठाएगा। चगताई वंश के किसी शाहज़ादे को बिठाकर बादशह पर बादशाही करेगा। पंजाब को दुरानी अहमदशाह अब्दाली ने चार साल पहले ही दखल कर लिया था। अब्दाली ने मोइनुल मुल्क मीर मन्नू को हराकर लाहौर पर क़ब्ज़ा किया था। मीर मन्नू ने लाख निहोरा किया, दिल्ली से न तो उसे फौज की मदद मिली, न रुपये की। वह हार गया। अब्दाली ने पकड़कर उसे सामने बुलाया—अब ? मीर मन्नू ने तुरन्त कहा—दुरानी बादशाह अगर बनिया होंगे, तब तो मुझे गुलामों के व्यापारी के हाथ बेच देंगे; अगर कसाई होंगे, तो कत्ल करेंगे और अगर बादशाह होंगे, तो मुझे माफ करेंगे। क्योंकि मैं उनके लिए लड़ा, जिनका नमक खाता था।

बादशाह खुश हुआ था। उसने उसे माफी दी थी। बादशाह और भी खुश हुआ मीर मन्नू की बेगम मुगलानी के सेवा-जतन से। इतना खुश हुआ कि मुगलानी को उसने धरमबेटी बनाया और मीर मन्नू को ही लाहौर का सूबेदार बना गया। मीर मन्नू नमकहलाल और ईमानदार मुसलमान था। वह चगताई वंश के बादशाह को उसका पावना दिया करता था। लाहौर और मुलतान के सूबे को छोड़कर पंजाब में हिन्दुस्तानी अधिकार की और उधर लाहौर से पेशावर तक दुरानी अधिकार की रक्षा करता था। इमादुल मुल्क मीर मन्नू का अपना भानजा था।

इमाद ने अपने ईमानदार मामा को और भी गाढ़े अपनत्व से बांधकर अपनी तरफ करने की सोची। उसने मुगलानी बेगम की बेटी से ब्याह करने का प्रस्ताव भेजा। मन्नू आप सुन्नी था। उसने अपने जवान भानजे की आश्चर्यजनक उन्नति देखी। वह शराब

नहीं छूता। औरतों की ओर नज़र नहीं उठाता। यह सब सुन-सुनाकर आठेक महीने पहले इस प्रस्ताव को खुशी-खुशी मंज़ूर कर लिया था। लेकिन मीर मन्नू अचानक गुज़र गया। वह शादी आज तक हो नहीं पाई। रिश्ता तै था। तब तक पंजाब में गोलमाल शुरू हो गया। मीर मन्नू के मरने के बाद पंजाब की सूबेदारी उसके तीन बरस के बेटे मुहम्मद को दी गई। मुगलानी बेगम रही उसकी अभिभाविका। मुगलानी बेगम में कहा जाता था, बड़ी योग्यता थी फिर दुरानी बादशाह उसे घरमबेटी कहता था। इधर वह इमादुल मुल्क की होने वाली सास थी।

मुगलानी बेगम के चलते ही गड़बड़ी शुरू हुई थी। मीर मन्नू के मरने के बाद ही बेगम कतई दूसरा रूप लिए प्रकट हुई। वह रूप एक ओर से जितना घिनौना था, दूसरी ओर से उतना ही आश्चर्य जनक। सवेरे वह परदे की आड़ में बैठती—परदे के इस पार खोजा और दीयान बख्शी रहता—दूसरे-दूसरे कर्मचारियों को तलब किया जाता। सबकी बात सुनकर बेगम खोजा की मारफत हुक्म दिया करती। सूबेदारी मुहर उसी के हाथ रहती।

और दूसरी ओर वह चलाया करती महफिल। नवाब-बादशाह की तरह बैठती—बाईजी-तवायफों का मुजरा होता रहता। शीरां पीती। प्यार के दो-चार लोगों को पिलाती। प्यार के उन आदमियों में कुछ तो अमीर थे और कुछ बड़ी ही छोटी कौम के—बंदा-गुलाम।

लाहौर के क्या हिन्दू और क्या मुसलमान, सभी अमीर-उमरावों का सर शर्म से झुक गया। जब सहा नहीं गया, तो आखिर अमीर भिखारी खां के नेतृत्व में लोगों ने बगावत की। बेगम को बेगम की ही अपनी बहन के यहां नज़रबन्द कर दिया और मिल-जुलकर वे पंजाब का शासन चलाने लगे। मगर मुगलानी बेगम इससे दबी नहीं। उसने अपने धरमबाप अब्दाली के पास अपने मामा को काबुल भेजा और इधर आदमी भेजा अपने होने वाले दामाद इमादुल मुल्क के पास। इमाद उस समय रोहिलखंड और जाट राजा सूरजमल से उलझा था। आ नहीं सका। लेकिन अब्दाली के लोग आए। बागियों को दबाया और बेगम को फिर से सूबेदारी महल में ले जाकर बिठाल दिया। बेगम ने बेरहमी से भिखारी खां को बांध लाने और लाठी से पीटने का हुक्म दिया था। लाठी से पीट-पीटकर ही उसको मरवा डाला। उसके बाद और भी बोखला गई वह। और भी घिनौने रूप से ऐयाशी शुरू कर दी। इस बार तो इस हद तक पहंच गई कि उसके मामा ने ही उसे कैद कर लिया। इस बीच तीन साल का वह

बच्चा सूबेदार मर गया। मुगलानी ने फिर इमाद के पास आदमी भेजा। सन्देशा भेजा कि आकर उमधा को शादी करके लिवा ले जाओ। मेरा उद्धार करो।

इमाद लाहौर जा रहा था। बच्चा सूबेदार—उसका ममेरा भाई मुहम्मद मर गया। लाहौर अब उसके हाथ आएगा। उमधा मीर मन्नू की इकलौती बेटी थी। लेकिन भीतर ही भीतर इमाद में एक दूसरा सुर भी छिड़ गया था। गन्ना बेगम के लिए बेहद लोभ बढ़ गया था।

यही कुछ महीने पहले इमाद ने रोहिलखंड में रोहिला अफगानों से लड़ाई लड़ी थी। लड़ाई जीतकर कई दिन अपने दोस्त नवाब बंगाश के यहां आराम किया था। अपने दोस्त हिन्दुस्तान के वजीर की खातिरदारी में उसने महफिल बुलाई। सुनकर इमाद का मन भी आसमान जैसा उदास और नीला हो उठा था। खूब तारीफ की।

बंगाश ने तवायफ से कहा—तो गन्ना बेगम की और भी दो-चार ग़ज़लें सुना दो!

—गन्ना बेगम?

बंगाश ने कहा—तो क्या वज़ीर साहब ने दिल्ली में ये ग़ज़लें और गन्ना बेगम का नाम नहीं सुना है?

तवायफ ने तब तक दूसरी गजल शुरू कर दी थी। बुलबुल बगीचे में सीटी बजा-बजा के भक्त हो गई। कहा—बगीचे में गुलमुहर फूले। बगीचे को लाल कर दिया और रंगीन नशा-सा ला दिया। आंखों में सुरूर-सा आ रहा है। आसमान में सूरज की रोशनी तेज़ होकर ढूंढ़ रही है कि कमल का फूल कहां फूला! लेकिन ए बुलबुल, तू ऐसे वक्त कहां है? गन्ना कहती है, अरी ओ बुलबुल, तू अपनी सीटियों में माती है। साथी बुलबुल के लिए बेचैन हो रही है। मगर तुझे पता भी नहीं कि तेरी सीटी सुनकर पीछे से जाल लिए शिकारी आ रहा है—अभी-अभी पकड़ लेगा तुझे। उड़ जा। उड़ जा तू।

वज़ीर ने पूछा—वाला सुलतान अली कुइली की बेटी गन्ना?

—हां। सुरैया बेगम उसकी मां है। बाप-मा दोनों कवि हैं।

—वाला सुलतान तो गुज़र गया। ये लोग रहते कहां थे? लखनऊ में?

—नहीं, अपनी जागीर में चली आई हैं।

—बदमाश शुजाउद्दौला शायद शिकारी है, है न?

—मुमकिन है।

—हूं।

इसके बाद इमाद चुपचाप ग़ज़ल सुनता चला गया। दूसरे दिन सुबह की नमाज़ के बाद वही ग़ज़ल गुनगुना रहा था। बंगाश ने कहा—लगता है, गन्ना की ग़ज़ल

गा रहे हैं।

—हां दोस्त। बड़ी अच्छी ग़ज़ल है। 'बगीचे में गुलमुहर फूले। बगीचे को लाल कर दिया और रंगीन नशा-सा ला दिया।' मेरा भी दिल रंगीन हो गया। वाह!

बंगाश ने कहा—वाला सुलतान ने मुझे एक मसनवी भेंट दी थी। उसमें बाप, मां, बेटी तीनों के अशआर हैं। बहुत ही अच्छे। वह बिलकुल गन्ना के हाथ की लिखी हुई है। दिखाता हूं।

इमाद देखकर मुग्ध हो गया। अचरज से कहा, यह तो देखता हूं कि ज़्यादातर खुदा के दरबार में अर्ज़ियां हैं।

—हां। लड़की वह बड़ी भली है।

—देखने में कैसी है? आपने अपनी आंखों देखा है?

—देखा है। गुलाब नहीं कहूंगा। क्योंकि मेरी नज़र में कमल फूलों में सरताज है।

—लखनऊ का नवाब शिया है। और यहां से कुछ दूर पर अयोध्या—उधर मथुरा और वृन्दावन। नवाब ने इसी हवा में सांस ली है न, इसी लिए नजर बदल गई है।

बंगाश ने हंसकर कहा—लेकिन वज़ीर साहब, बादशाह अकबर से लेकर कट्टर सुन्नी आलमगीर बादशाह तक के हरम में ईरानी, तुरानी गुलाब के साथ-साथ कमल को आदर की जगह मिली है। निज़ामशाही में उसके सबूत की कमी नहीं।

इमाद ने उसका जवाब नहीं दिया। सिर्फ यह कहा कि नवाब साहब, गन्ना बेगम गुलाब है। मैंने सुना है, उसकी मां सुरैया खांटी मुगलानी है। और वाला सुलतान ईरानी। तो क्या यह उस नशेबाज़ बदतमीज़ शुजा उद्दौला के हरम में चली जाएगी?

—वज़ीर साहब का हुक्म हो तो सुरैया बेगम से कहूं?

—कहो।—ज़रा चुप रहकर कहा—लाहौर की मुगलानी बेगम के किस्से सुने हैं?

—कुछ-कुछ सुना है।

—मैं अभी लाहौर जा रहा हूं। ख्याल रखना कि मेरे लौट आने तक गन्ना शुजाउद्दौला के हाथ में न जाए।

× × ×

दूसरे ही दिन वह लाहौर रवाना हो गया। रास्ते में पानीपत में पीर बाबा अली कलंदर की कब्र पर दुआ करने के लिए रुका। कलंदर शरीफ के एक ओर फौज की छावनी पड़ीं। वज़ीर का हाथी शरीफ से कुछ दूर बादशाही सड़क पर खड़ा हुआ। वहां से वज़ीर पैदल चलकर शरीफ तक जाएगा।

दोनों तरफ कतार में भिखमंगे खड़े हो गए। सलाम किया। 'वज़ीर-हिन्दुस्तान, ज़िन्दाबाद' का नारा बुलंद किया। और रोटी-कपड़े मांगे। मेहरबान गरीबपरवर!

एक सिपाही ने पुकारकर कहा—ऐ, बैठ जाओ सब। वज़ीर साहब पहले दरगाह पर नमाज़ पढ़ेंगे, फिर कुछ।

सबने फिर कहा—बज़ीर-हिन्दुस्तान ज़िन्दाबाद।

धूप-गुग्गुल, लोहबान जलाकर दरगाह पर नमाज़ पढ़ी, दुआ मांगी। उठकर दरगाह के चौतरे पर खड़ा हुआ और हुक्म दिया कि इन सबको एक-एक सिक्का और एक-एक धोती दो।

सिपाही ने पुकारकर कहा—ऐ, सुन लो। वज़ीर साहब का हुक्म हो गया। सबको एक-एक सिक्का, एक-एक धोती मिलेगी।

भिखमंगे वैसे उत्साहित न हुए। इससे पहले वे हिन्दुस्तान के वज़ीर-बादशाह से इससे कहीं ज़्यादा पा चुके थे।

फिर भी सबने जय-जयकार किया।

वज़ीर का बख्शी थैली लिए बढ़ आया।

वज़ीर का हाथ बड़ा सख्त है। सोना-चांदी हथेली पर आए, तो मुट्ठी अपने-आप कस जाती है!

अपनी इसी खैरात पर वज़ीर बेहद खुश था। एक-एक सिक्का क्या थोड़ा है? रुपये में तीन-चार मन गेहूं मिलता है—मन-डेढ़ मन दाल मिलती है। हिसाब से चले तो एक रुपये में पूरा महीना निकल जाए। वह उन अभागों की नज़र और चेहरे की खुशी देख रहा था।

हठात् उसकी नजर पड़ी—पेड़ तले एक फकीर बैठा है। वह जहां का तहां बैठा है। दरगाह में घुसते वक्त भी उसे वैसा ही बैठा देखा था। उसे थोड़ा अचरज हुआ। अपनी भूरी आंखों की पैनी निगाह से गौर किया। उमर फकीर की ज्यादा नहीं है। रग गोरा है, मगर मैला पड़ गया है। रूखी दाढ़ी-मूंछ। चेहरा कैसा तो। आसमान की ओर देख रहा है। पूछा—वह कौन है वहां?

दरगाह के एक मुल्ले ने बताया—वह एक फकीर है। लगता तो है किसी बड़े घराने का। कच्ची उम्र है। दीवाना-सा लगता है खुदावंद। भीख-वीख नहीं मांगता। खुद कोई दे देता है तो लेता है—नहीं तो नहीं। दरगाह से रोटी मिलती है, वही खाता है।

वज़ीर ने एक नासाकची से कहा—उसे बुला तो।

नासाकची दौड़ा गया।

दरगाह के मुल्ले ने कहा—नमाज़ के समय के सिवा खास कभी नहीं हिलता है वहां से। बुलाने से भी कहता है—मुझे तो कोई ज़रूरत नहीं है। उसकी एक ही रट है—मर्ज़ी खुदा की, खेल नसीब का, इज़्ज़त इन्सान की।

वज़ीर ने हैरान होकर मुल्ले की ओर गरदन फिराई—क्या कहता है।

कहता है—मर्ज़ी खुदा की, खेल नसीब का, इज़्फ़त इन्सान की!

—ओ। इमाद का चेहरा सख्त हो उठा था। जरा देर चुप रहकर बोला—चेचकरू है?

—जी, गरीबपरवर। बादशाही मसजिद के किनारे बैठा रहता है। वहीं उसका अड्डा है। और कहीं नहीं जाता। कहीं रोटी भी नहीं मांगता।

—हूं।

नासाकची वापस आया। बोला—खुदावंद, वह फकीर कहता है, मुझे तो किसी से कोई काम नहीं है। मैं क्यों जाऊं? मैंने कहा, तेरी गरदन जाएगी। उसने गरदन बढ़ाकर कहा—ले जाओ गरदन। क्या करें?

—उसे गिरफ्तार करके तंबू में ले आ।

फकीर का हाथ बांधकर नासाकची ले आया। वज़ीर ने कहा—तुम्हारा नाम क्या है? झूठ मत बताना। तुम फकीर बने बैठे हो।

उसने हंसकर कहा—मैं झूठ नहीं बोलता वज़ीर साहब। मेरा नाम अकबर आदिल है।

—हां। शुजाउद्दौला का वही खरीदा हुआ गुलाम, जिसे नवाब सफदरजंग ने नकली बादशाह बनाया था!

—असल-नकल की मैं नहीं जानता जनाब। बादशाह बनकर काठ की कुर्सी पर मैंने सात महीने दरबार किया है। लेकिन कभी किसी को कोई हुक्म नहीं दिया।

—यहां कैसे आ गया? किस फिराक में घूम रहा है?—एकाएक तुनककर वज़ीर ने बड़े रूखे शब्दों में पूछा।

फकीर जरा चुप रहा। अपने को संभालकर बोला—वज़ीर साहब, मुझे 'तू' कहने से भी इज़्ज़त नहीं जाएगी। क्योंकि फकीरी अपनाने के साथ ही साथ मैंने सब कुछ राह की धूल में फेंक दिया है। पर आपको 'तू' कहूं तो आपकी इज़्ज़त चली जाएगी—वह मेरी गरदन उतार लेने से भी नहीं आने की।

—खबरदार, गुलाम कहीं का।

—मैं गुलाम बंदा ज़रूर हूं। गुलाम बेचने वाले व्यापारी मुझे बाज़ार में लाए थे। लेकिन खबरदार मुझे नाहक ही कर रहे हैं वज़ीर साहब। मैंने तो आपके नासाकची के ही सामने अपनी गरदन बढ़ा दी थी।

ऐन वक्त पर तम्बू के बाहर एक शोर हुआ।

इमाद चौंका। क्या है? शोर कैसा?

एक मंशी ने आकर कहा—इस फकीर को पकड़ा गया है, इसलिए 'भिखमंगे हो-हल्ला कर रहे हैं।

—इससे उनका क्या वास्ता है?

—सो नहीं मालूम हुजूर, कह रहे हैं—उसे छोड़ दो। छोड़ दो।

फकीर आदिल ने कहा—वे लोग मुझे प्यार करते हैं वज़ीर साहब।

—प्यार करते हैं?

—जी। मैं उन्हें प्यार करता हूं, इसलिए वे मुझे प्यार करते हैं।

—उन्हें हटा दो, वरना सिपाही आकर उन्हें भगा देंगे। कह दो, 'फकीर मेरा कैदी है। वह एक मक्कार है, भागा हुआ गुलाम।

फकीर आदिलशाह के बन्धे हाथ झट आगे बढ़ आए वज़ीर की तरफ। मगर नासाकची ने पकड लिया।

वजीर ने कहा—इसे कोड़े लगायो।

नासाकची बाहर से घोड़े का चाबुक ले आया। वजीर ने कहा—पांच कोड़े!

आदिलशाह की पीठ का कपड़ा हटाकर उसे कोड़े लगाए। चाबुक धंस-धंस गए पीठ फटकर। लेकिन आदिल दांत पर दांत दबाए रहा। चार कोड़े के बाद वह लड़खड़ाकर माटी पर औधे मुंह गिर पड़ा। मगर चीखा नहीं! वजीर ने कहा—लगाओ। नासाकची आगा-पीछा कर रहा था। एक कोड़ा और मारा। आदिल शाह झीमा-सा पड़ा रहा कुछ देर। वजीर ने कहा—उसकी झोली झाड़ो तो देखें क्या है।

नासाकची ने झोली झाड़ी। दो पोथियां थीं। कुछ सिक्के तांबे के। एक फकीरी अलखल्ला। एक पायजामा। एक कलम और एक मुहर बन्द काग़ज़ की पुड़िया में थोड़ा-सा धूप-लोबान। थोड़ी-सी दालचीनी-इलायची।

आदिलशाह अब उठ बैठा।

वज़ीर ने पूछा—कुरान की यह नकल किसने की है? तुमने? यह "तुम" शायद

आप ही आप निकल आया।

हां।

—यह लिखावट तुम्हारी है? जिल्द का नक्शा भी तुम्हीं ने बनाया है?

—हां।

कुछ और उलट-पुलटकर कुरान को एक परात पर रख दिया। उसके बाद दूसरी पोथी खोली। हैरत में आकर कहा—मसनवी।

ऊपर ही लिखा था—दुनिया में इतने फूल खिलते हैं। उनका रूप और खुशबू—सब उस खुदा की ही महिमा है। दुनिया में जितने गीत हैं, जितने सुर—सबमें वही, उस खुदा की ही महिमा है। गुनिया में जितना प्रेम है—इन्सान से इन्सान का, मां से बेटे का—उसमें भी वही खुदा की ही महिमा है, इसी महिमा के सुर से उठती है अजान—ला-इला-इलल्लाह—। गन्ना बेगम कहती है...

वज़ीर ने आगे नहीं पड़ा। भवें सिकोड़कर कहा—यह तुझे कहां मिल गया?

—आप जब तक मुझे 'तू' कहेंगे, में जवाब नहीं दंगा।

वजीर चौंका। गुस्से से चौंका। एक चीख-सी आवाज़ की। कहने जा रहा था कि और दस कोड़े लगाओ कि नज़र आया, आदिल के सामने बड़े अच्छे-से रूमाल में मुड़ा हुआ कुछ पड़ा है। नासाकची से कहा-उसे उठाओ।

आदिल के कुछ समझने से पहले ही नासाकची ने उठा लिया। वह आदिल के अलखल्ले में कहीं रक्खा था। जब वह औंधा गिर पड़ा था, शायद उसी समय गिर पड़ा। गोल पेटी-सा था।

वज़ीर ने उसे हाथ में लिया कि आदिल कह उठा—दुहाई अल्ला की, वह मुझे दे दीजिए! उसमें मेरे बाप-दादे, पुरखों की तसवीरें हैं। और कुछ नहीं। लखनऊ में सफदरजंग के यहां मैंने अपने से बनाई हैं।

वजीर ने कुछ नहीं सुना। खोलकर तसवीरें निकाली। देखकर बड़ी अच्छी लगी तसवीरें। हाथी के दांत पर बनी तसवीरें बड़ी सुन्दर थीं।

अकबरशाह। जहांगीरशाह। शाहनशाह शाहजहां। बादशाह आलमगीर ग़ाज़ी। अच्छी बन पड़ी थीं। कहा—तुमने बनाई हैं?

वज़ीर से फिर 'तुम' कहा।

आदिल जवाब देने जा रहा था। उसके पहले ही वज़ीर ने पूछा-यह किसकी तसवीर है? कौन है यह? एक अनोखी सुन्दरी की तसवीर! अनोखी! यह तसवीर किसकी है?

उसके पास ही एक दूसरी तसवीर।—यह किसकी है?

—मेरे अब्बाजान की.

—शाहज़ादा फ़ीरोज़मंद की? तो, यह तुम्हारी अम्मीजान की तसवीर है?

—नहीं। वह एक कुमारी की तसवीर है। खानज़मान अली कुइली खां की वेटी...

—गन्ना बेगम की?—उसके मुंह से बात छीनकर वजीर ने कहा—यही है गन्ना बेगम? वल्लाह! गन्ना बेगम!

उस तसवीर को लेकर वज़ीर उठ खड़ा दुआ। बाकी तसवीरें उसकी गोदी में फेंककर तंबू में चक्कर काटने लगा। कुछ देर घूमने के बाद आदिल से पूछा—इस छोकरी से क्या नाता है? मुहब्बत है इससे?

—नहीं।—आदिल ने हंसकर गरदन हिलाई।

—फिर? तेरे पास यह तसवीर क्यों है?

आदिल चुप हो गया।

—ऐ!

फिर भी आदिल ने जवाब नहीं दिया। समझदार वज़ीर ताड़ गया। बोलो। बिना बताए रिहाई नहीं मिलेगी। मुहब्बत है?

हंसकर आदिल ने कहा—डर तो बेकार ही दिखा रहे हैं। गरदन तो मैंने बढ़ाकर ही रखी है। हां, मेरी इज्ज़त रखते हुए पूछे, तो जवाब दूंगा। सुनिए वज़ीर साहब, मुहब्बत और चीज़ है, अच्छा लगना और। वह अच्छी लगी थी, जैसे गुलाब अच्छा लगता है। मुहब्बत? मैं खूब जानता हूं कि मुहब्बत का मुझे अधिकार नहीं। अपनी बदनसीबी का मैं दुनिया में किसी को भागी नही बनाऊंगा। और उसने शेर कहा—"दुनिया में दुःख से पाक कोई चीज नहीं है आदिल, तुम इसका हिस्सा किसी को मत देना। यह तुम पर दयालु खुदा की दया है। इसका हिस्सा देने से तुम्हारी ज़िन्दगी ही बरबाद हो जाएगी।"

बाहर से आकर नासाकची ने फिर कोनिश की। वज़ीर ने भवें सिकोड़ीं—क्या है?

—अमीरुल उमरा आदीनां बेग के यहां से सवार आया है।

—सवगर? जल्दी बुला ला।

नासाकची चला गया। वज़ीर ने तम्बू के अन्दर के नासाकची से कहा—इसे जंजीर से बांधकर तम्बू की हाजत के दरोगा के ज़िम्मे कर दे।

आदिल के हाथ जंजीर से बंधे ही थे। नासाकची उसे लिवा गया। इमाद ने सोचा, चेचक से जर्जर चेहरे वाले इस जवान को छोड़ दूं? उसका शाहजादा-परिचय तो

बिलकुल दब गया है। हारकर लौटते हुए सफदरजंग ने जिस दिन उसे आगरे के किले में फेंक दिया, उसी दिन से लोग समझ गए—यह कामबख्श का पोता हरगिज़ नहीं है। दरअसल यह खोजा बंदा है, बादशाह के खिलाफ सफदरजंग ने महज़ इसे खड़ा किया था। और फिर वह सूरत भी नहीं रही। छोड़ दूं?

रात के अंधेरे को मथते हुए कोई गम्भीर गले से कह रहा था—मर्जी खुदा की, खेल नसीब का, इज्ज़त इन्सान की!

उन शब्दों में ऐसा कुछ था, जिसने इमादुल मुल्क को परेशान कर दिया। उसने मन ही मन कहा—नहीं, इसे छोड़ा नहीं जाएगा।

गन्ना की तसवीर को रोशनी में रखकर उसने फिर से देखा।

बेग के सवार ने सलाम करके खत दिया। वज़ीर ने उसे खोला। लिखा था—"मैं दस हज़ार फौज लेकर लाहौर जा रहा हं। वजीर साहब को लाहौर जाने की ज़रूरत नहीं है। सरहिंद में पड़ाव डालकर इन्तजार करें। सिर्फ कुछ तोपें भिजवा दें। लाहौर का काम तीन दिन में फतहः करके वापस आ रहा हूं।"

6

पन्द्रह दिन के बाद।

सरहिंद के किले में एक बड़े-से कमरे में गावतकिये के सहारे वज़ीर बैठा था। उसकी भरी आंखें तेज़ी से झुलस रही थीं। सामने खड़ी थी मुगलानी बेगम—उसकी मामी, पंजाब के सूबेदार मीर मन्न की बेवा। उद्धत जवानी वाली एक खूबसूरत स्त्री। उमर पैंतीस के करीब। आंखों के नीचे स्याही-सी। उसकी भी आंखें जल रही थीं।

बेगम के दोनों बगल दो तातारिनें।

वज़ीर ने कहा—सुनो बेगम साहबा, तुम अगर मेरी मामी न होतीं, तो ये अमीर-उमरा तुम्हें कब का खत्म कर देते। तुमने सारी इस्लामी उमरावगीरी की शकल पर कालिख पोत दी है। और ताज्जुब है कि तुम उसे अब भी नहीं समझ रही हो।

मुगलानी बेगम के होंठ ज़रा टेढ़े हो गए—चेहरे की लकीरों में नफरत और हिकारत फूट उठी। कहा—कालिख पोत दी है, है न?

—नहीं पोती है?

—सरासर झूठ। मेरे पति मर गए, बेटा मर गया, उमराव लोग बदनाम करके मेरी सूबेदारी छीनना चाहते हैं!

—खोजा शाहबाज़ खां, बन्दा छोकरा मिस्किन—इनसे तुम्हारी इतनी मिल्लत कैसी?

बेगम ने कहा—इसलिए कि वे नमकहराम नहीं है। वे ही मेरा भरोसा हैं।

—सारा मुल्क और ही कहता है। तुम शीरां पीकर...

—शीरां कौन नहीं पीता? बादशाह-बेगम नहीं पीते? हां, शीरां मैं पीती हूं।

—मैंने मिस्किन को बांध लाने का हुक्म दिया था। तुमने उसे अपने सोने के कमरे में छिपा रक्खा था। इन्कार कर सकती हो? उसे बांदी की पोशाक पहनाकर सवेरे निकाल दिया।

—झूठी बात।

वज़ीर ने ताली बजाई। नासाकची आया। वजीर ने कहा—उस बांदी को हाज़िर करो।

बेगम ने कहा—वह बांदी बदमाश है। हरामजादी। उसकी बात बिलकुल झूठ है। इसीलिए मैंने उसके बाल काट दिए हैं। नाक काट दी है।

वज़ीर ने फिर नासाकची को बुलाया—बेगम साहबा के पुराने खोजा हब्शी को ले आओ।

उसके चले जाने पर कहा—बेगम साहबा, वह छोकरा मिस्किन मिल जाता तो मैं उसकी खाल उधेड़ देता। तुम्हारी नज़रों के ही सामने।

दो सिपाही उस बांदी और हब्शी को पकड़कर ले आए। वज़ीर ने कहा—अरी ऐ बांदी, बता कि बेगम ने तेरे नाक-बाल क्यों काटे? खुदा के नाम पर कसम खा के सच-सच बताना। झूठ कहा तो तुझे ज़मीन में गाड़कर कुत्ते से नुचवाऊंगा।

बांदी ने हाथ जोड़कर कहा—खुदावंद, मैं औरत हूं। वह बड़ी शर्म की बात है। गरीबपरवर के सामने वह मैं कैसे अर्ज करूं?

वज़ीर ने कहा—कयामत के दिन जिस तरह से खुदा के सामने कहेगी, उसी तरह से कह न री कुत्ती! तू तो मिस्किन से आशनाई करने गई थी। उसी बात पर तो ठनी। ले, बता तू।

बांदी कहने लगी। कहने लगी एक ढीठ प्रतिभाशालिनी औरत के पतन की कहानी। मोइनुल मुल्क की मृत्यु के बाद तीन साल के लड़के मुहम्मद को सूबेदार बनाकर सारे अधिकार अपनी मुट्ठी में लेकर वह औरत बिलकुल ही बदल गई। भरपूर जवानी। जीवन में भरी लालसा। शीरां पीकर, हया-शर्म का सिर खाकर व्यभिचार करने लगी। खोजा शाहबाज़, बंदा मिस्किन, उमराव ग़ाज़ी बेग—बहुतों की आमदरफ्त थी। मिस्किन को वह प्यार करती थी।

बांदी ने कहा—हां, गरीबपरवर! मिस्किन से मुके मुहब्बत हो गई थी। मैं यह नहीं सोच सकी थी कि यह मेरा कुसूर माना जाएगा।

मुगलानी बेगम ने लपककर उसे लात मारी। चीखी—मुझे उसी वक्त तेरी जीभ खींच लेनी चाहिए थी। गर्दन उतार लेनी थी।

वज़ीर चिल्ला उठा—मुगलामी बेगम!

तातारिनों ने वजीर का इशारा समझकर बेगम को खींच लिया।

मुगलानी रुकी नहीं। कहती गई—इमाद, तू बेईमान है। मैं अंधी थी कि मैंने तेरा एतबार किया। तू मुझे कैद करके लाहौर पर क़ब्ज़ा करेगा। बादशाह को गद्दी से उतारकर तूने उन्हें अंधा कर दिया है। यह मुझे समझना चाहिए था। मगर सुन लो वज़ीरे-आज़म बहादुर! मुगलानी न तो आदमशाह है, न ऊधमबाई। मैं मुगलानी बेगम हूं।

वज़ीर ने तातारिनों से कहा—ले जा इसे। तंब में कैद करके रखना।

मगलानी बेगम को लेकर तातारिने चली गईं। वज़ीर ने सिपाहियों से कहा—इन्हें ले जा।

ठीक इसी समय तंबू के दरवाजे पर तीखे नारी-कंठ की आवाज़ सुनाई पड़ी—हट जा, बदतमीज़! हरामजादे!

तंबू के दरवाजे से एक युवती घुसी। सोलह-सत्रह साल की। मज़बूत बनावट। मुगलानी बेगम की बेटी—वज़ीर इमादुल मुल्क की मंगेतर। उमधा बेगम।

मजबूत बनावट। थोड़ी मोटी-सी। गोल चेहरा। बड़ी-बड़ी आंखें। उस नजर में ग़जब की मादकता थी। लेकिन उसमें जितनी भूख थी, उतनी ही थी तेजी। मोटे होंठों की बनावट में भी मादकता थी। माथे में भूरी-सी लम्बी लट। खूबसूरती थी। दूर से उस रूप में एक आकर्षण था, पर पास जाने पर खिसक जाना पड़ता।

वजीर चौंककर पीछे पलटा।

उमधा बेगम तेज निगाहों से ताक रही थी। वजीर ने कहा-तुम यहां किसलिए?

उमधा बोली—मैं वजीर-आलम के पास फरियाद करने नहीं, कैफियत पूछने आई हूं।

—कैफियत?

—हां, कैफियत। हमें बुलाकर इस कदर बेइज्जत करने का क्या अख्तियार है आपको?

—उसकी कैफियत मुझे तुमको नहीं देनी है। तुम्हारी मां के खिलाफ सारा मुल्क—अमीर—गरीब, किसान-भिखारी—जो शिकायत कर रहा है, नालिश कह रहा है, मुझे उसका विचार करना ही पड़ेगा।

—तो आपने यह बताकर मां को कैद करके लाहौर से क्यों नहीं मंगवाया? आपने मुझसे शादी करने की कहके हमें बुलवाया है। मेरी मां इसलिए हीरे-मोती, अशर्फियां, जवाहरात—कोई तीन लाख का दहेज लेकर यहां आई है। आपने वह सारा कूछ ले लिया है। और फिर मां का विचार करने के लिए आप क़ाजी बन बैठे हैं। उसे आपने कैद कर लिया। आखिर क्यों?

वजीर ने कहा—तुम्हारी मां जैसी मां की बेटी से वह इमादुल मुल्क, जो छाती पर कुरान रखता है, शराब छता तक नहीं—हरगिज शादी नहीं कर सकता।

—यह मैं जानती हूं।

—तुम भी शीरां पीती हो?

—पीती हूं। मगर आप उसके लिए ऐसा नहीं कर रहे हैं। आप चूंकि झूठे आदमी हैं, इसलिए झूठी बात कर रहे हैं।

—उमधा बेगम!

—यह तसवीर किसकी है?

वज़ीर चौंका यह तसवीर कहां मिली तुम्हें?

—आपके तकिये के नीचे। मैं एक खत लिखकर आपके तकिए के नीचे रखने गई थी। अपनी मां के लिए मैंने माफी मांगी थी। लिखा था—'मैं खुदा की कसम खाकर कर रही हैं, मैं मां जैसी नहीं हैं।" लिखा था कि मैं सच ही तुम्हें प्यार करती हूं। अब्बा ने जब से यह रिश्ता किया, मैं तुम्हें प्यार करती आई हं। लिखा था—आप मेरे लिए थोड़ा बर्दाश्त करें। शादी हो ले, मां को अपने पास रखकर हम ठीक कर लेंगे। उससे कहूंगी—मुहम्मद मर गया। मैं तुम्हारी अकेली बेटी हूं। मुझे छोड़कर लाहौर में तुम मनमानी करोगी, यह कैसे हो सकता है? तुम्हारे दामाद वज़ीर-आजम हैं। हिन्दुस्तान के बादशाह के भी मालिक। उनका सर नीचा क्यों करोगी? इसपर भी अगर वह नहीं सुनेगी, तो जहर देकर उसे दुनिया से ही हटा दूंगी। लेकिन उमधा की मिन्नत है, आप इस छावनी में हजारों छोटे आदमियों के सामने मां का अपमान न कीजिए। सबके सामने वह गिर जाएगी।"

उमधा जरा रुकी। उसके बाद नफरत से मुंह फिराकर बोली—खत को रखने गई तो तकिये के नीचे यह तसवीर मिल गई। इसे सर पर या कलेजे पर रखकर सोते हैं

वज़ीर साहब?

इमाद ने कहा—यह तसवीर एक गुलाम से मिली है। किसकी है, मैं नहीं जानता। रखने की दूसरी वजह है। उससे तुमसे शादी नहीं करने का कोई वास्ता नहीं है। मैं तुमसे शादी इसलिए नहीं करूंगा कि तुम मां की बेटी हो।

उमधा ने एक काग़ज़ निकाला। पूछा—यह कविता किसने लिखी है, वज़ीर-आजम? यह भी उसी तसवीर के साथ थी? "हिंन्दुस्तान में एक गुलाब फूला है, जिस के रूप-रंग और खुशबू की मिसाल नहीं। एक बुलबुल हिन्दुस्तान की बगिया में गा रही है—वह गीत कभी किसीने नहीं सुना। नाम है उसका गन्ना! गन्ना गुलाब है। गन्ना बुलबुल है! तुम्हारे लिए अपने कलेजे को सोने-मोती का फूलदान बनाया है-बनाया है कलेजे का पिंजड़ा..."

इमादुल मुल्क उठकर आगे बढ़ा—वह दोनों दे दो।

—दे दूं?

—हां।—उसने छीन लेने के लिए हाथ बढ़ाया।

लेकिन बायें हाथ से वह काग़ज और तसवीर थामकर उधमा ने दरवाज़े के पास से एक फूलदानी उठा ली और उसे इमाद के कपाल पर दे मारा। इमाद दो-एक कदम पीछे हट गया। उमधा ने तसवीर को नीचे रखा और लात मार-मारकर उसे चूर-चूर कर दिया। कागज के टुकड़ेटुकड़े कर दिए।

कपाल पर हाथ रक्खे इमाद चुप खड़ा रहा। उमधा बेगम जिस दरवाज़े से आई थी, उसी दरवाजे से चली गई।

उमधा के चले जाने पर वज़ीर ने सबसे पहले उस तसवीर को उठाया। टुकड़ों को जोड़ने की कोशिश की। मगर वह इस तरह से टूटी थी कि जुड़ने की नहीं। हाथ से ताली बजाई। दरवाज़े पर का पहरेदार आया। वज़ीर ने कहा—वह पानीपतवाला फकीर है न, जिसे गिरफ्तार करके रखा गया है—उसे यहां ले आ। उसके बाद तातारिन को बुलाकर कहा—उमधा बेगम को कड़े पहरे में रखना। जरूरत हो तो जंजीर डाल देना। देख लेना, उसके पास कोई हथियार तो नहीं है। बेगम नजरबंद...

तातारिन काठ की मारी-सी रह गई। सबको यह मालूम था कि वह दहेज के साथ शादी करने के लिए आई है। और वह नजरबंद!

वज़ीर ने कहा—गंवारिन-सी ताक क्या रही है? जा। गड़बड़ किया तो कोड़ा नहीं लगेगा, गरदन जाएगी!

तातारिन चली गई। पहरेदार आदिल को ले आया।

वज़ीर ने कहा—तुम्हें एक काम करना होगा आदिलशाह।

—फरमाइए। मेरी इज़्ज़त पर आंच नहीं आएगी तो करूंगा।

—गन्ना बेगम की एक और तसवीर बना देनी होगी।

आदिल हंसा—तसवीर तो आपने छीन ली है।

—वह टूट गई। मैं हाथीदांत, रंग—सब भिजवा देता हूं। एक और बना दो। रिहा कर दूंगा तुम्हें।

—रिहा कर देंगे! ठीक है। सामान भिजवा दें।

कोई दरवाज़ पर आया। पहरेदार ने जाकर इत्तला दी—मनसबदार अदीना बेग आए हैं। आदिल को ले जाने को कहा। कहा, तसवीर बनाने का जो सरंजाम यह मांगे, ला देना।

अदीना बेग ने कोर्निश करके कहा—लाहौर के अमीर लोग आए हैं। दरबार आप कब करेंगे? सबकी राय है. शादी हो जाने के बाद ही ठीक रहेगा। तब आप सास को साथ जाने को कह सकेंगे। पति-पुत्र के मर जाने से उनका दिमाग खराब हो गया है। उससे निंदा दब जाएगी।

—शादी नहीं होगी। यह शादी हो नहीं सकती है।

—जी! बेग हैरान हो देखता रह गया।

—वह बेटी अपनी मां जैसी होगी। निजामुल मुल्क आसफ़ज़ा बहादुर के खानदान का लहू बड़ा पवित्र है। उसमें जहर मिल जाएगा। यह शादी नहीं होगी।

—गुस्ताखी माफ हो, इससे बड़ी बदनामी होगी। मोइनुल मुल्क आपकी मां के सहोदर थे। उनका खासा नाम है। उनके जानने वाले बहुत हैं।

—मुझे और सोच लेने दो। जाओ, हक्म जारी कर दो कि दरबार पांच दिन के बाद होगा।

दूसरे दिन सवेरे। वजीर दरगाह की अजान सुनकर बाहर निकला। पहरेदार तमाम रात का जगा था। ऊंघ रहा था। इतने सवेरे वज़ीर को देखकर चौंका।

इमाद कल रात नहीं सोया। शमादान के सामने बैठकर कभी तो टूटी तसवीर को जोड़ने की कोशिश की, कभी चहलकदमी करता रहा।

नौजवान इमादुल मुल्क। महज़ बीस की उम्र। छुटपन से ही उसके बाप ने उसे बड़े

संयम से पाला। उसे औरत का मोह नहीं था। उसका बाप कहा कहता था—अपना खानदान भी वज़ीर का खानदान है। आसफ़जा निजामुल मुल्क ने वजारत की है। औरत की तरफ नज़र उठाना हो तो वजारत करने मत जाना। औरत बादशाह को देना। वह अफीम से बुरा नशा है, शीरां से तेज़ नशा। वजारत करनी हो तो शराब और स्त्री की तरफ मत ताकना। हां, शादी करना। शादी में भी खूबसूरती का ख्याल मत रखना। जो सूबेदार सबसे जबरदस्त हो, उसीकी बेटी से ब्याह करना।

इमाद ने उन बातों के एक-एक अक्षर का पालन किया है। उसी के मुताबिक उसने पंजाब के सूबेदार की बेटी से ब्याह करना चाहा था, क्योंकि पंजाब हाथ से निकल गया था। यह सुविधा भी थी कि पंजाब का सूबेदार उसका मामा था। मुगलानी बेगम को दुरानी बाहशाह धरमबेटी कहता था। इसके जरिये अब्दाली से मेल-जोल करके सारे हिन्दुस्तान को अपनी मुट्ठी में करेगा। यह खेल बड़ा मजेदार है। स्त्री और शीरां इसके मुकाबले कुछ नहीं लेकिन एक-ब-एक उसके लहू में नशा चढ़ आया। गन्ना की ग़जल सुनकर हल्का सुरूर आया और उसके बारे में बंगाश से सुनकर उकसाई बाती की लौ-सा वह नशा जरा जोरदार हो गया। आदिल की फकीरी झोली से उसकी तसवीर और मसनवी जो मिली—वह लौ और फैल गई। उमधा ने उस तसवीर को चूरकर आज मानो सब कुछ में आग लहका दी। वह उस लौ को बुझाना चाह रही थी—पांव से शमादान की बत्तियों को उलट दिया—जलती हुई बत्तियां तंबू में गिरी और आग भभक उठी! गन्ना बेगम! गन्ना बेगम! गुलमुहर के बगीचे में खड़ी गन्ना की छवि-सी आंखों में तैर गई।

फिर भी लगा कि चाल में चक हो रही है। नसीब का खेल शतरंज के खेल-सा है। चाल में चूक हुई कि मात। उसके इस शररंज में दुरानी बादशाह नसीब का वज़ीर है—उमधा उसे रोकने का प्यादा है एक। उस प्यादे के पीछे बल है। उस मोहरे को हटाने से गलती होगी।

फिर लगा कि लहू उसका गरम हो गया है। डर किस बात का? तुम इमादुल मुल्क हो। तुम्हें अगर जहन्नुम में जाना होगा, तो हिंदुस्तान को लेकर जाना। गन्ना तुम्हारे बगल में होगी। गन्ना बेगम!

अजान सुनकर उसका वह विचार टटा। रोज अल्लाह का नाम लेकर जीत की कामना करता था। आज उसने गन्ना की कामना की। उमधा बेगम को बर्दाश्त नहीं कर सकेगा। उसने गन्ना की तसवीर तोड दी।

बाहर खड़ा वजीर सोचने लगा कि तभी रास्ते पर धूल उड़ती दिखाई दी। कोई सवार आ रहा था। दिल्ली से? रोहिलखंड से? फर्रुखाबाद से? बंगाश के यहां का हो! सुरैया से पूछकर खबर देने को कहा था कि वह क्या कहती है।

वजीर ने पहरेदार को भेजा—बंगाश का सवार हो तो उसे फौरन यहां लिवा ला।

पहरेदार गया। वजीर खड़ा रहा। पायचारी शुरू की। खद आगे बढ़कर देखे, जी में आ रहा था। मगर हिन्दुस्तान का वजीर हूं मैं। यह सोचकर अपने को जब्त किया। जेब से एक मुहर निकाली। उंगली की ठोकर से उसे ऊपर को फेंका। किस रुख गिरती है। सामने का रुख होगा तो सवार नवाब बंगाश का होगा। नः, सामने का रुख नहीं! उसांस ली। अरे! सवार को तो पहरेदार लिए आ रहा है।

अल्लाह मेहरबान।

सवार के आते ही पूछा—कहां का खत है?

सवार ने बा-अदब खत सामने रक्खा। वजीर खत लेकर जल्दी से अन्दर गया। मुहर तोड़कर सांस रोककर पढ़ा—

"आखिरकार गन्ना की शादी शुजाउद्दौला से ही तै पाई। जाट युवराज जवाहर सिंह के डर से सुरैया बेगम ने आगरे के किले में पनाह ली थी। गन्ना को पाने के लिए जवाहर सिंह जान पर खेलने को तैयार है। सुरैया ने उस नकली बादशाह आदिल की खोज की थी। मुहब्बत थी शायद। लेकिन उधर सफदरजंग ने दबाव डाला। सुरैया आखिर राजी हो गई। अब वजीरे-आजम जैसा अच्छा समझें, करें।"

इमादुल मुल्क का सर एक बार घूम गया। उसके बाद बेहिसाब गुस्से और क्षोभ से अधीर होकर वह उठ खड़ा हुआ। पहरेदार को बुलाकर कहा—जनाब अदीना बेग को सलाम दो। हां, वजीरी फौज के मनसबदार को! और हां, सुनो। वह जो फकीर है न, जिसे कैद करके रक्खा है, पहले उसका सर काटकर यहां पहुंचा जाओ।

पहरेदार काफी दूर निकल गया था। बाहर निकलकर वज़ीर ने आवाज़ दी—अबे ऐ, सुन जाओ।

वह वापस आया। वजीर ने कहा—फकीर को कत्ल करने का हुक्म वापस लेता हूं। खबरदार, कोई उसके बदन में हाथ न लगाए।

वजीर फिर अन्दर जाकर बैठ गया।

सबसे पहले उसकी बादाकशाही फौज का मनसबदार जाकर खड़ा हुआ।

वजीर ने कहा—छावनी उठाने का हुक्म दो। एक पहर दिन को सवारों का पहला दल रवाना होगा। सीधे रोहिलखंड से फर्रुखाबाद।

× × ×

दोपहर का घड़ियाल बजते ही खेमा उखड़ गया। इमादुल मुल्क रवाना हो गया। सब बंदोबस्त कर लिया।

लाहौर के अमीर मीर मोमिन को लाहौर की सूबेदारी का फरमान दे दिया। सारे काम की जिम्मेदारी जमालुद्दीन खां को सौंपी। अदीना बेग जालन्धर दोआब का फौजदार बहाल हुआ।

मुगलानी बेगम को अपनी बेटी के साथ लाहौर के किले के एक महल में रहने का हुक्म हुआ। कड़ा पहरा रहेगा। उमधा से शादी बहरहाल नहीं होगी। अभी फुरसत नहीं है। सोचना भी पड़ेगा। मौलवियों से राय लेनी होगी कि वैसी मां की बेटी से शादी करना ठीक होगा या नहीं!

सरहिंद शहर धूल से भर गया—ढक गया। बादाकशाही फौज चलने लगी।

वजीर हाथी के हौदे पर बैठा सोच रहा था—गन्ना बेगम! पीछे पलटकर देखा। वह आया कैदखाना।

7

शुजाउद्दौला से शादी की सहमति देने के सिवाय सुरैया के लिए सच ही कोई चारा नहीं रह गया था। एक महीने के बजाय आगरे में दो महीने कट गए। आगरे के किले में जगह नहीं मिली। किले के पास ही एक उमराव का घर किराये पर लेकर वह गन्ना के साथ रह रही थी। किला खूब करीब था। घर था किले की उत्तरी-पश्चिमी बुर्जी के पास। अगर उस घर पर कोई दुश्मन हमला करे तो उस बुर्जी से तोपें दागी जा सकती हैं। किलेदार से इकबाल खां ने यह तै कर रक्खा था कि शत्रु धावा करे तो उस बूर्जी से तोपों की मदद करेगा। और खानजमान की फौज घर के चारों तरफ खेमे में पड़ी थी।

सुरैया के कहे मुताबिक आदिलशाह की तलाश में इकबाल खां ने चारों तरफ आदमी भेजे थे। लेकिन कोई पता नहीं चला।

इधर जवाहर सिंह की ललक लहरों-सी उसके घर के चारों तरफ पछाड़ें खा रही थी।—गन्ना, मैं तुम्हें चाहता हूं, मैं तुम्हें चाहता हूं।

तीर की नोक पर लिपटी यह कविता पेड़ की जड़ के पास, छत पर, दीवार मे बिंधी

पड़ी रहती। कभी भेंट में वैसी पंक्तियां पहुंच जातीं। आगरा शहर के जवाहरातवाले आते। उनके जड़ाऊ गहनों में मुहब्बत की भीख बड़ी चतुराई से मांगी जाती। जेवरवाले से पूछने पर वह कहता—यह भेंट एक अमीर ने भेजी है। मुझे रुपया देकर ये अलंकार यहां दे जाने को कहा था। सुदूर जयपुर से उम्दा पत्थर की चीज़ आती, उनमें भी यही लिखा होता। तिसपर इकबाल खां यह खबर लाता कि जवाहर सिंह अपने किले में फौज और तोपें बढ़ा रहा है। अफवाह है कि वह अचानक कभी गन्ना को छीनकर ले जाएगा।

गन्ना के लिए वह पागल हो उठा है।

धीरे-धीरे सुरैया के पास इस आशय की चिट्ठियां आने लगी कि गन्ना के लिए वह कितनी दौलत, सुख और ऐश्वर्य देगा।

चिट्ठियों में सुरैया के तवायफ होने की फबतियां भी होतीं।

सुरैया बेगम परेशान हो उठी। एक रोज उसने गन्ना से कहा—गन्ना, अब तो बर्दाश्त से बाहर हो रहा है बेटी!

हंसकर गन्ना ने कहा—ऐसा क्यों कहती हो अम्मी। पागल पागलपना करते हैं। लोग उसपर हंसते हैं। नाराज हुई, तब तो तुम हार गईं। मुझे तो अच्छा ही लग रहा है।

सुरैया ने रंज होकर कहा—मैं तुझे समझ नहीं सकती गन्ना, तेरा इरादा क्या है। आखिर तूने क्या एक काफिर के लड़के से मुहब्बत की?

गन्ना फिर हंसी—नहीं अम्मां।

—फिर ऐसा कैसे कह रही है? कैसे तूने यह कहा कि मुझे तो अच्छा ही लग रहा है।

—अम्मां, कभी किसी औरत के लिए मर्द पागल होता है और कभी किसी मर्द के लिए औरत। लेकिन एक चाहता है, तो दूसग नहीं। नहीं तो बीच में या तो धरम आ खड़ा होता है या खानदान की इज्जत, या फिर दोनों खानदानों की दुश्मनी। इसी पर तो दुनिया में सबसे बड़ी मसनवी लिखी गई है, ग़ज़लें लिखी गई हैं। मगर मैं तुमसे एक बात कहूं अम्मां, तुम चाहे जिसे भी मुझे सौंपना, मैं उसी के साथ—सुख हो, दुख हो—जिन्दगी काट लंगी।

अचरज से बेटी की ओर देखकर सुरैया ने कहा—उसे तू भूल सकेगी?

—जनाब आदिल को?

—हा।

—भूलने की बात और है अम्मां। दुनिया में बहत-कुछ को भूला नहीं जा सकता। रही उन्हें पाने की बात, सो मैंने उनसे जिन्दगी को जोड़ने की बात कभी नहीं सोची। वह आदमी बंधने-बांधने का नहीं है। मैं उन्हें हजरत जैसा मानती हूं। दुनिया में आग

से ज़्यादा चमक होती किसी चीज में है मगर उसे छाती से कौन लगाना चाहता है या आंचल में ही कौन बांधता है, बता! सुधि के शमादान में श्रद्धा की बत्ती में वैसे लोगों को लौ-सा जलाए रखने से ही अंधेरे में दिशा दिखानेवाला जैसा अपना-सा पाया जा सकता है।

सुरैया बेटी को एकटक देखती रह गई।

गन्ना कहती गई—मुझे अरमान था अम्मां, कि मैं बेगम जहांआरा, बादशाह आलमगीर की बड़ी बेटी जेबुन्निसा की तरह अपनी यह जिंदगी काट दूंगी। अपनी कब्र पर लिखने के लिए मैं शेर लिख जाऊंगी—"दुनिया में आकर गन्ना ने खुदा का भजन किया था—इसीलिए उसे सारी दुनिया का प्रेम मिला। सुखी गन्ना यहां सो रही है।"

सुरैया की आंखों में आंसू भर आए। आंखें पोंछकर कहा—मेरी बेटी, तेरे मन को मैंने अब समझा। मैं तवायफ थी, मैं समझ सकती हैं। चाह के आदमी को न पाकर लोग दीवाने होते हैं। उसकी मुहब्बत कभी जलकर राख हो जाती है और कभी वह फलफूलों से भरे पेड़-सी झलमला उठती है। उसके फूल खुदा की ओर आसमान में मुंह किए फूलते हैं। यह बहुत बड़ी खुशकिस्मती है बेटी! लेकिन...

सुरैया जरा हंसी। कहा—लेकिन दुनिया बहिश्त नहीं है बिटिया। उस पेड़ को भी आदमी काटता है। कहता है, सारे ही फूल ले जाकर माला गूंथेंगे। गले में पहनेंगे। कोई दूसरा न पहने, इसलिए और फूल नहीं फूलने देना चाहता। बेटी, शाहनशाह शाहजहां—उनकी बेटी जहांआरा बेगम; बादशाह औरंगजब की बेटी जेबुन्निसा—उनके जीवन के पेड़ में किसी को कुल्हाड़ी मारने की हिम्मत नहीं होती थी, नहीं हुई। लेकिन तेरी जिन्दगी का रखवाला कौन है? आदमी ही नहीं, तुझपर तो जानवर—गाय-गोरू, भेड़-बकरी तक सींग मारेंगे। वह हमला कैसा दोजखी है तू उसकी कल्पना भी नहीं कर सकती। मैं जानती हैं, मैं तवायफ थी, तिसपर शुकदेव पंडित कह गया है, हिन्दूतान में आंधी आएगी। ऐसे में कोई रक्षक न हो तो चले कैसे?

—अगर समझती हो कि नहीं चलेगा, तो जो तुम्हारा जी चाहे, करो।

—उसी के लिए तेरी राय पूछ रही हूं बेटी। तेरी ग़जलों के साथ-साथ तेरा नाम सारे हिन्दुस्तान में फैल गया है, तिसपर तेरा नसीब कि तू मेरे पेट से पैदा हुई। मैं जानती हूं, जो नवाबजादा, अमीर, रईस तुझे चाहते हैं, वे तुझमें एक, सिर्फ एक ही लड़की को नहीं पाएंगे, पाएंगे वे एक तवायफ की बेटी को। यह बात याद आ जाने से मुझे खुदकशी कर लेने को जी चाहता है!

—मगर तुम्हें इसके लिए अफसोस क्यों हो रहा है अम्मां? लाखों-लाख गरीब लड़कियां बिक रही हैं, तवायफें उन्हें खरीदकर तवायफ बनाती हैं, वे मजबूर होकर तवायफ बनती हैं—नाचती-गाती और खदा को पुकारती हैं। तुमने तो उसी जिंदगी में ग़ज़लें लिखी हैं! लोगों ने तुम्हें प्यार किया। खुदा के हुक्म से तुम्हारी किस्मत ने तुम्हें उस जिंदगी से रिहाई दी और मेरे अब्बा जसे बहिश्त के दूत के हाथों सौंप दिया। तुम्हें शर्म किस बात की? ऐसी अम्माँ कितनों की होती है।

सुरैया की आंखों से आंसू ढलक पड़े! वह कुछ देर चुप बैठी रही। फिर पूछा—फिर भी, तू बता।

—नहीं। तुम जहां हुक्म दोगी, मैं उसी घर में खुशी-खुशी चली जाऊंगी।

सुरैया ने फिर कुछ सोचकर कहा—तो मैं नवाबजादा शुजाउद्दौला को ही पसंद करती हूं। शुकदेव ने तुझे पच्छिम नहीं, पूरब भेजने को कहा है। और फिर सफदरजंग तेरे बाप का दोस्त है, उसने आश्रय दिया था। उसके हरम की बहू बेगम देवी जैसी है। तेरी जानी-चीन्ही है। तू उसे बड़ी बहन जैसी मानना। और शुजा, मेरे ख्याल में मुल्क-भर में वैसी मरदानी सूरतवाला आदमी दूसरा नहीं है।

—यही तै रहा। वही सही!

सुरैया ज़रा देर चुप रही। कहा—ठीक है। वही बात। मर्जी खुदा की, खेल नसीब का। इज़्ज़त इन्सान की। औरत की इज़्ज़त उसका पति रखता है। तेरी पत रखने को नवाबजादा शुजा ही ठीक है।

सुरैया इकबाल खां को बुलवाने के लिए निकल पड़ी।

गन्ना अपने-आप गुनगुनाने लगी।

"चमेली ने चांद को चाहा था। चांद खुदा के दरबार में रौशन-बरदारी करने में मशगूल। न तो उसके नीचे उतरने का उपाय और न चमेली को आसमान तक जाने की क्षमता! चमेली अगर किसी पेड़ से लिपटे, काफी ऊंचाई पर फल खिलाए तो भी वह चांद को नहीं छू सकती—यह उसे मालम है। मगर उसकी खुशबू? वह भी क्या नहीं पहुंचेगी? हाय री चमेली, इसका जवाब तुझे दे कौन?"

सीढ़ी पर किसी के पैरों की आहट से गन्ना चौंक उठी—कौन? चांद?

पंद्रह-सोलह साल का एक लड़का। इकबाल खां का बेटा चांद खां। चाँद खां की आंखें दमक रही थीं। चेहरा तमतमा रहा था। हाथ में वदूक थी। अन्दर जाकर उसने कहा—चुप! चुप रहो साहबज़ादी!

कहते-कहते वह झरोखे के पास जा खड़ा हुआ छिपकर। उसके बाद टप् से बैठ गया। बंदूक की नली झरोखे पर रखकर निशाना ठीक करने लगा।.

—क्या है चांद?

चांद ने निशाना ठीक करते-करते ही कहा—बंदर।

—बंदर? तो बंदर को क्यों मारोगे भला! चांद...

चांद की बंदूक गरज उठी। चांद बोल उठा—वह रहा, वह गिरा! वह उठ खड़ा हुआ। उसके इशारे का अनुसरण करके गन्ना ने देखा, उसके घर के पच्छिम जो पेड़ हैं, उनमें से एक की डाल हिल रही है। हद से लगा, एक बंदर—उहूं, बंदर तो नहीं, कोई आदमी नीचे गिर रहा है। आदमी डाल को कसके पकड़ना चाहता है, पकड़े रह नहीं पा रहा है।

—यह तो आदमी है चांद!

—हां, देखने में आदमी, लेकिन है बंदर। यह जवाहर सिंह का भेजा हआ बंदर है साहबाज़दी। जो तीरों से जवाहर सिंह के व्यंग्य-पत्र छोड़ जाता है। पता लगाते-लगाते आज आखिर मिल गया। वह गिरा!—कहकर चांद दौड़ा।

चांद खां। किशोर चांद खां अजीब है! कुछ ही दिन हुए, इकबाल खां ने उसे गांव से बुलवाया है। इकबाल खां को खौफ है। बिल्ली जैसे पांव दवाए जो लोग चुपके-चुपके घर के हीरे-जवाहरात चुरा ले जाते हैं, जवाहर सिंह उन्हीं की तरह किसी दिन मुंह बांधकर गन्ना को ही उठा ले भागेगा। इसलिए जिस घर में गन्ना और सुरैया सोती हैं, चांद खां वहां रात को पहरा देता रहता है। इकबाल का छोटा बेटा है चाद। सुरैया की जागीर में छटपन से ही आता है—छोटे भाई-सा फरमाबरार है। डर का नाम नहीं जानता।

कुछ देर बाद सुरैया आई। कहा—चांद ने आज जवाहर के आदमी को घायल किया है। पकड़ा गया वह आदमी।

—मालूम है इसी झरोखे से गोली चलाई।

—उस आदमी ने कहा क्या, मालूम है?

—क्या?

—जवाहर ने तुझे लूट ले जाने का तय कर लिया है। अभी इंजोरिया पाख चल रहा है। अंधेरिया होते ही झपटेगा। शिवाजी ने बारात के बहाने जैसे पूना का किला दखल किया था, वैसा ही मनसूबा करेगा कोई!

—हम लोग उससे पहले ही लखनऊ चले चलें मां।

—हां, मैं वही ठीक कर आई। सवार आज ही रात लखनऊ रवाना हो रहा है। —सुरैया जिस तेजी से आई थी, उसी तेज़ी से बाहर चली गई। एक बार शुकदेव पंडित को बुलवाना होगा। पंडित कोई अच्छा-सा दिन देख दे।

गन्ना हंसी। जवाहर सिंह! सुना है, ब्रज में वैष्णव राधा को भजते हैं। तुमने वही क्यों नहीं किया जवाहर सिंह। दूसरे धर्म की एक लड़की! हाय रे हाय!

आगरे के किले के पास ही जमुना पार करके टुंडला का रास्ता। टुंडला से फ़िरोज़ाबाद होकर शेरशाही सड़क से कानपुर। वहां से गंगा पार करके पक्की सड़क से लखनऊ।

सात दिन के बाद।

इन सात दिनों में समस्या और भी उलझ गई। खबर आई, उस अनुचर के घायल होने से जवाहर चोट खाए शेर की तरह खूखार हो उठा है। दुनिया में वह किसी की परवा नहीं करेगा। बाप सूरजमल से चखचख चल रही है। उसकी भी नहीं सुन रहा है। मरते वक्त उसके दादा बदन सिंह ने अपनी गड़ी दौलत का पता बेटे को न बताकर पोते को ही बताया था। वह दौलत बेशुमार है। दौलत और हिम्मत एकसाथ हों तो खैर है भला! दुनिया महज़ माटी की थाली हो जाती है। उसने सोच लिया, आखिर अंधेरी रात का ही क्यों इंतज़ार किया जाए? किसकी परवा है? आगरे के किलेदार के पास लोग आ-जा रहे हैं। सौदा हो रहा है—कितने रुपये लेने से किलेदार बुर्जी की तोपों को गंगी करेगा, सैनिकों को वहां से उतार देगा—सिर्फ एक दिन के लिए!

सूरैया को और इंतज़ार करने का साहस न हुआ। इकबाल खां भी भरोसा नहीं दे सका। लखनऊ का सवार कल शाम लौट आया। सफदरजंग खुश हुआ। लिखा—"महीने-भर के अन्दर ही सम्मान के साथ गन्ना को लखनऊ लिवा लाने का इंतज़ाम कर रहे हैं। आगरे के किलेदार को भी खबर की जा रही है, भरतपुर सवार भेजकर सूरजमल को होशियार किए दे रहे हैं।"

लेकिन नहीं। और भरोसा नहीं किया जा सकता।

अल्लाह की दुनिया कुरान का कानून नहीं मानती। हिंदुओं का जगत जगन्नाथ का विधान नहीं मानता। दुनिया सोने की मुहरों के चक्के पर चलती है। दुनिया के कानून का कर्ता-धर्ता है दौलत। जवाहर सिंह के पास बेहिसाब दौलत है। दौलत के लिए उसका बाप भी उसकी खुशामदें करता है।

× × ×

उस रोज़ सवेरे से ही यह बात फैल गई कि सुरैया बेगम अपनी जागीर को लौट रही है। वहां अपने माटी के किले में पुरानी तोपें बैठाकर बारूद सुखाकर सामना करने की तैयारी करेगी। लखनऊ से नवाब की फौज आ रही है। इटावा के पास यमुना पार करके उसकी जागीर में पहुंचेगी। उसके बाद दहेज लेकर गन्ना बेगम शादी के लिए लखनऊ रवाना होगी। सवेरे से बैलगाड़ियां सजी, सवार तैयार हुए, तंबू उखड़े। एक पहर बेला होते न होते वे रवाना हो गए। दल को खुद इकबाल खां चला रहा था।

हरियाने के बड़े-बड़े बैल। सुंदर-सुंदर सीग-बदन पर कौड़ियों के साज, गले में चांदी की घंटी। घड़ी में वे बैल दो कोस जाते। गाड़ी भी सुन्दर—ऊपर टप्पर, रंगीन कपड़े से मढ़ा। और भी सुन्दर तीन बैलगाड़ियों में बेगम, गन्ना, बांदियां। चारों ओर से घुड़सवार।

माल-लदी और भी गांड़ियां। बेटी के ब्याह का सौदा-पाती खरीदकर ले जा रही है बेगम! आगरे में धूम मच गई। कई दिनों से माल ले-लेकर दूकानदार आते-जाते रहे। दोपहर होते-होते घर खाली हो गया। उतना बड़ा अमीरी घर खां-खां करने लगा। सिर्फ़ पचास सवार यमुना पार करके टुंडला की तरफ गए—फ़िरोज़ाबाद जाएंगे। उनके साथ थे चांद खां, इकबाल खां का दोस्त और जांबाज़ बहादुर जालिम खां। फ़िरोज़ाबाद के पास एक गांव की दरगाह में एक फकीर है—वाला सुल्तान उसकी भक्ति करते थे। उसी के पास जाएंगे। उसकी दुआ लेकर वे सब इटावा के पास ब्याह के जुलूस में जा मिलेंगे। उनके साथ एक बैलगाड़ी में चार बांदियां—चार परातों में धूप-गुग्गुल, फल-मूल, मिठाइयां तथा और-और चीजें सजाकर फकीर साहब की भेंट के लिए जा रही थीं।

गाड़ी पर पचास सवारों का पहरा। बेगम साहबा ने आगरे के उस घर को छोड़ा नहीं था। उसे रक्खे ही रही। क्योंकि शादी के बाद उसे यहीं रहना है। जवाहर के जुल्म से जागीर में रह सकना मुमकिन न होगा।

8

जो शेरशाही सड़क बंगाल से दिल्ली होते हुए पंजाब पार करके बराबर पेशावर चली गई है, टुंडला से इटावा तक वह यमुना के किनारेकिनारे गई है। वहां से यमुना से हटकर रास्ता कानपुर गया है। टुंडला से फ़िरोज़ाबाद कुछेक कोस है। इटावा तीसेक कोस होगा।

चांद खां के साथ जो दल चला, वह फ़िरोज़ाबाद से इसलामपुर गांव चला गया, जहां बाबा मुहम्मद गुलाम की दरगाह है—बूड़े फकीर, प्यारा साहब का स्थान। फकीर साहब नंगे रहा करते और तार के एक साज़ पर गाते हते। अजीब होते उनके गीत। वाला सुलतान जैसे शायर भी कहा करते—"खुदा को जाने बिना ऐसे गीत कोई नहीं बना सकता, इस तरह से नहीं गा सकता।"

"खुदा मेहरबान, दुनियां में तुमने पोशाक ऐसों को पहनाई है, जिनके कलेजे में पाप की आग है, जिनकी नज़र की उस आग की कालिख दुनिया को स्याह करती है। और जिनके मन को पाप ने नहीं छुआ, जिनकी निगाह साफ-सफेद है, उनके लिए तुम्हारा फरमान है कि तुम नंगे रहो।"

बादशाह शाहजहां के समय ईरान से एक फकीर आए थे। मुहम्मद सैयद। उनकी साधना विचित्र थी। बहुतेरे हिन्दू उनके शिष्य बने। हिंदू-मुसलमान, यहुदी-ईसाई—कोई भेद नहीं। साधक कवि। नाम पड़ा था सरमद। वे गाते थे—

"हाय मौलवी, इमाम! तुमने उन्हें मंदिर और
मसजिद में नहीं रक्खा—
रक्खा है उनके पत्थर और काठ को।
जो काला पत्थर काबा की मसजिद में है—
उसी काले पत्थर की मूरत गढ़कर हिन्दुओं ने
मन्दिर में रक्खी है।"

दारा शिकोह उनका भक्त था। वह फकीर को नंग-धडंग अवस्था में ही बादशाह के पास ले गया था।

औरंगज़ेब ने उनको कत्ल करने का हुक्म दिया था। कत्लवाले पत्थर पर माथा टेककर सरमद ने औरंगज़ेब की तारीफ करते हुए गीत लिखकर गाया था—

"नंगी तलवार के रूप में आज मेरा परम मित्र आया है—
मैं जानता हूं मेहरबान, यह तुम्हारा छद्मवेश है।
तुम जाने ऐसे कितने रूपों में मेरे पास आए हो।
यह भी तुम्हारा वैसा ही एक रूप है।
आज तुम मुझे अपने पास करीब खींच लोगे।
कितना आनन्द है आज!"

फकीर प्यारा उन्हीं सरमद की राह के राही हैं। उन्हींके शिष्य इनके मीठे गले से

मुग्ध होकर महज़ दस साल की उम्र में इन्हें बुलाकर अपना शिष्य बनाया था। भिखमंगे के लड़के। जनम के अंधे। सरमद खुद इनका हाथ धरकर राह चलते थे। खुद गाते और अंधा बच्चा गला मिलता। नाम उन्होंने रक्खा प्यारा। तभी से ये प्यारा कहलाए।

चांद का दल उनकी कुटिया के सामने पहुंचा। गाड़ियां पहुंची। परातें लेकर बांदियां उतरीं।

अंदर से खुश होकर प्यारा साहब ने पूछा—आ गए तुम लोग? बहुत अच्छा।

चांद खां ने कोनिश की-हां, बाबा, हजरत की खिदमत में हम आ गए।

बुरका पहने बांदियों ने परातें उनके सामने रक्खीं। पैर के अंगूठे को चमकर बंदगी की। एक ने कहा, आशीर्वाद दीजिए हज़रत!

हज़रत ने कहा—गन्ना कहां है?

एक उनमें से आगे आई—मैं हं हज़रत। हज़रत की बांदी।

माथे पर हाथ फेरकर अंधे फकीर ने कहा—बेटी!

—हजरत!

—अपनी सारी ज़िन्दगी जिस गीत को मैं एकान्त में गाता रहा—वह गीत तुम्हें सुना दूं। तुम खुद शायर हो। तुम्हारी अम्मां, तुम्हारे। अब्बा—दोनों ही शायर। कहो तो सही, तुम्हें यह गीत कैसा लगता है। और इस गीत में जो है, वह सच है या नहीं।

दो उंगलियां जोड़कर हाथ को बढ़ाते हुए उन्होंने गाना शुरू किया—"दिन की रोशनी में तुम्हें देखने के लिए आकाश की तरफ ताका। देखा, तुम्हें ओट में किए सूरज खड़ा है। कह रहा है, मुझे देखो। चांदनी रात में ताका तो चांद को देखा। उसने भी यही बात कही। अंधेरी रात, आसमान में घनघोर घटाएं—सब थम-थम। कहीं कोई आवाज़ नहीं। ऐसे में देखा। कहीं कोई आड़ किए हुए नहीं था। मैंने कहां-कहां हो तुम? तुमने कहा—दुख, आफत, अधेरे में मैंने ही तो तुम्हें ढंककर रक्खा है। अब तो तुम हो और मैं हूं—मैं हूं और तुम हो। देख नहीं रहे हो—कोई नहीं है; सब कुछ खो गया है!"

गन्ना अभिभूत हो गई।

सुरैया ने शंकित होकर कहा—आपने यह क्या सुनाया हज़रत!

—क्यों बिटिया?

—गन्ना के नसीब में...

—नहीं, नहीं। मेरी बात है, मेरी बात सुरैया। अंधे प्यारा साहब की खुशकिस्मती देखो—आजन्म अंधा, इसलिए आजीवन ही उनसे मिलन! कभी जुदाई नहीं। तुम्हारी बेटी

की ग़ज़लें नौजवानी की हैं। सूनकर सारा हिन्दुस्तान दीवाना है। इसीलिए बुड्ढे फकीर ने सुनाकर उससे जानना चाहा कि यह गीत उसे कैसा लगा? मेरा यह अनुभव क्या झूठ है?

—नहीं हज़रत, इससे सच शायद ही दूसरा कुछ हो।

—खैर। अब तुम लोग रवाना हो पड़ो। डोली-कहार ठीक हैं। कहार पूरे विश्वासी हैं, साहसी भी। हथियार थाम लें तो पक्के सिपाही! रवाना हो जाओ। आफत से डरना मत। हिम्मत रखना। देखोगी, आफत में ही खुदा तुम्हारे बहुत करीब हैं—बिलकुल कलेजे के पास!

एक महीने के बाद।

शुकदेव आचार्य प्यारा साहब के झोंपड़े के सामने घोड़े पर से उतरा। साथ में चांद खां। बंदगी की।

अंधे प्यारा साहब ने कहा—पंडित! आ गए भाई? सुबह से ही लग रहा था कि कोई मेहमान आएगा। आओ, बैठो।

—यह हो क्या गया बाबा साहब?

—क्या हुआ पंडित?

—आपने मना क्यों नहीं कर दिया कि सुरैया बेगम, आज आगे मत बढ़ो। हज़रत तो सब कुछ देखते हैं।

प्यारा साहब हंसे। कहा—मज़ाक़ करते हो भैया! अंधा आदमी, मैं कैसे देखूं?

—आप लाख कहें, मैं नहीं मान सकता हज़रत। आप ललाट की आंखों से सब देखते हैं!

—नहीं, नहीं। मैं कुछ भी नहीं देखता। मगर तुम ऐसे अफसोस के साथ क्यों कह रहे हो?

—कमल जैसी खिली गन्ना, उसके नसीब में क्या हुआ यह? नवाब बंगाश के यहां जा पहुंची? अब तो वह दिल्ली ही पहुंचकर रहेगी। काश आपने उस दिन उन्हें मना किया होता! जाट जवाहर सिंह आपकी दरगाह की तलाशी लेने की हरगिज़ हिम्मत नहीं करता!

गन्ना बेगम लखनऊ नहीं पहुंच सकी! लखनऊ के बदले वह फर्रुखाबाद के नवाब अहमद खां बंगाश के यहां पहुंच गई।

ढाई सौ सवार चार डोलियों को घेरे लिए जा रहे थे। फ़िरोज़ाबाद से इटावा। वहां

से कानपुर। सोचा था, जिस चालाकी से वे जा रहे हैं, उसमें हमला करना होगा, तो जवाहर सिंह जागीर पर धावा बोलेगा। वहां इकबाल खां उसका मुकाबला करेगा। और तब तक इधर पचास सवारों के पहरे में सुरैया गन्ना को लेकर कानपुर में गंगा पार करके लखनऊ पहुंच जाएगी। लेकिन जवाहर की दौलत बेशुमार थी। उसके जासूस तमाम फैले हुए थे। आगरे के लोगों ने सच-सच ही विश्वास कर लिया था कि सुरैया बेगम अपनी जागीर को वापस जी रही है। बेटी का ब्याह होगा। महीने-भर में सारा इंतज़ाम करके हीरे-मोती-जवाहरात ले-लिवाकर धूम-धाम से लखनऊ जाएगी। उसके तंजाम के अगल-बगल घोड़े पर सवार दस-बीस बांदियां होंगी—वे किमख्वाब का सलवार-कुरता पहने होंगी, सर पर ज़रीदार टोपी कमरबंद में लटकती तलवार, हाथ में सोना-रूपाजड़ा डंडा। उनके आगे-पीछे इकबाल खां के हिन्दुस्तानी मुसलमान सिपाही। सजी बैलगाड़ी पर नौबत झरती रहेगी। दो-चार हाथी होंगे।

सबने विश्वास किया था ठीक ही, लेकिन जवाहर ने सही खबर पा ली थी। वह सौ सवारों के साथ उनके पीछे रवाना हो गया था। गोवर्धन घाट में यमुना पार करके नंगी तलबार लिए तेज़ी से चल रहे थे। शोरगुल करने की मनाही थी, पर घोड़े की टापों से उड़ती हुई धूल ने आसमान में बादल की लाल टुकड़ी-सी बना दी थी एक। महावन से इटावा का रास्ता कुछ कम नहीं—तीस कोस से भी ज़्यादा।

धूल के उस लाल लंबे मेघ को आसपास के गांव के लोगों ने शंका से ताककर देखा।

तब के हिन्दुस्तान के लोग—वे ऐसी धूल का मतलब समझते थे। धूल का ऐसा बादल आज जाट घुड़सवारों के घोड़े की टापों से उठता, कल उठता मराठा सवारों के घोड़ों की टापों से। परसों रोहिला अफगानों के घोड़ों की टापों से। उधर से धूल का ऐसा बादल उठकर यह पता देता कि लखनऊ से नवाब की फौज उन्हें रोकने के लिए जा रही है। मगर पता क्या कि ये किस गांव पर टूट पड़ेंगे, आग लगा देंगे, लूट-पाट मचाएंगे, औरतों को छीन ले जाएंगे! इसीलिए ऐसे में वे शोर मचाने लगते। गांव-गांव में भगदड़ मच जाती। लोग घर-बार छोड़कर भाग खड़े होते। कहीं-कहीं दो-चार बड़े गांवों में नक्कारे बज उठते। गांव के जवान हाथों में हथियार संभाले तैयार हो जाते। मुकाबला करेंगे। न होगा तो जूझकर जान देंगे। इतनी देर में रूंजी-पूंजी लेकर औरतें कहीं किसी शहर को भाग जाएंगी, या कि किसी ज़मींदार-जागीरदार के इलाके में, जंगल-झाड़ी में पनाह ले लेंगी।

सुरैया बेगम की टोली जैसे ही इटावा के आसपास पहंची कि पीछे से गांवों में पिटते हए नक्कारों की आवाज़ आई। इस आवाज़ की एक खासियत है—लगता है,

'होशियार, होशियार' कहकर कोई सचेत किए दे रहा हो।

चांद खां के साथ ज़ालिम खां था। इकबाल खां का साथी, बचपन का दोस्त, बहुतेरी लड़ाइयों का संगी। उसके कान बड़े चौकन्ने। वह झट घोड़े की लगाम खींचकर पलटकर खड़ा हो गया। आसमान की ओर जो ताका तो चौंक उठा। सांझ हो रही थी। सूरज यमुना के उस पार आसमान के नीचे लाल हो उठा था। उस लाल आभा में ऐसा लगा कि पीछे कोस-भर के फासले पर कहीं आग लगी है। उसकी झलक है आसमान पर।

सुरैया ने नक्कारे की आवाज़ सुन ली थी। वह डोली से उतरी। आसमान की तरफ देखा और तुरत फिर से डोली पर सवार होकर बोली—जल्दी, जितनी जल्दी हो सके बढ़ो।

आदमी का स्वभाव है यह। पीछे से खेदो तो आगे भागता है। आगे से खेदो तो पीछे। पीछे दुश्मन थे। कुछ देर तक वह सामने की ओर जीजान से भागे। लगभग कोस-भर चलने के बाद उन्हें रुकना पड़ा। धूल का बादल आधे कोस पर आ पहुंचा। यमुना के उस पार सुदूर प्रसारी बैहार में सूरज डूब गया। गोल होकर अंधेरे ने जैसे चारों ओर से घेर लिया।

ज़ालिम खां ने हुक्म दिया—ठहरो।

घोड़े की पीठ पर ही वह सुरैया की डोली के पास गया। कहा—अब सामना करने के सिवा कोई चारा नहीं है बेगम साहबा। कहीं वे अंधेरे में आंधी-से टूट पड़े, तो पलटकर मुकाबले का मौका न रहेगा!

सुरैया डोली से उतरी। कहा—लड़ जाओ ज़ालिम खां। गन्ना!

गन्ना भी उतरी—अम्मां!

—खौफ खा रही है?

—नहीं अम्मां!

—कहीं पकड़ाई पड़ गई, तो मर जाना। ज़िंदा न रहना। ले, सवार हो जा डोली पर। ज़ालिम खां...

—हुक्म बेगम साहबा!

—तुम लोग यहां पर लड़ जाओ। दस सवार और चांद खां को लेकर हम आगे बढ़ें। क्या ख्याल है?

—ज़ालिम खां ने एक क्षण सोचा और कहा—ठीख ही कह रही हैं। तो एक बात और बता दूं।

—कहो।

—साथ में बीस सवार ले जाएं। आगे इटावा से दो रास्ते निकले हैं। बायें वाला

रास्ता फर्रुखाबाद गया है, दूसरा कानपुर। वहां से दो दलों में बंट जाएं। दो डोली दस सिपाही फर्रुखाबाद और दो डोली दस सिपाही कानपुर। जो कानपुर की तरफ जाएंगे, बीच-बीच में मशाल जलाएंगे। फर्रुखाबाद वाली टोली अंधेरे में जाएगी। खुदा की मेहरबानी और आपका नसीब—फर्रुखाबाद पहुंच जा सकती हैं।

—लेकिन दो डोली जाएंगी कानपुर। तुम क्या बांदी को

—जी नहीं, वे डोलियां खाली जाएंगी।

चैन की सांस लेकर सुरैया ने कहा—ठीक ही है। वैसा ही होगा। डोलियां चल पड़ीं। ज़ालिम खां ने कहा—खुदा हाफ़िज़! फिर कहा—सिपाहियो, ज़िंदगी में नमक का क़र्ज़ खून से चुकता है। क्योंकि लहू की बूंद में नमक मिला हुआ होता है।

इसी उपाय से सुरैया और गन्ना को राहत मिली। लखनऊ के बदले पहुंच गई फर्रुखाबाद। जवाहर सिंह नाकामयाब लौट गया। जान पर खेलकर उससे लड़ता रहा ज़ालिम खां। नमक का बदला चुकाया। दो घंटे से ज़्यादा उलझाया उसे। उसके महज़ तीस सिपाही। जवाहर के सौ। कब तक लड़े? जवाहर उसके बाद अपने लोगों के साथ कानपुरवाले रास्ते की तरफ दौड़ा और खाली डोली को लूटकर निराश लौट गया।

रास्ते में गन्ना कैसी तो हो गई। शांत तो वह सदा की है, पर कैसी गहरी चिंता में पड़ गई! यहां तक कि ग़ज़ल भी नहीं बनाती, न ही गाती। चुपचाप बैठी रहती।

नवाब बंगाश ने उन्हें आदर के साथ रखा। उसने वज़ीरे-आज़म इमादुल मुल्क से गन्ना की शादी का प्रस्ताव किया।

सुरैया की राय शायद कुछ बदली। डगमग हुई।

यह बात चांद खां ने बताई। सुरैया ने उसे शुकदेव पंडित के पास भेजा। इसपर पंडित की क्या राय है, यह वह जानना चाहती थी। पंडित के शास्त्र के अनुसार कोई रत्न धारण कराके गन्ना को खतरे से बचाया जा सकता है या नहीं। पंडित ने पश्चिम यानी दिल्ली ही जाने की मुमानियत की। इसका कोई खंडन है या नहीं?

पंडित शुकदेव ने बार-बार हाय-हाय की। उस दिन रवाना होने से पहले सुरैया बेगम ने उसे फिर नहीं बुलाया। इसलिए कि शायद कुछ गड़बड़ हो। लेकिन ज़िस रोज़ निकले थे वे, वह दिन बड़ा बुरा था। दुनिया पर शनि, मंगल और राहु की दृष्टि थी। उत्तर को योगिनी रोके हुए थी।

इसीलिए शुकदेव ने प्यारा साहब से जाकर शिकायत की कि हज़रत, आपने उन सबोंको जाने क्यों दिया। सब जानते हए भी यह क्या किया आपने?

प्यारा साहब ने कहा—पंडित, मैं तो अंधा हूं भाई। तुम मेरी गोद के पास बैठे हो और मैं देख नहीं पाता। माथे के ऊपर सूरज जलता है, मैं नहीं देख सकता। दोपहर के बाद यहां से दस-बीस कोस के फासले पर क्या होगा, मैं कैसे देखूं?

शुकदेव ने कहा—आप और जिससे धोखा करें, शुकदेव से छलना करने से क्या लाभ है हज़रत! मुझे तो सब मालूम है।

—यकीन मानो पंडित, मझे कुछ भी मालम नहीं। कुछ भी नहीं। एक ही बात सिर्फ मालूम है कि दुनिया में जो भी होता है, वह खुदा की मर्ज़ी है। अन्त तक जो होता है, अच्छा ही होता है। बीज से जब अंकुर होता है, तो न तो फल ही खिलता है, न फल ही लगता है। उस समय उसपर विचार नहीं हो सकता। मैं कहता हू सभी अंकुर में पानी डालो। कोई फूल, कोई फल तो लगेगा ही।

—अगर जहर का फल हो...

वह भी हो तो किसी काम का ही होगा भाई। हकीम उसकी दवा बनाएगा। हिंदुस्तान के वैद सांप के ज़हर की दवा बनाते हैं।

शुकदेव गरम हो उठा। कहा—आप जैसों से यह बात सुनने की उम्मीद नहीं थी हज़रत। और कोई कहता तो समझता, वज़ीर से घुस लेकर कह रहा है। मैंने वज़ीर की कुंडली देखी है। उमसे शादी होगी तो गन्ना की तकलीफ की हद नहीं रहेगी। भाग्य में बंधन-योग होगा!

—तो तुम मना कर देना। मैं झूठ नहीं कहता। मैं यह सब नहीं जानता।

—मैं कहने को ही जा रहा हैं।

—पंडित, हाथ और कपाल की रेखा से सब कुछ जाना जा सकता है, कहा जा सकता है?

—हां। मगर आप यह बात क्यों पूछ रहे हैं?

—मैं अंधा हूं न। नहीं जानता, नहीं समझता, इसी से पूछ रहा हूं।

—बंदगी हज़रत। मैं जाता हूं।

—चल दिए? गुस्सा होकर जा रहे हो?

—जी नहीं। अफसोस हो रहा है कि आपने गन्ना को मना नहीं किया।

—मैंने कहा तो कि मैं नहीं जानता!

—जानते हैं!

—नहीं। तुम आज रुक जाओ तो तुमसे समझ लूं। रह जाओ पंडित। गणना करके मेरा नसीब मुझे बता जाओ।

—लौटते वक्त। लौटते वक्त आपका नसीब बता जाऊंगा।

—उससे पहले ही अगर मर जाऊं?

हंसकर शुकदेव बोला—अभी आप बहुत-बहुत देखेंगे।

—खुदा हाफ़िज़ पंडित!

9

का काबुल के शाही महल में अब्दाली गुस्से में भरा हुआ-सा पायचारी कर रहा था। हाथ में एक चिट्ठी थी। सामने खड़ा था एक पंजाबी अफगान। वह अफगान शाह का चेहरा देखकर डर गया था।

अब्दाली ने रुककर पूछा—तुझे क्या मालूम है, बता।

उसने समझा नहीं, सो चुप रहा।

—अबे उल्लू, मुगलानी बेगम ने लिखा है कि वह कैद में है। किस किस्म की कैद है, बता।

—जहांपनाह, वज़ीर इमादुल मुल्क ने घर के पास ही एक घर में कैद कर रक्खा है। छोटा-सा घर है। हरदम पहरा रहता है। पहले तो लाहौर के किले में ही कैद रखने का हुक्म दिया था। फिर जाने क्या हुआ, शायद हो कि आपको खबर भेजने की शंका से कहला भेजा कि बेगम को दिल्ली भेज दो। तब से मां-बेटी दिल्ली में कैद हैं। किसीको भी अन्दर जाने का हुक्म नहीं है। किसीसे मिलने की इजाज़त नहीं है। खत नहीं लिख सकतीं। खाना-पोना भी ठीक नहीं मिलता। नाच-गाना नहीं। शीरां नहीं। बेगम साहबा कभी-कभी सर के बाल नोचती हुई रोती हैं। दो बांदी और एक खोजा है। खोजा बंदा चुराकर मंगला देता है। वही पीस कर पीती हैं। वज़ीर कहता है कि दिल्ली में उनके शौहर की जो दौलत छिपी है, उसका पता बताने पर ही उन्हें अच्छी तरह से रक्खेगा और उमधा से शादी करेगा।

—तू उस घर में कैसे घुसा?

—बेगम साहबा की बांदी एक रोज़ रत को मुझे बगीचे के दरवाज़े से ले गई थी। पहरेदार को एक मुहर देकर मिलाया था।

—हां!

शाह अब्दाली ने फिर एक बार कमरे का चक्कर काटा। इतने में सिपाही अन्दर

आया। कहा—अशरफ उल उजरा अमीर-ए कबीर मुख़्तार ओ मुशीर वाली खां बहादुर!

—वाली खां बहादुर! अंदर आओ। और वह खुद कई कदम आगे बढ़ गया।

वाली खां अंदर आया। कोर्निश की। शाह ने इस असमय में उसे बुलवा भेजा था। शाह को उत्तेजित देख वाली खां ने खुद कुछ नहीं पूछा। शाह ने कहा—दिल्ली से खत आया है। इमाद ने मुगलानी को ले जाकर कैद कर लिया है। बड़ी मुश्किल से उसने यह चिट्ठी भेजी है। पढ़ो।

खत उसके हाथ में दिया। फिर बोला—वह बशमाश स्यार—हां, हां, इमाद स्यार-सा ही चालाक और बुज़दिल है — उसने क्या उस नाचनेवाली तवायफ और कुइली खां की बेटी से शादी की है?

—शादी जल्द ही होगी। वह लड़की फर्रुखाबाद में नवाब बंगाश के यहां रोक रक्खी गई है। वज़ीर वहां जाने की तैयारी कर रहा था।

—शैतान! लुच्चा इमादुल मुल्क! अपनी ममेरी बहन से शादी तै थी। उसे छोड़कर नाचवाली की बेटी से ब्याह करेगा!

वाली खां ने चिट्ठी पढ़ी। वह बोलने का मौका खोज रहा था। सुयोग मिलते ही कहा—बड़ी शर्म की बात है जहांपनाह!

—बेहद शर्म की बात! और मुगलानी के लिए बेइज़्ज़ती की बात! क्या राय है तुम्हारी?

—जी, पंजाब में हमें बेदखल किया है। दखल तो उसे करना ही है।

—बेशक! अबकी सारा पंजाब छीन लेंगे। मैं दिल्ली भी जाना चाहता हूं।

—मुगलानी बेगम को आपने धरमबेटी कहा है। उसे बचाना आपका फ़र्ज़ है जहांपनाह। और फिर खत में यह भी है कि आप दिल्ली आए तो नादिर की तरह ही बेशुमार दौलत हाथ लगेगी। मैं जहांपनाह को पता दूंगी कि किस-किसके यहां दौलत है। अपने ससुर के यहां का तो मैं जानती हूं। घड़ों अशर्फी-मुहर, जवाहरात माटी में गड़े हैं। छत के नीचे सोना-चांदी के बर्तन हैं। मैं सब बता दूंगी।

—हां-हां। मैं जाऊंगा, ज़रूर जाऊगा।

—जी जहांपनाह यह मौका चूक जाइएगा तो फिर नहीं मिलने का। खुद बादशाह आलमगीर इमाद से नाराज़ हैं। मीरबख्शी सिपहसालार नजीबुद्दौला इमाद का दोस्त नहीं है। इंतिज़ामुद्दौला भी उसका दुश्मन है। अभी बड़ा अच्छा मौका है...

—मैं चलूंगा। तैयारी करो। बादशाही दरबार में जितने भी नमक-हराम बेईमान हैं, सबको खत्म कर दूंगा। इमाद को मैं...

शाह का चेहरा खौफनाक हो उठा। उसने अपनी नाक पर के चांदी के खोल को उतार दिया। नाक पर एक ज़ख्म था, जिसे चांदी के खोल से अब्दाली ढंके रखता था। जोश में लहू के दबाव से वह ज़ख्म दुख उठा। फिर भी वह खुश हुआ। यह लक्षण उसके लिए अच्छा है। एक उर्ध्वबाहु हिंदू साधु स्वामी प्राणपुरी ने उसे बताया था। ग़ज़नी के पास वह साधु है, यह जानकर इस ज़ख्म के लिए ही अब्दाली ने उसे बुलवाया था। उसने सुन रक्खा था कि हिंदू सन्यासी जादू जानते हैं, ऐसी दवाएं जानते हैं, जो हकीम नहीं जानते, वैद नहीं जानते, ईसाई मुल्क के 'डागडर' नहीं जानते। उस साधु से उसने जख्म अच्छा कर देने के लिए कहा था। कहा था, ठीक कर दोगे तो मैं बहुत धन दूंगा, और नहीं तो गरदन उतरवा लूंगा। संन्यासी ने कहा— इससे पहले मैं एक बात जानना चाहूंगा। उसके बाद बादशाह जो कहेंगे, वही करूंगा। बताने आराम कर दूंगा।

—कौन-सी बात?

—आपके कपाल से मुझे यह मालूम हो रहा है कि आपकी बादशाही का मूल आपकी नाक का यह ज़ख्म ही है। इसी ज़ख्म के होने के बाद आप बादशाह हुए हैं। यह ज़ख्म जितना बढ़ रहा है, आपकी बादशाही का दायरा भी उतना ही बढ़ रहा है। यह अच्छा हो जाएगा तो...

प्राणपुरी इसके बाद चुप हो गए। शाह चौंका। मन ही मन उसने संन्यासी की बात को मिलाकर देखा। ठीक ही कहा है। बिलकुल मिल जाता है कहना। कहा—तुम्हारी बात सही है संन्यासी। यह ज़ख्म रहेगा। मैं तुम्हें इस कहने के लिए नजराना दूंगा।

दिया भी था। बात भी ठीक थी। घाव की शुरुआत में वह ईरान से कंधार के अब्दाल अफगानों का मालिक हुआ था। ज़ख्म बढ़ने लगा—राज्य भी बढ़ने लगा। काबुल, सारा अफगानिस्तान, बलूचिस्तान, उसके बाद पेशावर पार करके पंजाब, मुलतान तक। घाव अभी टनटना रहा है—फिर बढ़ेगा। अब की दिल्ली तक। नः, दिल्ली से भी आगे...

खुश हो गया अब्दाली।

मिट्टी और पानी से यह संसार जितना ही विशाल है, उतना ही विराट। हिंदू भी कहते हैं, मुसलमान भी कहते हैं, भगवान की इच्छा से, खुदा की मर्ज़ी से सब कुछ होता है। उन्हीं के ख्याल से एक ही वक्त हज़ार कोस दूर से अपने परदेसी बेटे के बारे में मां सोचती है और मां के बारे में बेटा भी सोचता है। दुश्मन जब दुश्मन का खून करने की बात सोचता है, कभी-कभी खुदा की मर्ज़ी से, भगवान् की इच्छा से दुश्मन भी बुरा सपना

देख नींद में चौंक उठता है। कोई झूठ कहे, तो उससे झगड़ना नहीं है, लेकिन ऐसा होता है—हज़ार सबूत मिलेंगे इसके। उस रोज़ भी ठीक यही हुआ। फर्रुखाबाद के उत्तर-पश्चिम में वज़ीरे-आज़म इमादुल मुल्क की छावनी पड़ी थी। उमधा बेगम को दिल्ली में नजरबंद करके इमाद गन्ना बेगम के लिए यहां आया था। आज ही। उसे गन्ना बेगम चाहिए।

इमाद ने कहा—ख़ानज़मान की बेगम से कहो, ख़ानज़मान जब दिल्ली से होकर गुजरे तो मैंने उनसे कहा था कि मैं गन्ना से शादी करना चाहता हूं। वे नवाबज़ादा शुजाउद्दौला के बारे में बोले। उससे डरते थे। मैंने कहा था, डरने की कोई बात नहीं। ख़ानज़मान ने अपनी आंखों देखा है कि नवाब सफदरजंग को मैंने किस तरह से दिल्ली से भगाया। ज़रूरत होगी तो सूबे-अयोध्या को मैं सर कर लूंगा। शादी के बाद आप लोग दिल्ली आ जाइएगा। लखनऊ के नवाब की परवा नहीं रहेगी। ख़ानज़माननने मुझे बात दी थी।

बंगाश ने कहा—बेगम को किसी काफिर पंडित ने गन्ना की शादी पूरब में करने को कहा है। पश्चिम में क्या तो हिंदुस्तान के नसीब में आंधी उठ रही है। गन्ना के भाग में है, उस आंधी में वह टूटे पत्ते की तरह उड़ जाएगी।

इमाद हंसा। बोला—उस पंडित को आप बुलवा भेजें नवाब। मैं उसे अर्फियां दूंगा। वह दूसरी राय देगा। पच्छिम की आंधी तो अब्दाली की आंधी है। अबकी दुनिया बादशाही फौज की हिम्मत देखेगी। उसे बैरंग वापस भागना पड़ेगा!

—मगर एक बात आपसे मैं कहूं?

—ज़रूर कहिए नवाब साहब।

—उमधा से शादी बहुत पहले से तै है। वह आपकी ममेरी बहन है। मुगलानी बेगम जो भी करे, मीर मन्न साहब खानदानी रईस थे। उसकी बेटी से आप पहले शादी कर लें, फिर...

बाधा देकर इमाद ने कहा—मुगलानी बड़ी शैतान है। मेरे मामा साहब के जीते-जी जब बात पक्की हुई, तो उसने मुझसे कुरान की जिल्द पर लिखवा लिया—'उमधा से ब्याह करके मैं दूसरी शादी नहीं करूंगा।' नवाब साहब, राजनीति और बात है। इसमें आज कुछ कहें और कल न माने तो कोई गुनाह नहीं होता। लोग कहते हैं, बादशाह अहमदशाह ने मुझसे कुरान कर कसम खिलाई थी कि मैं उनका कोई नुकसान नहीं करूंगा। मगर मैंने बादशाह को गद्दी से उतारकर अंधा बनाया, कैद करके रक्खा। मगर सच पूछिए, तो मैंने कुछ नहीं किया। सभी परवानों पर आलमगीर के दस्तखत हैं। मैंने उन हुक्मों की तामील की है। इस मामले में भी मैं वही करूंगा। उमधा से ब्याह करके फिर ब्याह नहीं करूंगा। पहले करने में क्या दोष है?

बंगाश हैरान होकर उस जवान वज़ीर को देखता रह गया। इसे ताड़कर इमाद ने हंसते हुए कहा—नवाब साहब। इमादुल मुल्क मज़हब को ज़रूर मानता है, लेकिन अक्ल से वह मज़हब की तलबार पर अपने माथे हिंदुस्तान की भावना का बोझा ढोए चलता है—पांव पर एक बूंद भी लहू नहीं गिरता। दुनिया में ऐसी भी एक जगह चाहिए, जहां आनन्द मिले। मेरी वह जगह गन्ना है।

बाहर का पहरेदार आया। कोर्निश करके खड़ा हो गया।

इमाद ने उसकी ओर ताका—क्या है?

—बेगम खानज़मान के यहां से एक लड़का आया है।

—बेगम सुरैया के यहां से? चांद खां?—बंगाश ने कहा।

—जी हां, हुज़ूर। चांद खां ही नाम बताया। वज़ीरे-आज़म को सलाम भेजा है।

वज़ीर ने कहा—बुला लाओ।

चांद खां ने झुककर सलाम किया—एक खत लाया हूं खुदावंद।

—बेगम सुरैया ने भेजा है?

—जी नहीं। साहबज़ादी ने भेजा है।

—साहबज़ादी? गन्ना बेगम ने?

—जी।

इमाद चंचल हुआ। अपने को संभालकर उसने हाथ बढ़ाया। घुटने गाड़कर चांद खां ने रूमाल पर खत को रक्खा।

इमाद ने खत को उठाया। सुन्दर कागज़ पर साफ-साफ हरूफ। धीरे से उसे खोला। पढ़ा। कभी चेहरा सुर्ख हो आता, कभी सफेद। पढ़ने के बाद पूछा—साहबज़ादी ने इस कैदी को कैसे देखा?

चांद खां ने सलाम करके कहा—जी, वे कहां से देखेंगी। उन्होंने मुझसे सुना है। मैं दोपहर को खुदावंद की छावनी देखने आया था। घूमकर देख रहा था। कैदखाने में उस कैदी को देखकर ताज्जुब हुआ। मैंने इसीलिए साहबज़ादी से कहा।

ताज्जुब का क्या देखा? साहबज़ादी से तुमने क्या कहा? कैदी ने तुमसे क्या कहा था?

—कैदी ने मुझसे कुछ नहीं कहा खुदावंद। मैंने भी उससे कुछ नहीं कहा। हैरत हुई कि उसकी आंख फूट गई है। सुई चुभो दी है। आंख सूजी हई है। सारे चेहरे पर चेचक के दाग। सामने रोटी-पानी धरा है, पर उसकी वह एक आंख आसमान की ओर है। कौए रोटी खा रहे हैं, उसे होश नहीं है। बोला—भूख उन्हें भी लगी है भैया! खाने

दो। पहरेदार ने कहा—तुम्हें भूखा जो रहना पड़ेगा। तीन-चार दिन से उपवास कर रहे हो। उसने कहा—खुदा की मर्ज़ी। परेदार ने कहा—इसे और कितना सूनूं! एक आंख फोड़ ली। कहा, खेल नसीब का! आखिर क्यों? खेल नसीब का क्यों, और मर्ज़ी ही खुदा की क्यों? वज़ीर साहब ने तसवीर बनाने को कहा। नहीं बनाई। मेरी इज़्ज़त है। तसवीर बनाने से इज़्ज़त क्या जाती? वह हंसा। पहरेदार ने कहा—आखिर तुम्हारी गर्दन जाएगी। वह बोला—तभी मेरी इज़्ज़त रहेगी भैया। यह सब देख-सुनकर मुझे ताज्जुब हुआ। मैंने जाकर साहबज़ादी से कहा। सुनकर उन्होंने यह खत लिखा।

हूं।—वज़ीर चुप हो गया।

नवाब बंगाश ने पूछा—कैदी? किस कैदी के बारे में लिखा है?

वज़ीर ने चिट्ठी नवाब को दी।

गन्ना ने लिखा था—"वज़ीरे-आज़म एक मामूली लड़की के लिए दिल्ली से यहां आए हैं। मेरी अम्मां ने नवाब शुजाउद्दौला के लिए वचन दिया है और मुझे लखनऊ ले जा रही थी। हुज़ूर ने आज अम्मां को कहला भेजा है कि मेरे अब्बाजान ने आपको मुझे सौंपने की कही थी। मगर मैंने अपने-आपको किसी को नहीं दिया है—मन से भी नहीं। हुजूर, मैं खुद ही अपना हाथ आपके हाथ पर रख दूंगी। लेकिन मुझे आपसे एक भीख मांगनी है। आपके साथ एक चेचकरू कैदी है, जिसकी एक आंख हुजूर के हुक्म से जाती रही। यह बांदी उस कैदी की रिहाई चाहती है। उसे छोड़ देने से यह बांदी वज़ीरे-आज़म के हाथ सदा-सदा के लिए बिक जाएगी।"

दूसरे दिन सुरैया ने गन्ना से कहा—यह तूने क्या किया गन्ना?

—क्या किया? कोई बुरा काम किया है?

—लेकिन पंडित जो कह गया कि इमाद और दिल्ली—ये दोनों गन्ना के लिए मौत से भी भयंकर हैं! उसने यह जो कहा—उससे तो अच्छा है बेगम साहबा, कि आप उसे ज़हर दे दें!

—मर्जी खुदा की अम्मां, खेल नसीब का! मैं क्या करूं? अब जो होना होगा सो होगा।

इतने में चांद खां आया। कहा—कैदखाने में वह कैदी नही है साहबज़ादी। उसे छोड़ दिया है।

—कौन? किसको?—सुरैया ने पूछा।

गन्ना नहीं बोली। जवाब चांद ने दिया—वह एक अजीब आदमी है बेगम साहबा! मुंह

पर चेचक के दाग। एक आंख उसकी फोड़ दी है। उसपर भी वह कहता है—खदा की मर्ज़ी। रोटी देने पर खाता नहीं—कौए को खाने देता है। कहता है—उसे भी भूख लगी है। पहरेदार कहता है—तुम कर क्या रहे हो? वह कहता है—मैं क्या कर रहाहूं? सब खेल है नसीब का।

सुरैया बोल उठी—आदिल!

चांद खां ने कहा—साहबज़ादी ने वज़ीरे-आज़म से उसकी रिहाई मांगी थी। वजीरे आज़म ने उसे रिहा कर दिया।

गन्ना बोली—वज़ीरे-आज़म ज़िन्दाबाद! मैं उनकी बांदी हूं। उन्होंने मुझे दुनिया की सबसे बड़ी दौलत दी है।

10

तीन महीने के बाद।

अपने विशाल प्रासाद के शयनकक्ष में वज़ीरे-आज़म इमादुल मुल्क अपनी नई ब्याहता दुलहिन गन्ना के बगल में पलंग पर बैठा था।

हाथ में वीणा लिए गन्ना उसे ग़ज़ल सुना रही थी—"मेरे मुंह की ओर ताकते हुए तुम किसे देखते हो। वहां क्या तुम अपने को नहीं देख पाते? मैं भी तो तुम्हारे चेहरे में अपनी छवि ढूंढ़ती हूं। पाती क्यों नहीं हूं, कहो तो? लोग कहते हैं—यही तो दुनिया का दुख है। लेकिन यह दुख झूठा है। दुनिया में यह हरग़िज़ नहीं होता। गन्ना कहती है—तुम नहीं जानते! यह झूठ नहीं, सच है। प्रेम में दीवाने हो जाओ। तुम दीवाने, मैं दीवानी। तब देखोगे मुझमें तुम हो, तुम में मैं हूं। हाय गन्ना, दीवानी क्यों नहीं बन पाती?"

इमाद ने उसे देखकर कहा—इसे तुम सच मानती हो गन्ना?

—जी खुदावंद!

—आः! तुम मुझे खुदावंद क्यों कहती हो?

—मैं आपकी बांदी जो हूं!

—नहीं, तुम मेरी ब्याहता हो। प्यारी हो।

गन्ना सर झुकाए पलंग पर बिछी किमखाब की कीमती चादर को देखती रही।

इमाद ने उसे अपनी छाती के पास खींच लिया। गन्ना ने हाथ की वीणा को धीरे से मखमल के तकिये पर रखकर अपने को सौंप दिया।

—तुम ऐसी क्यों हो, कहो तो?

—कैसी खुदावद?

गरम होकर इमाद ने कहा—फिर वही खुदावंद।

—मेरा कसूर माफ हो, अब नहीं कहूंगी।

—यह तो तुम शादी के ही वक्त से कहती आ रही हो। और तुम इतनी ठंडी क्यों हो? तुम्हारे कलेजे में ज़रा भी उत्ताप क्यों नहीं है? तुम क्या उसी आदिल—वही झठा बादशाह-शुजाउद्दौला का खरीदा हुआ गुलाम...

—नहीं, नहीं।—सिहरकर गन्ना बीच में बोल उठी—नहीं, नहीं। वह न तो झूठा बादशाह है, न ही सच्चा बादशाह। बह फकीर है। वह किसीका गुलाम नहीं, आज़ादों में आज़ाद है। वह किसीके प्रेम का नहीं, श्रद्धा और दुआ का पात्र है। मैं उसकी फकीर जैसी ही भक्ति करती हूं। मैंने खुदा का नाम लेकर खत लिखकर अपना सब कुछ आपको बेच दिया है। इसीसे भूल नहीं पाती कि मैं बांदी हूं।

इमाद भवें सिकोड़कर सोचने लगा। अजीब लड़की है! उस पर शुबहा करके बार-बार अपने-आप ही शर्म आती। फिर भी...

वज़ीर की सोच में बाधा पड़ी। तातारिन ने आहट से जताया कि उसे 'कुछ कहना है।

गन्ना को छोड़कर इमाद ने कहा—अन्दर आ जा।

तातारिन ने आकर कोर्निश की। कहा—हुज़ूर के दफ्तर से एक सवार को साथ लेकर सरदार आया है।

इतनी रात को सवार! उसका शिकन पड़ा कदाल और भी सिकुड़ गया। सवार आता है। रात को भी, दिन को भी। दूर-दूर से खबर आती ही रहती है। वज़ीरे-आज़म के दफ्तर में हर वक्त कोई-न-कोई सरदार रहता है, जो उन सवारों को टिकाता है। वज़ीर के बैठक में बैठने पर सवारों को उनके सामने पेश करता है। खूब जरूरी होने पर रात हो या दिन, उसी वक्त हाज़िर करता है।

कहां क्या हुआ? रोहिलखण्ड में अफगानों ने बादशाह के महाल पर हमला कर दिया? भरतपुर के जाट?

अन्त नहीं है इसका। इन बेईमानों ने हमला कर-करके खास महाल को परगना बना दिया, गोकि इस खास महाल की आय से ही बादशाह का अपना, हरम का खर्च चलता है, उसी से तनखा दी जाती है। कुछ दिल्ली के बाज़ार की आय। इमाद ने अफगानों से लड़कर कुछ खास महाल छीने हैं। वे फिर झपटे हैं?

याकि मराठे? मराठों से इमाद ने एक समझौता कर लिया था। पर उनका एतबार क्या? तोड़ सकते हैं समझौता।

पश्चिम में पंजाब। पंजाब के उस पार...। इमाद की छाती धड़क उठी। ठिठककर खड़ा हो गया। अब्दाली?

कलेजा धड़कने लगा। लेकिन इतनी जल्दी कैसे आएगा? उसे तो रुपये से मतलब। उसके भेजने का समय तो हआ नहीं।

अपने को ज़ब्त करके वह उतरा। बैठक में जाकर कहा—बुला सरदार को। सवार कौन आया है, उसे भी।

दोनों ने आकर कोर्निश की। इमाद ने उद्विग्न होकर पूछा—कहां का सवार?

—लाहौर का।

—लाहौर? क्या बात है? सिक्ख लोग लाहौर दखल करने आए हैं?

—जी नहीं, खुदावंद। शाह अब्दाली आंधी की तरह चल पड़े हैं। पेशावर तक आ पहुंचे हैं। सूबेदार साहब ने यह खत भेजा है।

खत हाथ में लेकर वज़ीर कुछ देर चुप रहा। अब्दाली! फिर अचानक बोल उठा—पानी! पानी दो!

शाह अब्दाली आ रहा है। कोई पचास हज़ार, कोई पचीस तो कोई अस्सी हज़ार फौज बता रहा है। सारी दिल्ली पत्तों जैसी कांप उठी। तो भी उम्मीद थी कि हाथ से निकले पंजाब पर क़ब्ज़ा करके लाहौर, सरहिन्द, मुलतान, जलंधर, अमृतसर को लूटकर, सिक्खों को तबाह करके अब्दाली लौट जाएगा; दिल्ली तक नहीं आएगा।

मुगलानी बगम जहां कैद थी, उस घर से बीच-बीच में स्त्री का अट्टहास सुनाई पड़ता था। हा-हा-हा-हा!

इमाद को न दिन चैन, न रात नींद। दिन-रात काम में व्यस्त। अपने बहाल किए मराठा सैनिकों के लिए अंताजी माणकेश्वर से राय-मशविरा करने लगा। पेशवा के पास आदमी भेजा। सवार पर सवार। उधर सूरजमल के पास नागरमल को भेजा भरतपुर।

नजीबुद्दौला नवाब मीर बख्शी से चखचुख चल रही थी। नजीबुद्दौला कह रहा था—दो साल से फौज की तनखा बाकी पड़ी है। मुझे दो करोड़ रुपये दीजिए—मैं मुकाबले को रवाना होता हूं।

इमाद ने कहा—तुम्हारी या तुम्हारी फौज की दमड़ी भी बाकी नहीं है। तुम्हें इसके लिए आधा दोआब जागीर में दिया गया है।

इन्तिज़ामुद्दौला नजीबुद्दौला से सलाह करने लगा।

बादशाह आलमगीर भी शायद उन्हीं लोगों की तरफ था, जिसे इमाद ने ही बादशाह बनाया!

गन्ना ने एक रोज़ कहा—खुदावंद!

इमाद झरोखे पर खड़ा होकर यमुना के उस पार देख रहा था। सोच रहा था। शाह इसी ओर से आएगा। मुंह फेरकर कहा—कहो।

गन्ना ने कहा—दूर गांव में जो छोटा-सा घर, मामूली खेत-खलिहान लिए रहते हैं, वे क्या हमसे मुखी नहीं हैं? चलिए, हम दुश्चिंता और दुर्भाग्य का बोझा उतारकर चले चलें।

रूखे स्वर में इमाद ने कहा—मैं निज़ामुल मुल्क खानदान का हूं। अपनी हिम्मत और अक्ल के ज़ोर से बीस साल की उमर होते न होते हिन्दुस्तान का वज़ीर, बादशाह का बादशाह बना हूं। यह बात दूसरा कोई कहता तो मैं उसकी जीभ निकाल लेने का हुक्म देता।

गन्ना का चेहरा उतर गया।

इमाद ने कहा—मुझसे एक चूक हो गई। बहुत बड़ी चूक! औरत की सूरत और ग़ज़ल गाने की खूबी से मैंने एक तवायफ की बेटी से शादी कर ली—पंजाब की सूबेदारी की वारिस उमघा को छोड़कर! नसीब के शतरंज-खेल में सबसे ज़ोरदार मुहरे को हटा दिया।

कहते-कहते उतरकर चला गया। घर के सामने घोड़ा तैयार था। उछलकर सवार हो गया। सामने सवार पहरेदार चला। लालकिले के दफ्तर में पहुंचा। वहां वल्लभगढ़ का दूत नागरमल वापस आकर इन्तज़ार कर रहा था। मराठा सेनापति अंताजी का आदमी बैठा था।

नागरमल ने कहा—जाट राजा सूरजमल वज़ीरे-आज़म से मिलने आए हैं। लेकिन...

—लेकिन?

—राजा सूरजमल कह रहे है, वज़ीर साहब पहले मराठों को हटाएं। उसके बाद अफगान, मुगल, जाट राजपूत सेना लेकर पंजाब चलें।

मराठा सेनापति के वकील का चेहरा लाल हो गया। वह खड़ा हो गया। बोला—तो सलाम वज़ीर साहब! मैं चला।

इमाद ने उठकर उसका हाथ पकड़ा। यह नाराज़ होने का वक्त नहीं है पंडितजी! बैठिए।

ठीक इसी वक्त किले के बाहर शोर-सा हुआ। हज़ार-दो-हज़ार आदमियों का गला।

वज़ीर परेशान होकर बोला —क्या हो गया?

मुगल पहरेदार ने आकर खबर दी—नजीबुद्दौला के सिपाही तलब के लिए शोर मचा रहे हैं। कुछ सिपाही कटरे की दुकानें लूट रहे हैं।

वज़ीर असहाय-सा बैठा रहा। क्या करे? दो ही महीने पहले वज़ीर ने अपने फौजदार

को रुखसत कर दिया था। ऐसा सोचा ही न था। वह काठ का मारा-सा बैठ रहा।

कसूर खुद का भी था। सिपाहियों की तनखा बाकी पड़ने का कसूर अकेले नजीबुद्दौला का नहीं था।

फिर एक पहरेदार आया।—सरहिंद से सवार आया है।

—जल्दी बुला बेवकूफ। अभी एक लमहे की कीमत एक घंटे से ज़्यादा है

सवार ने आकर सलाम बजाया।

—क्या खबर है?

हुज़ूर, शाह अब्दाली ने लाहौर पर कब्ज़ा जमा लिया। सरदार जहान खां जलंधर में दाखिल हो गए। अदीना बेग जंगल में भाग गए। लाहौर से सरहिंद तक रास्ते के दोनों किनारे के गांव खाली हो गए। खां खां कर रहे हैं। गृहस्थ, अमीर, भिखमगे और फकीर—सभी भाग गए। कोई उत्तर, कोई दक्खिन। दिल्ली की तरफ हज़ारों-हज़ार लोग चले आ रहे हैं। उधर शाह अब्दाली तुरन्त दिल्ली रवना होने को हैं। शायद हो कि जहान खां इस बीच सरहिंद पहुंच गए हों।

नागरमल ने कहा—सूरजमल से भेंट करनी हो, तो अभी ही चलें!

इमादुल मुल्क बड़ी रात गए लौटा। तिलपथ से इतनी दूर आते हुए घबराई हई दिल्ली की धड़कन सुनी। तिलपथ से दिल्ली फाटक तक की बस्तियों के लोग सब कुछ सहेजने लगे थे। भागने की तैयारी। पुराना किला, फ़िरोज़शाह कोटला में घबराहट ज़्यादा थी।

चोर, लुटेरे, गुंडे सक्रिय हो उठे थे। ऐसे गोलमाल में उनका कारबार चल निकलता है। वे निकल पड़े थे।

एक जगह एक गुंडा एक औरत को खीचे लिए जा रहा था। औरत बेचारी चीख रही थी। वज़ीर का एक सिपाही चिल्लाया—ऐ, कौन है?

जवाब मिला—तेरा बाप!

वज़ीर ने कहा—खामोश! आगे बढ़ो!

वज़ीर का सर झिम-झिम करने लगा। नागरमल ने सूरजमल का संदेशा कह दिया—पहले मराठों को हटाइए।

साथ ही हंसकर कहा—अब उसका भी समय कहां रहा वज़ीर साहब! अब्दाली तो लाहौर पहुंच गया। अब बीस ही दिन में यमुना के उस पार से तोप दागेगा। मैं चला। अपना भी घर संभालना होगा।

वज़ीर के गुस्से का ठिकाना नहीं रहा। यह जाट राजा—इसका बाप एक मामूली भुइंया था। उसके बाद बदनसिंह। बदनसिंह का दत्तक बेटा सूरजमल दिल्ली के वज़ीर के सामने ऐसा कहने की जुर्रत करता है! मगर आज वज़ीर को एक भी बात कहने की हिम्मत नहीं थी!

सूरजमल ने कहा—वज़ीर साहब, चूक करने से उसका महसूल देना पड़ता है। आपने इतनी बड़ी गलती की, उसका महसूल ज़रूर देना होगा। आप ख़ानज़मान की बेटी से ब्याह क्यों करने गए? छिः छिः। उसीके लिए मुगलानी बेगम से झगड़ा किया। नवाबज़ादा शुजाउद्दौला इसीलिए आपसे बिगड़ गया। उसके चलते नवाब सफदरजंग एक भी सिपाही नहीं भेज सकेंगे। लेकिन हां, मेरा उपकार किया है। जवाहर उस लड़की को छीन लाने गया था। नहीं सफल हुआ। उस लड़की की शादी शुजा से होती, तो वल्लभगढ़ से लखनऊ की लड़ाई होती। आपके ब्वाह कर लेने से वह झगड़ा नहीं हुआ। यह भूल आपकी सबसे बड़ी भूल है। दूसरी भूल कि आपने मराठों से दोस्ती की!

—ठीक है राजा सूरजमल। आपने भी लेकिन एव भूल की। आप यह भूल गए कि सदा यही हालत नहीं रहेगी।

—नहीं वज़ीर साहब, भूला नहीं हूं। आज का दिन भी कल नहीं रहेगा। परसों आएगा अब्दाली। अब्दाली के जाने के बाद भी और कोई दिन आएगा—उस दिन की बात तो उसी दिन होगी, आज नहीं।

—अच्छा, चला।

—खुदा हाफ़िज़ वज़ीर साहब। खुदा आपको बचाएं।

रास्ते में वज़ीर अपनी चूक का हिसाब लगाता जा रहा था। चूक और भी एक हो गई है। अपनी खास फौज के सिपाहियों को बर्खास्त कर दिया। तलब के लिए बहुत तंग करते थे। यों वे लूट-पाट मचाकर खाते थे। मगर तो भी तनखा के लिए तंग करते थे। बादशाह का ख़ज़ाना खाली। बादशाही खास महाल को जागीरदारों, रोहिलों ने ज़बर्दस्ती दखल कर लिया। अपनी जागीर के रुपये वे नहीं देने के। और ये सिपाही ऐसे बदमाश गंवार हैं कि घर जाकर वज़ीर का अपमान किया। उन्हें ज़बान नहीं दे दिया होता, तो देख लेता!

दिल्ली में घुसते ही अगल-बगल के गोलमाल की तरफ ध्यान गया। सर्दियों की रात। पहर बीत गया। अब तक सब सन्नाटा हो जाता है। लोग खिड़की-दरवाज़े बन्द करके सिमट-सिकुड़कर सो जाते हैं। खटिया के नीचे अंगीठी में अंगारे गनगन करते रहते हैं। आज इन्हें सर्दी, नींद—कुछ नहीं लग रही थी। चीख रहे थे। जान के डर से भागने की तैयारी कर रहे थे।

वज़ीर दिल्ली फाटक पर पहुंचा। फाटक पर सिपाही अभी तक थे। वज़ीर के सिपाही ने जाकर कहा, फाटक खोलो। खुद वज़ीरे-आज़म खड़े हैं। जल्दी।

फाटक से घुसते ही दरियागंज। नागरमल ने कहा—वज़ीर साहब, मैं यहीं से अपने घर जाऊंगा।

—कल सुबह ज़रूर आइएगा नागरमलजी।

—कल सवेरे तो नहीं आ सकता, माफ करें। कल बाल-बच्चों को मथुरा-वृन्दावन भेज देना है। यहां रखने का भरोसा नहीं होता। आपने नादिरशाही हमले के बारे में सुना है, मैंने अपनी आंखों देखा है।

वज़ीर ठक् खड़ा रहा।

सामने दरियागंज में भी हलचल। बाईं ओर का रास्ता अजमेरी फाटक तक गया है। वहां भी गोलमाल।

आतंक से सारी दिल्ली की नींद हराम हो गई थी।

अपने दो सिपाहियों को लेकर नागरमल चला गया। वज़ीर घोड़े की लगाम थामे खड़ा ही रहा। एक सिपाही ने कहा—हुज़ू र!

—हां।

—रात दोपहर हो गई।

—हां। चलो।

लगाम खींचकर घोड़े को इशारा किया। पांव की एड़ी से पेट में ठोकर लगाई। घोड़ा भागा।

इमाद अपने सोने के कमरे में पहुंचा। शमादान की बत्तियां आधी से ज़्यादा जल चुकी थीं। फर्श के कीमती गलीचे पर तकिये के सहारे सर्दी से सिकुड़कर बैठी ही सो गई थी गन्ना। एक हाथ वीणा पर। सामने पानदान। इतरदान।

इमाद के क्रोध की सीमा नहीं रही। इस औरत को कोई फिक्र ही नहीं। ग़ज़ल लिखती है। गीत गाती है। इसके भेजे में क्या कुछ भी नहीं है?

गुस्से में ही उसके दोनों कंधे झकझोरकर कहा—गन्ना!

गन्ना चौंककर जाग पड़ी। उसके बाद इमादुल मुल्क को देखकर बड़ी नम्रता से बोली—गुस्ताखी माफ करें, मैं सो गई थी।

अपने कपड़े बदलने कमरे में जाते-जाते इमाद ने कहा—खाना दे जाने को कहो।

वज़ीर ने पोशाक बदली, वज़ू किया और नमाज़ पढ़ने बैठा। आज नमाज़ में भी समय की भूल हुई। इसके लिए अफसोस किया। लेकिन उस पर भी अब्दाली की शकल याद आई। बार-बार अपनी चूक का ख्याल हो आने लगा। चूक है गन्ना। चूक हैं मराठे। चूक है अपनी फौज को बर्खास्त कर देना। आज जिस दिल्ली को अभी-अभी देखा, वह याद आई। अपने कमरे में बैठे-बैठे भी दिल्ली के लोगों का कोलाहल सुनाई पड़ने लगा।

परिवार तो उसे भी हटाना होगा। हां, गन्ना को पहले भेजना होगा। लेकिन कहां?

छिः-छिः-छिः! मेहरबान खुदा, अपने इस फिक्रमंद बंदा के कसूर को माफ करो! नमाज़ पढ़कर लौटा। देखा, खाना तैयार है। गन्ना सब ठीक-ठाक करके इन्तज़ार कर रही है।

खूब भूख लगी थी। खाकर कुछ चैन-सा आया। फिर वही चिन्ता। कहां भेजा जाए? आगरा? नहीं। भरतपुर पास ही है। लखनऊ भी। एक तरफ जवाहर सिंह। दूसरी तरफ शुजाउद्दौला।

फर्रुखाबाद? वहां गन्ना की मां है। नवाब बंगाश है। न-न। फर्रुखाबाद लखनऊ से और भी करीब है।

तब? तो फिर कहां? अजमेर? हां, अजमेर। वहां अपना घर है पिताजी का बनवाया हुआ। वही खतरे से खाली होगा

सबसे सुरक्षित होता हैदराबाद।

इमाद पहले निज़ामुल मुल्क आसफ़ज़्ज़ा का पोता है। हैदराबाद सुरक्षा के लिहाज़ से सबसे अच्छी जगह होती। मगर बहुत दूर दक्खिन है। दिल्ली और हैदराबाद के बीच बहतेरे मराठे, राजपूत, जाट, मुसलमान राजानवाब वज़ीर से कुढ़े हुए हैं। सबसे बेहतर अजमेर है। इस्लाम का पवित्र तीर्थ। वहां अब्दाली का हमला नहीं हो सकेगा। दिल्ली-अजमेर के बीच राजपूत, जाट राजा हैं। वे अपने स्वार्थ के लिए लड़ेंगे। अजमेर ही सबसे अच्छा होगा।

हठात् बोल उठा इमाद—गन्ना, कल तमाम दिन तैयारी कर लो। परसों सुबह अजमेर के लिए रवाना होना होगा।

—अजमेर!

—हां। सारे अमीर-उमराव अपने-अपने परिवार को दिल्ली से बाहर भेज रहे हैं। अफगान फौज कहीं दिल्ली घुस आई, तो दिल्ली दोज़ख़ हो जाएगी। हिंदू-मुसलमान किसी की भी रिहाई नही। और अगर अब्दाली जीता, तो मुगलानी बेगम सबसे पहले हमारे-तुम्हारे पीछे पड़ जाएगी!

—ठीक है। चलें, हम लोग यहां से चले जाएं।

—तुम और अम्मांजान जाओगी। मेरा चलना नहीं होगा।

—तो फिर मैं क्यों?

—मेरा हुक्म। तुम जाओगी।

—मगर आप क्यों रहेंगे?

—मैं हिन्दुस्तान का वज़ीर हूं गन्ना। मैं अगर आज भाग जाऊं तो फिर कभी दिल्ली में कदम नहीं रख सकूंगा। दिल्ली के भिखमंगे तक मेरे मुंह पर थूकेंगे।

गन्ना ने कहा—न होगा तो हम फिर दिल्ली नहीं लौटेंगे जनाब। अजमेर शरीफ में ही खुदा का नाम लेंगे...

—नहीं। मैंने तुमसे कहा है गन्ना! मैं हिन्दुस्तान का वज़ीर हूं। मेरी उम्र अब्दाली से बहुत कम है। अब्दाली के मरने के बाद भी मैं ज़िदा रहूंगा। मैं तब देखूंगा। तुम शायद समझ ही नहीं सकोगी यह। आः! मुझसे चूक हो गई है गन्ना!

—चूक?

—हां, चूक। तुमसे शादी करना ही मेरी चूक है।

गन्ना के होंठों पर उदास हंसी फूट पड़ी। वह बोली—मैं जाऊंगी।

इमादुल मुल्क का दिमाग स्थिर नहीं। फिर सोचा, अजमेर नहीं, रेवाड़ी। रेवाड़ी जयपुर के इलाके में है—दिल्ली के पास है। नवाब सफदरजंग से जो लड़ाई हई थी उसमें रेवाड़ी के अजयसिंह और अमरसिंह ने इमाद की मदद की थी। इमाद ने उन्हें और भी कुछ जागीर दी थी।

सवेरे इमाद ने उसे रेवाड़ी भेजना से किया। अजमेर दूर बहुत है। रास्ते में डाकू-लुटेरों का खतरा। गूजर-जाट, डाकू सारे मुल्क में ही भेड़िये से घूम रहे हैं। बादशाही के इस दुर्दिन में उन्हें कौन दबाए? राजपूतों की शरण में रहना अजमेर से कहीं अच्छा है। राजपूतों में एक गुण है। वे जिन्हें आश्रय देते हैं, जान रहते उन्हें नहीं छोड़ते। अमरसिंह दिल्ली में ही रहता है। सरदार है।

अमरसिंह को बुलाकर कहा—अमरसिंह!

—जी।

—मुसलमानों की सबसे बड़ी चीज़ है ईमान। तुम राजपूत हो। तुम्हारे लिए सबसे बड़ा है धर्म। है न?

—जी। ईमान ही धर्म है। धर्म ही ईमान है।

—ठीक कहते हो। मैंने सुना है, मुसीबत में पड़कर कोई आश्रय मांगता है, तो धर्म के नाते राजपूत कभी ना नहीं करते।

—केवल ना ही नहीं करते जनाब, जब तक उसकी जान रहती है, कोई उसका बाल बांका नहीं कर सकता! हमारे यहां एक राजा हो गए हैं, चिड़िया की जान बचाने के लिए उन्होंने अपने शरीर का मांस काटकर दिया था!

—दुनिया में वह धर्म, वह राजपूत अभी हैं?

...बेशक। मैं आपका नौकर हूं, लेकिन राजपूत हूं। मैं इसे मानता हूं।

...अच्छा, तो यह कहो, मैं अगर अपनी अम्मां, अपनी बेगम के लिए रेवाड़ी में आश्रय मांगूं, तो दोगे?

घुटने टेककर अमरसिंह ने कहा—यह मेरा सौभाग्य होगा। आश्रय क्या, वे मेरी मां, मेरी बहन जैसी रहेंगी। मां-बहन की तरह ही उनको जान देकर बचाएंगे।

तो तुम सुबह अपने राजपूत सिपाहियों के साथ औरतों को लेकर चले जाओ। मैं कहूंगा, वे अजमेर गए। अजमेर का वही रास्ता है। तुम उन्हें अपनी जागीर के किले में रखना। मैं दो लाख रुपये देता हूं, सिपाही और बढ़ा लो। हां?

—जी। जो हुक्म।

वज़ीर का घोड़ा तैयार था। चला गया। लालकिले में खबर लेकर आनेवाले घुड़सवार राह देख रहे होंगे।

पहाड़गंज, दरियागंज, शीशगंज, चांदनी चौक...उधर फतहपुरी मसजिद तक के रास्ते लोगों से भर गए थे। जामा मसजिद के चारों तरफ भीड़। सबकी ज़बान पर एक ही बात। क्या होगा? वज़ीर क्या कर रहा है? बादशाह क्या कर रहा है? हमारी जान का क्या होगा?

उन सबसे कतराकर यमुना के किनारे से वज़ीर लालकिले पहुंचा। पता चला, दूकानें-ऊकानें, छोटा चौक आज बन्द हैं।

एक ने बताया...खुशहालचंद, लक्ष्मीनारायण, नागरमल...इन लोगों ने बाल-बच्चों को मथुरा भेजने की तैयारी कर ली है। रवाना भी हो गए। दीवालीसिंह परिवार लेकर चला गया।

पैदल, बैलगाड़ियों पर, घोड़ों-खच्चरों पर सामान लाद-लूदकर लोग बाल-बच्चों के साथ भागने लगे।

एक सवार आकर खड़ा हुआ। मराठा सवार।

—क्या बात है?—इमाद उठ खड़ा हुआ।

—जी, मराठा रिसालदार अंताजी ने मुझे भेजा है। उन्होंने यमुना के उस पार पड़ाव डाला है। खबर भेजी है।

इमाद ने चैन की सांस ली। आः!

—उनसे कहो, दिल्ली आने-जाने के सारे रास्ते रोक दें। लोग भेड़ों की तरह भाग रहे हैं। मेरी सही वाला हुक्मनामा जिनके पास हो, सिर्फ उन्हीं को बाहर जाने दें।

अमीर-उमराव, व्यवसायी-दूकानदार, मोटिया-मजूर, झाड़दार—जमादार, कसाई —ये सब भाग जाएंगे तो शहर कैसे चलेगा? दूकानों में चीजें नहीं मिलेंगी, सब्जीमंडी में सब्जी नहीं, गोश्त नहीं, चावल-दाल-आटा-घी-दूध नहीं, काम-काज के लिए मोटिये-मजदूर नहीं मिलेंगे तो सब कुछ ठप पड़ जाएगा। झाड़ू दार न होंगे तो शहर नरक हो जायेगा। बाईतवायफ तक का रहना जरूरी है, नहीं तो सिपाही भले घरों का दरवाज़ा तोड़ने लगेंगे।

कड़ा पहरा बैठ गया। शाहजहानाबाद के फाटकों पर मुगल सिपाही-सरदार, मथुरा सड़क पर निज़ामुद्दीन औलिया की दरगाह के बाद मराठे सिपाही। उधर जो सड़क राजपूताने की तरफ गई है, उस पर थाना बैठ गया।

मथुर। की सड़क पर ज्यादा भीड़ थी। राजपूताना वाली सड़क पर भी कम नहीं। दल के दल लोग भाग रहे हैं। बैलगाड़ी, खच्चर, पालकी, डोली, गधा—तांता लगा है।

हुक्मनामा देखकर जाने दिया जाता है। घूस का बाजार गर्म हो गया। रुपया दो, तो जाओ। नहीं तो हटो यहां से।

तो भी भाग रहे हैं लोग। आदमी पीछे पांच रुपये। धनी लोगों से दस-बीस का मोल-भाव।

इसी भीड़ में सौ सिपाही, डोली-पालकी, बैलगाड़ी के साथ आकर खड़ा हुआ अमर सिंह। खास वजीर के दस्तर का एक सरदार दस मुगल सिपाहियों के साथ भीड़ को ठेलता हआ आगे आया। पालकी में गन्ना उदास बैठी थी। उस रात से ही वह ऐसी हो गई है। छाती फटकर रुलाई आती है।

खत लिखकर उसने अपने-आप को इमादुल मुल्क के हाथ बेच दिया है। खुदा जानता है, उसने अपने फ़र्ज की अदायगी में कोई कसर नहीं रखी। मगर वह सुखी नहीं हो सकी। अपने पति का धीर-धीर परिचय पाकर वह सिहर उठी है। स च मुच में वह उसकी बांदी है। एक खिलौना। खिलौने से उसका दाम दमड़ी ज़्यादा नहीं। उसके अधिकार की प्यास देखकर वह घबरा उठी है। वह हिन्दुस्तान का वजीर है। उसके आचरण से वह सोच ही नहीं पाती कि वह शैतान है या पाप-पुण्य के परे कुछ। आदमी को अपने यहां बुलाता

है। खातिर से बिठाता है। बगल में सिपाही चिपे रहते हैं। इशारा पाते ही वे आकर उसे खून कर देते हैं। और वही आदमी खुदा का नाम लेता है। पांच वक्त नमाज पढ़ता है!

ऐ खुदा, ऐसे आदमी को गन्ना देवता कैसे माने! कैसे प्यार करे! फिर भी उसने उसका एक-एक हुक्म, हुक्म के एक-एक अक्षर का पालन किया है। उसे वास्तव में प्यार करना चाहा है। मगर हाय, उसके मन में तो मुहब्बत है ही नहीं! उसकी छाती तो रेगिस्तान है। जितना चाहे पानी डालो, तुरत सूख जाता है। दरिसा-सी जो दीखती है, वह मरीचिका है।

उसे अपनी मां की ग़जल याद आई।

"हिरनी मर रही थी। राही से उसने कहा, राही, यह मरुभूमि है। इसमें दरिया बहता है देखकर प्यास की मारी दौड़ी। सारा शरीर झुलस गया है। कंठ सूख रहा है। पानी में कूदकर शरीर शीतल करूंगी, पानी पीकर प्यास बुझाऊंगी। लेकिन मैं दौड़ती गई, दरिया भी पीछे हटता गया। ठिठकी। वह भी रुका। आगे बढ़ी, वह भी हटने लगा। अब मैं गिरकर मर रही हूं। राही, इस दरिया ने छलना की है।"

पालकी फिर हिली। चल पड़ी। बाहर सिपाही कहने लगे—हटो, अमरसिंह मनसबदार की टोली को रास्ता दो।

पालकी चलने लगी। बाहर की दो-एक आवाजें कानों में आने लगीं—वजीर जहन्नुम में जाए। इमादुल मुल्क मुर्दाबाद!

गन्ना को कान में उंगली डालने की इच्छा हुई। हाय रे नसीब!

पालकी रुकी। फिर एक चौकी। जो लोग इधर को आ रहे थे उनसे पूछा जा रहा था—कौन है? दिल्ली में इस समय क्या काम है?

—लौट जाओ। लौट जाओ। अभी दिल्ली में खानेवालों की तादाद मत बढ़ाओ।

—अपना परिचय दो। सबूत दो कि तुम चोर नहीं हो, बदमाश नहीं हो, डाकू नहीं हो। दिल्ली की इस हालत में वहां तुम गड़बड़ी मचाने नहीं जा रहे हो। रोहिला अफगान नहीं हो।

—अरे ऐ अंधे फकीर—अरे अभी दिल्ली जाकर जान देगा! लौट जा।

—मेरी बेइज़्ज़ती करके बोलोगे तो मैं ज़वाब नहीं दूंगा!

—वेइज़्ज़ती!

—जी। मुझे 'तू' मत कहिए।

—कौन हो तुम?

—मैं खुदा का दास हूं। फकीर। अंधा। देख ही तो रहे हैं।

—फकीर साहब, आप आंखों से देख नहीं पाते। इस समय दिल्ली जाकर क्या करेंगे। नाहक ही जान देंगे।

—जान देंगे? वह तो नसीब का खेल है। नसीब का खेल तो खुदा की के बिना नहीं होता। कुदा की मर्जी होगी, तो मरूंगा। लेकिन इज्जत? वह तो इन्सान की अपनी है। उसे तो रखना ही होगा।

गन्ना चौंक उठी। कौन? कौन? कौन? मर्ज़ी खुदा की, खेल नसीब का, इज़्ज़त इन्सान की! पालकी के अन्दर गन्ना बेचैन हो उठी—हज़रत! हज़रत!

पालकी फिर उठने लगी। गन्ना लेकिन अब नहीं रह सकी। पालकी के दरवाजे को ठोककर उसने कहा—रिसालदार सिंह, पालकी रक्खो!

कहारों ने पालकी रक्खी। एक ने जाकर अमर सिंह से कहा—पालकी से बेगम साहबा चिल्ला रही हैं।

बेगम चिल्ला रही हैं! क्या हुआ? बांदी ने पालकी का दरवाजा खोलकर पूछा—क्या हुआ बेगम साहबा?

बुरका पहने गन्ना पालकी से बाहर निकल आई। कहा—अमर सिंहजी को सलाम बोलो।

अमर सिंह के आने पर बोली—मुझे आप माफ करें, शायद मैंने बेशर्मी जैसा काम किया। मगर आप तो हिन्दू हैं। आपके गुरु होते हैं। गुरु क्या होता है, आप जानते हैं। ये अन्धे फकीर, चेहरे पर चेचक के दाग—वे मेरे गुरु हैं। मैंने उनकी आवाज़ से उन्हें पालकी के अन्दर से पहचान लिया। अब उन्हें प्रणाम किए बगैर तो मैं बढ़ नहीं सकती। दया करके अगर उन्हें मेरा प्रणाम कहें, बुलवा दें तो मैं जनम-भर आपका नाम याद रखूंगी।

—लेकिन अम्मां साहबा का हुक्म...

—जी नहीं। यहां उनके हुक्म की ज़रूरत नहीं। मैं उसे मान भी नहीं सकूंगी। आप कुछ सवारों के साथ उनकी पालकी को बढ़ने दें। हज़रत को मेरा प्रणाम कहकर बुलवा दें। कहें, उनकी एक शिष्या ने सलाम भेजा है। यह किए बिना तो मैं हिलूंगी नहीं।

पालकी पर बिछी चादर को गन्ना ने रास्ते में बिछाया। उस पर आदिलशाह को बिठाया। आदिलशाह ने पांव से चादर को टटोला—मखमल! कौन हो तुम?

पांव के अंगूठे को चूमकर गन्ना ने कहा—मुझे पहचान नहीं पा रहे हैं हजरत?

—गले की आवाज तो बड़ी पहचानी-सी लगती है। मगर, वह कैसे हो सकती है...

—वही है हज़रत। मैं गन्ना हूं।

—गन्ना! तुम यहां कहां? माफ करना, मैं तुमको 'तुम' कह रहा हूं। तुमने मुझें 'हजरत' कहा—इसीलिए। और फकीर अगर हज़रत होता है तो मैं 'हजरत' हूं। आज मैं वास्तव में हज़रत हूं।

—आप सदा के फकीर हैं जनाब!

ज़रा उदास हो गरदन हिलाकर आदिलशाह ने कहा—नहीं। अन्धा होने के बाद सही माने में फकीर हो सका। पानीपत में वजीर ने मुझे कैद किया था। मेरी तलाशी ली। उसमें उसे कुछ तसवीरें मिलीं। मेरे पुरखों की तसवीरें और...

कहानी सुनकर गन्ना की आंखों से टपा-टप आंसू की बूंदें टपकने लगीं। आंखें पोंछकर वह बोली—हजरत!

—क्या कहती हो?

—आप फकीर हैं। आप कहते हैं कि अन्धेरे में खुदा आपको बहुत करीब दिखते हैं। मैं आपकी शिष्या हूं। मैं क्या वैसा अनुभव नहीं कर सकती हं? नहीं तो मैं क्या लेकर जिऊंगी?

—गन्ना!

—हज़रत!

ऊपर को मुंह किए अपनी आंखों की अन्धी नज़र को आकाश पर थिर किए वे कुछ देर खड़े रहे। उसके बाद बोले—तुमसे होगा गन्ना! खुदा को अपने मन के आसन पर बिठाना। जो खुदा है, अल्ला है—उनकी कोई मूरत नहीं होती। काफिर ही उनकी मूरत की कल्पना करना चाहता है। तुम उन्हें पांच वक्त नमाज़ पढ़ते हुए पुकारना। इतना ही ख्याल करना—खुदा मेहरबान है। दुःख हो चाहे सुख, अमीरी हो या फकीरी—उन्हीं की कृपा है।

गन्ना अवाक् हो सुन रही थी।

अम्मां साहबा ने चिल्लाकर ही कहा—पालकी उठाओ! लेकिन किसी ने नहीं सुना। सुना सिर्फ अमर सिंह ने। उसने उठाने का इशारा किया।

अमर सिंह ने 'उठाओ' कहा और तुरत गन्ना बेगम की पालकी की तरफ पहुंचा। पालकी नदारद। सिर्फ एक राजपूत सवार वहां खड़ा था।

अमर सिंह ने पूछा—पालकी?

सवार ने सलाम करके कहा—दिल्ली चली गई। बेगम साहबा ने उतरकर दौड़ना शुरू कर दिया था। हम क्या करते? बहुत कह सुनकर उन्हें पालकी पर बिठाया। पालकी के साथ नौ सवार गए। मैं आपसे कहने के लिए यहां रह गया।

अमर सिंह ने कहा—खैर, तुम मेरे साथ आओ। लौटकर जाओगे तो वज़ीर के खौफ में पड़ोगे। वज़ीर क्या जो करेगा, पता नहीं! वह पागल हो गया है। दया, माया, विचार तो खैर उसे कभी नहीं था। तिसपर पागल हो गया है! जो लौटेगा भगवान् जाने उसपर क्या बीतेगी...।

अमर सिंह चुप हो गया।

—पालकी को हवेली के दरवाज़े पर उतारकर ही वे भाग जाएंगे। यह तै करके ही गए हैं वे।

अमर सिंह ने कहा—भगवान उन्हें बचाएं!

ठीक ऐन वक्त पर भीड़ का रेला—मराठा सिपाहियों, रोक और तलाशी के अडडे को तोड़कर निकल गया, ठीक जैसे बाढ़ का ज़ोर बांध को तोड़कर निकल जाता है।

उल्लास के एक कोलाहल ने आकाश को गुंजा दिया।

11

वज़ीर उस समय खाना खाकर जल्दी में नीचे उतर रहा था। खबर आई थी, ख़ज़ांची खानखाना जिया उद्दौला के परिवार को मथुरा सड़क पर रोक दिया गया है। बाल-बच्चे अपनी जागीर को जा रहे हैं। रुपया वसूलने के लिए मराठों ने जुल्म शुरू किया है।

साईस वरामदे के सामने घोड़ा लिए खड़ा था। घोड़े पर वज़ीर खुद वहां जायेगा।

वज़ीर बरामदे पर खड़ा हुआ कि एक आदमी चिल्लाया—हुजूर, गरीब परवर

—घोड़े पर सवार हो इमाद फाटक पर पहुंचा।—क्या है? दिल्ली छोड़ने का हुक्म नहीं मिलेगा।

—मैं दिल्ली छोड़ने का हुक्मनामा नहीं मांगता। मैं मथुरा से दिल्ली आया हूं...

—तुम मथुरा से आ रहे हो?

—हुज़ूर! मैं बेगम ख़ानज़मान की लड़की के लिए तावीज लाया हूं बड़ी मुश्किल से यह ला पाया हूं। बेचारी की ग्रहदशा बड़ी खराब है...

—इस तावीज़ से उसकी विपदा टल जाएगी?

—जी, बड़ी-बड़ी क्रिया करके तव इसे बनाया है।

आश्चर्य से वज़ीर ने कहा—हां। तू उसके लिए दिल्ली आया है? खुद मरने का डर नहीं हुआ? वह कौन होती है तेरी?

—मैंने बचपन से ही उसकी भाग्य-गणना की है।—हंसकर कहा—मैं अभी नहीं मरने का। गणना करके देख लिया है।

—यानी तू शुकदेव पंडित है?

—जी।

—तूने मुझसे उसकी शादी करने को मना किया था?

—नहीं। मुझे दिल्ली पर आनेवाली इस आफत का पता था। इसलिए मैंने दिल्ली में शादी करने को मना किया था। दिल्ली और गन्ना का भाग्य एक होने से बेहद मुसीबत है...

—तू सब देख सकता है?

—जी, देख तो सकता हूं!

—मेरा क्या होगा, बता सकता है?

—मुगलानी बेगम आपको बचायेगी। आपकी फिर से शादी होगी।

—हूं। ज़रा चुप रहकर कहा—तू अभी नहीं मरेगा, लेखा लगाकर देख लिया है?

—मेरी आयु अस्सी साल होगी। अभी पचास है। अभा तीस साल ज़िन्दा रहना है...

उसकी मुंह की बात मुंह में ही रह गई। वज़ीर के इशारे से एक पहरेदार ने पीछे से उसे तलवार भोंक दी। शुकदेव आचार्य की आंखें लमहे के लिए फैल गईं—जानवर-सी एक चीख निकलकर अधूरी रह गई। वह गिर पड़ा।

वज़ीर ने कहा—लाश को जमुना में फेंक दे...

घोड़े को हवा करके वज़ीर चला गया।—काफिर, सब देख सकता है!

गन्ना की पालकी वज़ीर की हवेली में घुसी। शुकदेव आचार्य की लाश सीढ़ी के सामने पड़ी ही थी। सड़कों की भीड़ को ठेल-ठेलकर आने में काफी देर हो गई। सांझ होने-होने को। हवेली के पहरेदार ने साथ के लोगों को पहचानकर कहा—पालकी लौट आई?

राजपूत सिपाही ने कहा—बेगम साहब का हुक्म।

—रसूलिल्लाह! ऐसा हुक्म होता है?

पालकी हवेली के अन्दर चली गई। हरम की तरफ।

हरम के खोजा खादिम नसरत खां के ताज्जुब का ठिकाना न रहा। बेगम साहबा पागल-सी हो रही थीं। पूछा—जी, बेगम साहबा की तवियत तो...

—मुझे पानी दो नसरत। पानी...

और वह अपने पलंग पर जाकर लुढ़क गई—अय खुदा, अय मालिक, आखिरी विचार करनेवाले, तुम्ही इसका विचार करना। ऐ आदिल-ए-अल्, तुमने सब देखा, सब जाना, तुम्ही विचार करना! मेरी ज़िन्दगी का दाम न देकर जिस आदमी ने मुझे ठगा, तुम उसका विचार करो।

बुढ़िया बांदी अमीना शरबत का गिलास ले आई।

गन्ना ने सर उठाकर देखा। चाव से गिलास लेकर मुंह से लगाया और ज़रा चुस्की लेकर ही फेंक दिया। कहा—पानी! मेरा कलेजा सूख गया है। शरबत नहीं, पानी। ठंडा पानी।

सच ही उसकी छाती सूख गई थी। रेगिस्तान-सी जल रही थी।

—बेगम साहबा, हकीम को बुलकाऊं?

—हकीम! नहीं।—गन्ना हंसी। अजीब तरह की हंसी। बांदी अमीना को लगा, यह हंसी ज़रा ज़ोर की हो तो झाड़-फानूस की बत्तियां दप् से बुझकर अंधेरा फैल जायेगा।

अमीना चुपचाप ताकती रही। इस लड़की को वह बहुत मानती है। उसे बडी भली लगती है। इसमें जैसे एक जोत हो। आज इसे हो क्या गया? वापस क्यों आ गई?

गन्ना आंखे बन्द किए पड़ी थी। मगर आंखों से आंसू बह रहे थे। हठात् बेगम ने कहा—अमीना, नींद की कोई दवा है?

—नींद की?

—हां। जिससे सब भूल जाऊं मैं।

हंसकर अमीना बोली—क्या भूलिएगा बेगम साहबा? हुआ क्या है आपको?

—दुनिया बिलकुल झूठी हो गई अमीना!

—शराब पीजिएगा?

—उसके पीने से दुनिया झूठी नहीं मालूम होगी?

—नहीं। नहीं होगी। मेरी दुनिया भी ऐसी ही झूठी हो गई थी। उस समय एक बांदी ने मुझसे कहा, शराब पिओ अमीना। मैंने पी थी। और सच ही मेरी झूठी दुनिया रंगीन हो गई थी।

गन्ना उठ बैठी। कहा—तो वही ला। खूब कड़ी। तेज़।

गन्ना चुप बैठ रही। उसके दिमाग में सब जैसे गड़बड़ हुआ जा रहा हो। मगर उसका उसे अफसोस नहीं। दुःख भी नहीं।

बाहर चारों तरफ शोरगुल। कलरव। कोलाहल। हवेली की ऊंची मोटी दीवारें भी उसे रोक नहीं पा रही थीं। सन्नाटे में वह आवाज गन्ना के कानों में पहुंची। वह उससे विचलित नहीं हुई लेकिन अमीना चौंकी।

—इतना हो-हल्ला। इतना! शाह अब्दाली आ गया? वह उठ खड़ी हुई। फिर कुछ देर सुना। डरकर बाहर निकली। कुछ ही क्षण में लौट आई। बेगम साहबा!

गन्ना ने नज़र उठाकर देखा।

—शोर सुन रही हैं?

—मीर बखशी नवाब नाजिब खां के सिपाहियों ने चौक बाजार को लूटकर आग लगा दी। सुना, वे सब इधर ही आ रहे हैं।

नीचे दुम्-दाम् आवाज़। किवाड़ें बन्द होने की आवाज़। अमीना ने कहा—शायद हवेली-घेराव करेंगे। लूट-पाट करेंगे। पूरे साल से उन्हें वेतन नहीं मिला है। मीर बख्शी ने वज़ीर साहब से मांगा था। वज़ीर ने कहा—नाजिब देगा। नाजिब ने कहा—वज़ीर ने दिया नहीं तो मैं क्या करूं? उन्हींको पकड़ो। सो वे बाज़ार लूटकर इधर आ रहे हैं। उठिए।

—क्यों?

—चोर-कोठरी में छिप जाइए। नहीं तो कोई दशा बाकी नहीं रहेगी। ये सिपाही पगले कुत्ते से बदतर हैं। ये पागल होते हैं तो पालनेवाले को चीथ डालते हैं।

गन्ना चुप ही बैठी रही। अमीना ने कहा—उठिए। जल्दी कीजिए। वज़ीर साहब हैं नहीं। इन कै सिपाहियों को वे क्या लगाएंगे?

—वज़ीर साहब कहां हैं?

—घोड़े कब के निकले हैं। मथुरा सड़क पर मराठों ने यहां के अमीर-उमरावों की ज़नानों को रोका है। यही सुनकर गए हैं। वे उधर गए और आप इधर आईं। हवेली के सामने उस समय तक लाश पड़ी ही थी। मथुरा का एक पंडित था। आपके लिए तावीज़ ले आया था।

—मथुरा का पंडित! मेरे लिए तावीज़ लाया था?

—जी। वज़ीर साहब घोड़े पर सवार हुए कि वह दौड़ता हुआ आया। कहा—आंधी आ रही है। मैंने देखा, गन्ना बेगम पर आफत है। उनके लिए तावीज़ लाया हूं। पहना दीजिएगा। वज़ीर साहब ने कहातेरे नसीब में क्या है, गिनकर देखा है? कहकर इशारा

किया। सिपाही ने पीछे से उसे तलवार भोंक दी। बेचारा और बोल तक नहीं पाया।

—शुकदेव पंडित ! सिपाही ने उसे तलवार भोंक दी ?

—जी। इस पार से उस पर।

गन्ना के होंठों पर फिर वही हंसी फूट उठी। ज़रा चुप रहकर बोली—अमीना, एक प्याला शराब और ला।

नीचे शोर बढ़ गया। गन्ना चौंकी। अमीना दौड़कर देखने गई। हाय रसूल-अल्लाह ! क्या जो होगा ! ये सिपाही एक न बाकी रक्खेंगे। समूचे घर में अकेली वह और दो बांदियां। वह भी बिलकुल बुढ़िया ! पनाह के लिए बस चोर-कोठरी है। माटी तले।- उन्होंने नीचे का दरवाज़ा तोड़ दिया क्या ? विपदा पर विपदा। बांदी लौट आई। ऐसी खूबसूरत जवान औरत। ऐसी सुंदरी दुर्लभ है। ऐसी औरत कहां, किसके यहां है। इसे ये सिपाही पाएंगे, तो...। बांदी ने फिर झरोखे से झांका।

उफ़ ! हवेली को घेर लिया ! शोर मच रहा है। ऐ वज़ीर—कंबख्त, चोट्टा, कमीना ! तनखा चुका। लूट। लूट ले। तोड़ दे दरवाज़ा।

अमीना ने देखा, हवेली में भी कोई छ: सौ सिपाही तैयार हैं। वज़ीर के खास सिपाही। वे उन्हें रोक रहे हैं।

अमीना लौट आई। चोर-कमरे में छिपने का अभी भी समय है। लेकिन देखा, तो गन्ना बेहोश सो रही है।

अमीना को गुस्सा हो आया। इतनी शराब क्यों पी ली ? अब वह उसे लेकर कैसे जाएगी ? एक पूरी जवान औरत को लेकर ऐसी खड़ी सीढ़ियां कैसे उतरेगी ? जाते-जाते लौट आई ! मौत इसकी।

ममता हो आई। उसकी वह हंसी याद हो आई। गन्ना को उसने गोदी में उठा लिया। फूल-सी हलकी। आंख खोलकर वह बुदबुदाई—छोड़ दे मुझे। छोड़ दे। मैं नहीं जाती।

अमीना आज़िज़ आ गई। उतार दिया उसे—मर जा। मर जा तू। जो नसीब में लिक्खा है, वही हो !

किसी तरह से आंखों को अधखुली करके गन्ना वही हंसी हंसी। कहा—मर्ज़ी खुदा की। खेल नसीब का। इज़्ज़त इन्सान की।

—वही इज़्ज़त जाएगी।

—मैं अब इन्सान नहीं रही बांदी। आदमी नहीं रही। मैंने अपने को बेच दिया है...

अमीना ने कहा—चोर-कोठरी में चलिए। वहां सुनाइएगा।

बड़े स्नेह से वह उससे लिपट गई।

वज़ीर जब मराठों की झंझट मिटाकर लौटा, तो रात एक पहर जा चुकी थी। दोपहर के लगभग हो शायद। पुराने किले के आसपास पहुंचा होगा कि एक सवार शाहजहानाबाद की तरफ से आकर सामने खड़ा हो गया। इमाद के सिपाहियों ने भाले संभाल लिए—कौन है?

सवार ने कहा—तावेदार। वज़ीरे-हिन्दुस्तान का सिपाही कुदरत खां।

वज़ीर ने घोड़े की पीठ पर से कहा—क्या बात हुई कुदरत खां?—वज़ीर विचलित हुआ। कौन-सी घटना घट गई?

कुदरत खां घोड़े से उतरा। सलाम करके बोला—खबर बहुत बुरी है हुज़ूर। बादशाही सिपाहियों ने आकर हुज़ूर की हवेली को...

—लूट लिया? और तुम अभी भी ज़िन्दा हो कुदरत?...कुदरत उसके सबसे विश्वासी सिपाहियों में से एक था।

—जी नहीं हुज़ूर, घेर लिया है। घुस नहीं सके हैं। मैं किसी तरह से हुज़ूर को खबर देनें निकल आया हूं।

—वे चाहते क्या हैं?

—अपनी तनखा मांगते हैं। शोर मचा रहे हैं। भद्दी गालियां बक रहे हैं। अन्दर से हम छः सौ सिपाहियों ने फाटक बन्द करके किसी प्रकार से उन्हें रोककर रक्खा है।

—हूं।

—उन सबका जो हाल है, जैसी बोलचाल है कि हुज़ूर को सामने पाएं तो...। चुप हो गया। यह नहीं कहा कि क्या करेंगे। वज़ीर को समझना बाकी न रहा।

वज़ीर को याद आया—पानीपत में ये सिपाही—ओः!

वजीर ने घोड़े का मुंह फेरा। कहा—फ़िरोज़शाह कोटला। दस सिपाही जाकर देखो—कोटला में बदमाश-डाकू कोई है या नहीं!

आप फ़िरोज़शाही किले के सामने जा खड़ा हुआ। सिपाही अन्दर चले गए।

वज़ीर ने शाहजहानाबाद की ओर नज़र दौड़ाई। अंधेरे में कुछ दिखाई नहीं पड़ रहा था। उधर का आसमान भयंकर रूप से काला लग रहा था। पेड़ पहाड़-से दिख रहे थे। दिल्ली की सारी दुकानें बंद। लोगबाग भाग रहे हैं। गंडे लूट-पाट मचा रहे हैं। सिपाही पिंजरे से खुले भेड़ियों से निकल पड़े हैं। कोतवाली के दरवाज़े बंद हैं। या तो वहां कोई है ही नहीं। इन भेड़ियों के सामने वे करेंगे भी क्या?

दिल्ली की बादशाही बच्चों का घरौंदा बन गई है। बादशाह है एक बुड्ढा-निकम्मा मगर मतलबी। और कंबख्त को लालच कितना? उसीने उसे गद्दीनशीन किया, वरना बादशाही कैदखाने में सड़ रहा था। सड़कर ही मर जाता...

—हुज़ूर...

इमाद चौंका। डांट उठा—क्या है? कौन हो तुम?

—जी सिपाही। हुज़ूर का तावेदार।

—क्या है?

—फ़िरोज़शाह कोटला के अंदर गुंडों के एक दल ने अड्डा गाड़ रक्खा था। आठ छोकरियों को लूट लाकर यहां बदमाशी कर रहे थे। तीन बदमाशों को तो हमने पकड़ लिया है। दो घायल हो गए—शायद नहीं बचेंगे। छोकरियां हैं। लूट के रुपये-पैसे भी हैं। सिपाहियों का कहना है—अर्ज़ है...

—क्या अर्ज़ है?

—लूट का माल तावेदारों को ले जाने का हुक्म दिया जाए।

इमाद ने उसकी तरफ देखा। सिपाही लूट की दौलत का इस तरह दावा तो नहीं करते! यह कंबख्त दांत निपोड़कर बख्शीश मांग रहा है।

मतलब इसका? मतलब समझने में देर नहीं लगी। जिन सिपाहियों ने इमाद के घर को घेरा है, उसके विद्रोह ने इनके लहू में भी हलकोरा लगाया है।

यह सब उसकी अपनी चूक का नतीजा है! उसने एक लंबा निश्वास छोड़ा। कहा—लूट का माल बेशक ले लो। लेकिन देखो, औरत के लिए आपस में लड़ने मत लगना। खबरदार! हां, उन औरतों में अमीर-उमरा, बड़े घर की लड़की तो नहीं है कोई?

—जी नहीं हुज़ूर।

वह सिपाही अन्दर चला गया। यह भी नहीं कहा कि आप अन्दर आइए, आराम कीजिए। बल्कि उसके साथ जो दो सवार खड़े थे, उनमें से भी एक चला गया। अकेला वही रह गया—जो हवेली की खबर लेकर आया था। कुदरत खां। विश्वासी सिपाहियों में से एक। ऐसे विश्वासी उसके पास मुश्किल से पचास हैं। वे ही भरोसा है।

ज़रा यह सब झमेला चुक जाए, उन पचास को पांच हज़ार किया जाएगा।

इमाद ने कहा—कुदरत!

—जी हुज़ूर।

—चलो। यहां से चलें। ये लोग तो...

—जी। ये लोग अब नहीं जाएंगे अभी। औरतों के लिए आपस में लड़ेंगे! मगर अभी हुज़ूर जाएंगे कहां?

—शहर की तरफ ही चलो। लगता है, शोर अब कम हो आया है। क्यों?

कुदरत ने कान लगाकर सुना। कहा—जी, सुनाई तो नहीं पड़ रहा है।

—चलो। मैं दिल्ली फाटक पर कहीं खड़ा रहूंगा बाहर, तुम पहरेदार से जाकर पूछताछ कर लेना।

फ़िरोज़शाह कोटला से वे मथुरा सड़क पर आए। सड़क खां-खां कर रही थी। न आदमी न आदमज़ाद। दोनों ओर की बस्तियों में कोई कहीं नहीं। बत्ती नदारद। सब लोग भाग गए! सिर्फ दो घोड़े की आठ टापों की खप्-खप् आवाज़ उठ रही थी। कहीं-कहीं बस्ती के कुत्ते इन्हें देखकर भौंकने लगते।

—कुदरत!

—हुज़ूर।

—तुम्हारा क्या ख्याल है, ये लोग फाटक तोड़कर हवेली को लूटकर लौट गए? शोर तो नहीं हो रहा है। हम तो हवेली के करीब आ गए।

इमाद को चिन्ता होने लगी। हवेली में उसकी तीन पुश्त की कमाई एक कुएं में पड़ी है। कुआं ईंटों से खूब सावधानी से बंद कर दिया गया है। कम से कम दो-तीन करोड़ की दौलत! लेकिन उसका किसीको पता नहीं है। एक अम्मांजान ही जानती हैं! वह हैं नहीं। हवेली की दूसरी औरतों के साथ वह राजपूताना चली गई हैं। थोड़ा-बहुत खोदने से भी पता नहीं चलेगा।

कुदरत ने कहा—जी नहीं हुज़ूर, वे लोग अन्दर नहीं घुस सके होंगे।

—कैसे समझा?

—जी, मेरा कान और ध्यान उधर ही लगा था। हुज़ूर चिंता में डूबे थे। उधर का कोई ख्याल न था। अपने सिपाहियों ने ज़रूरत पड़ने पर बंदूकें चलाने की सोच रक्खी थी। पर बंदूक की आवाज़ तो नहीं हुई। अपनी सौ बंदूकें तैयार थीं। एकसाथ सौ बंदूकें दगें, तो आवाज़ कोस-भर से सुनी जाएगी।

—ठीक कह रहे हो। लेकिन...

—जी नहीं। हवेली में जो छः सौ आदमी हैं, उनमें से एक भी नहीं भागेगा जब तक उनमें जान रहेगी। इसके सिवाय वहां बेगम साहबा हैं। उन्हें छोड़कर भागने जैसी

नमकहरामी वे हरग़िज़ नहीं करेंगे।

इमाद चौंका।—बेगम साहबा? कुदरत! कह क्या रहे हो तुम? बेगम? कौन बेगम? बेगम, अम्मांजान—सब तो अमर सिंह के साथ चली गई हैं!

—बेगम साहबा वापस लौट आई हैं।

—लौट आई हैं? कब?

—हुज़ूर, जब उस हिन्दू पंडित का काम तमाम करके घोड़े पर सवार हो चले गए, लाश तक उठाई नहीं जा सकी थी, ठीक उसी वक्त पालकी लौट आई। अमीना वे बताया, बेगम साहबा की तबियत खराब हो गई है। पानी-पानी चिल्ला रही हैं।

अरबी घोड़े को इमाद की एड़ी ने जैसे अपने-आप ठोकर लगाई, हाथ का चाबुक सप् की आवाज के साथ घोड़े की पिछली टांग पर लगा। घोड़ा चौंका। चाल बदलकर दौड़ पड़ा।

दिल्ली फाटक पर आवाज दी—ऐ पहरेदार!

—कौन? कौन हो तुम?

इमाद के पीछे से कुदरत ने कहा—बेवकूफ, वज़ीरे-हिन्दुस्तान हैं। खोलो, फाटक खोलो।

12

हवेली में पहुंचकर मंज़िल की सीढ़ी से उछलकर इमाद उतरा। हवेली के चारों तरफ सूना पड़ा था। बागी सिपाहियों में से एक भी नहीं था। सब जा चुके थे।

निश्चिन्त हुआ। कल नवाब नजीबुद्दौला की खबर ली जाएगी! निबटारे के लिए बुलाकर...बस। यहां न आए तो लालकिले में बादशाह के पास उसे बुलाएगा। वहीं उसका खातमा कर दिया जाएगा।

निश्चिन्त होकर गन्ना को देखने के लिए घोड़े पर से उतरा। तबियत खराब है? क्या हो गया?

लेकिन खुदा मेहरबान। तबियत खराब करके उसे उन्होंने लौटाया। अब तक अपनी चूक की सोच रहा था। बार-बार जी में आया, अफसोस की क्या बात है। फिर चूक की! काश, गन्ना को न भेजा होता!

इतने में सलाम करके कोतवाल फौलाद खां खड़ा हुआ—हुज़ूर!—इमाद ठिठका—फौलाद खां!

—घंटे-भर से बहुत ज़रूरी खबर लिए राह देख रहा हूं।

—बहुत ज़रूरी खबर? कहो।

—मीरबख्शी नजीबुद्दौला खां सारी बादशाही फौज को लेकर यमुना पार करके चला जा रहा है।

—मैं जानता हूं, वह जाएगा। जाने दो। मैं सहारनपुर को ठिकाने लगा दूंगा। वह छिपा बैठा रहे।

—जी नहीं। फौज लेकर वह अब्दाली की छावनी में जा रहा है। डेढ़ पहर रात को अब्दाली के यहां से उसके पास निशान आया। उसने बुला भेजा है। बेशक, नवाब ने जाने की खुद दरखास्त भेजी होगी। कहा होगा, मराठे डाकुओं की ताबेदारी में वज़ीर ने चगताई वंश की इज़्ज़त और धरम को बराबाद कर दिया है।

—बेईमान।

—नवाब ने तमाम दिन जाने की तैयारी की। हवेली का घेराव उसने इसीलिए कराया था कि हुजूर अन्दर बन्द रहेंगे। पता नहीं चलेगा। चिट्ठी लेकर रसूल खां एक पहर रात को लौटा। वह लौटा कि आधे घंटे में फौज को तैयार करके रवाना हो गया। मैं तुरत आपको खबर देने के लिए दौड़ा। हुज़ू र थे नहीं।

वज़ीर इमादुल मुल्क दोनों हाथों से सिर थामकर एक चौकी पर बैठ गया। कुछ देर के बाद अजगर की तरह निश्वास छोडकर उठ खड़ा हुआ। कहा-ठीक है फौलाद खां, तुम जाओ। मेरी जान जाए तो जाए, मैं उन सबको बचाऊंगा, जो मुझे पकड़े हुए हैं। बेवकूफ नवाब नजीबुद्दौला से मुझमें बहुत ज़्यादा अक्ल है। मैं उसे चाल में मात करके छोड़ूगा। तुम सिर्फ एक काम करो। मुगलानी बेगम की हवेली में पहरा दो। कल मैं उससे मिलूंगा, लेकिन मेरे से पहले जिसमें उससे कोई न मिल सके। एक काम और करना। कुछ आदमी जुटाकर हवेली के सामने एक हलचल करा देना। लोग शोर मचाएंगे कि अब्दावी मुगलानी के बुलाने से आ रहा है। इसी की बदौलत दिल्ली पर मुसीबत आई है। हम मुगलानी को नोंच डालेंगे! तुम यह बहाना बनाना कि उस पागल भीड़ को तुम लोगों की मदद से रोके हुए हो। ठीक ऐसे समय में मैं पहुंचूंगा।

इमाद ऊपर चला गया। दिमाग में सूझ आ गई!

सवेरे जगते ही खोजा सरदार को बुलाकर कहा—बेगम यह रहीं। खबरदार, भागें नहीं, ज़हर नहीं खा लें, मर नहीं जाएं। अगर कुछ हुआ तो ज़मीन में गाड़कर कुत्ते से नुचवाऊंगा! बांदी अमीना को बुला।

अमीना को बुलाकर भी वही कहा। कहकर नीचे उतरा। कई बड़े उमराव इन्तज़ार में बैठे थे।

एक सवाल—क्या होगा?

इमाद ने कहा—क्या होगा? नादिरशाह के आने से जो हुआ था, वही होगा! रोहिला स्यार मीरबख्शी नजीबुद्दौला फौज लेकर भाग गया, मैं क्या करूं? लोहा लेने वाले सिपाही नहीं हैं। तोप दागने वाले गोलंदाज़ नहीं हैं। तोपें खींचकर ले जाने के लिए शायद बैल भी नहीं मिलें! मैं करूं तो क्या? मगर बचना तो होगा ही। आप लोग भी कोशिश करें, मैं भी करता हूं। मुझ पर भरोसा रखें! आप सब बल्कि किले में बादशाह पर निगाह रखें। बादशाह साज़िश कर रहा है। मैं वहां चलता हूं।

इमाद निकलकर घोड़े पर सवार हो गया। दस खास वज़ीरी सिपाही साथ चले। नक्कारा नहीं लिया। वज़ीर जा रहे हैं—यह एलान करते हुए चलने का यह समय नहीं।

दिल्ली के सारे चौड़े रास्ते सूने पड़े थे। मुहल्लों में, गली-गली में हलचल। अभी से मुहल्ले के फाटक बन्द कर लिए गए थे। दूकानें बन्द। कुछ कुत्ते घूम रहे थे केवल। और कुछ गुंडे।

मीर मन्नू। निज़ामुल मुल्क वंश का। सैयद वंश का लोहू उसकी शिरा-शिरा में। मीर मन्नू—हिन्दुस्तान के अमीरों में श्रेष्ठ अमीर। बादशाह मुहम्मदशाह के बूढ़े वज़ीर का बड़ा बेटा। मीर मोइनुद्दीन खां। बाद में लाहौर का सूबेदार हुआ। आम लोगों में मीर मन्नू के नाम से मशहूर। उसके बाप-दादे क्रम से दिल्ली के वजीर हुए। उसका भाई इंतिज़ामुद्दौला वज़ीर हुआ था। उसी को हटाकर इमाद वज़ीर बना। लड़ाई में मीर मन्नू रुस्तम जैसा साहसी और वीर था। मुगलानी बेगम उसकी बीवी है, उमघा बेटी।

मीर मन्नू के मरने के बाद बेगम ने अनाचार-व्यभिचार चाहे जितना ही किया हो, जितनी ही उसकी निन्दा फैली हो—वज़ीर इमाद ने कैद करके उसे अपमानित करने की हिम्मत नहीं की। चालाक इमाद ने मां के कलंक के चलते उमघा से शादी तो नहीं की, पर रिश्ते को तोडा भी नहीं। दिल्ली में उन्हें अपनी ही हवेली में नजरबंद करके रखा। इस हवेली के एक हिस्से में इंतिज़ामुद्दौला रहता है। वह भी इमाद का प्रतिद्वन्द्वी है। कड़ा पहरा था।

गलतियों पर गलतियां कीं, मगर इसमें इमाद ने चूक नहीं की। हवेली के फाटक पर उस रोज़ सवेरे से ही एक भीड़ जमा होकर हल्ला करने लगी—मुगलानी बेगम कहां है? जहन्नुम में जाए वह। उसे हम लोग फाड़ डालेंगे। उसी ने अफगानिस्तान के लुटेरे

बादशाह अब्दाली को बुलाया है। निकालो उस बदमाश औरत को।

जी-जान से चीख रहे थे लोग। लेकिन दिल्ली शहर का कोतवाल फौलाद खां खुद सिपाहियों के साथ खड़ा था फाटक पर। रोकने के लिए सिपाही बन्दूक ताने खड़े। खबरदार, बढ़े कि गोली चलाई!

इमाद ने मन ही मन कहा—शाबाश फौलाद खां!

उमधा बेगम खिड़की पर खड़ी थी। रात मुगलानी ने खुशी से खुलकर शराब पी। शाह अब्दाली—उसका धरमबाप—दिल्ली आ रहा है। एक बार वह इस कैद से छूटेगी। अब्दाली को कानोंकान सलाह देकर बदला लेगी। उसे सबसे ज़्यादा गुस्सा इमाद पर था। इमाद से उमधा का रिश्ता हुआ, नहीं तो वह अब्दाली से कहकर उसकी गरदन कटवा लेती। उसे गधे पर चढ़ाकर वह सारी दिल्ली घुमाएगी।

रात नाच-गान में मस्त रही। भोर की तरफ सो गई। सुबह उठकर फिर शुरू करने का इरादा था। एक फेहरिश्त बनाएगी वह। दिल्ली के किन-किन उमरावों को सज़ा देनी है। किन-किनके यहां धन-दौलत गड़ी है। वह फिहरिश्त वह अब्दाली को देगी। लेकिन सुबह होते-होते शोर से उसकी नींद उचट गई। नींद ही नहीं उचटी, मज़ा भी जाता रहा। कौन हैं ये लोग? क्या चाहते हैं?

उमधा उससे पहले ही झरोखे पर आ खड़ी हुई थी! चेहरा उसका फक पड़ गया था। उमधा ढीठ है, तेज़ है, मगर मां जैसी नहीं। वह सैयद वंश की बेटी की नाईं अनाचार से दूर रहती है। कहा—ये दिल्ली के लोग हैं! शोर कर रहे हैं। हमला करने आए हैं।

—हमला! इन कुत्तों को काटकर मैं फाटक के सामने खोपड़ियों का पहाड़ लगा दूंगी। ये हरामी जानते नहीं हैं...

नशे में ही वह उन्हें डांट-फटकार करने के लिए निकलना चाहती थी। उमधा ने हाथ थाम लिया—कहां जाओगी?

—बरामदे में। कह दूं—मैं सर उतरवा लूंगी।

—उससे पहले फाटक तोड़कर वे तुम्हें फाड़ डालेगे। शाह अभी यमुना के उस पार है। बीस कोस पर!

बाहर ज़ोरों का हल्ला हुआ—तोड़ दो फाटक। मुगलानी को निकालो। मुगलानी चौंकी। दो-एक बार आंखें पिटपिटाकर उसने मामले की गहराई को समझने की कोशिश की। उसके बाद पूछा—कितने लोग हैं?

—अपनी आंखों देख लो।—उमधा झरोखे से हट गई। मुगलानी ने झरोखे की जाली से बाहर झांका। देखकर उसका नशा तुरत फट गया। शरीर में एक कंपकंपी छूट गई।

—हज़ारों आदमी! बाप रे!

बड़ी-बड़ी आंखों से उसने पलटकर बेटी को देखा—उमधा!

उमधा ने कहा—वहां जाकर बैठो। अभी भी तुम लड़खड़ा रही हो।

मुगलानी चौकी पर बैठी। कहा—बांदी, थोड़ी शराब दे, वरना मैं खड़ी नहीं रह पा रही हूं।

उसके मन की आंखों में दिखाई दे रहा था—उन्मत्त भीड़ हवेली का फाटक तोड़कर, उसका झोंटा पकड़कर रास्ते पर खींच ले जाएगी। टुकड़े-टुकड़े कर देगी। अपने तीस-चालीस ही तो पहरेदार हैं—ये हज़ार पागलों को कब तक रोक सकते हैं?

—भागने का कोई रास्ता नहीं है? खुला नहीं है किसी तरफ?

खोजा ने कहा—नहीं। चारों तरफ घेर लिया है।

—चोर-कोठरी को जल्दी खोल। जल्दी।

उमधा मुंह घुमाकर बोल उठी—अम्मां?

—क्या? हवेली के फाटक को तोड़ दिया?

—नहीं। ग़ाज़ीउद्दीन इमाद फाटक पर खड़ा है। साथ में सिपाही हैं।

मुगलानी सिहर उठी—उमधा! इमाद क्या...?

उमधा जवाब न दे सकी। सवाल वह समझ गई। इमाद क्या बदला चुकाने आया है?

—मेरी आंखें निकाल...? ज़रा चुप रहकर बोली—या खींचकर मुझे पगले कुत्तों के आगे डाल देगा? टुकड़े-टुकड़ै कर देगा?

—इतना डर क्यों रही हो अम्मां?

—कि दोनों आंखें ही फोड़ देगा। बादशाह अहमदशाह की तो दोनों आंखें ही फोड़ दी थीं!

—अम्मां!

—घुस रहा है? इमादुल मुल्क अन्दर आ रहा है?

—नहीं। लोगों को डांट बता रहा है। तलवार दिखाते हुए हटने को कह रहा है। लोग खिसक रहे हैं।

—लोग खिसक रहे हैं?

उमधा बड़ी व्यग्रता से झरोखे पर झुकी।—अम्मां! ग़ाज़ीउद्दीन कह रहा है—

खबरदार, सैयद वंश की औरत के बदन पर हाथ नहीं लगा सकते! अगर बढ़े, तो अब्दाली से पहले ही तोपों से मैं दिल्ली को उड़ा दूंगा। हट जाओ।

—चले जा रहे हैं?

—हां। इमाद घुड़सवारों के साथ बढ़ रहा है। लोग पीछे हट रहे हैं।

मुगलानी उठकर आगे शाई—हट जा, मैं देखूं ज़रा।

उसने सन्तोष की सांस ली। कहा—बांदी, शराब!

—इमाद अन्दर आ रहा है अम्मां!

इमाद ने अन्दर आकर सलाम किया। कहा—मुझे पता नहीं था बेगम साहबा। खबर मिलते ही मैं दौड़ा आया। कोई डर नहीं—सब भाग गए। तुम खड़ी क्यों हो उमधा! बैठो। और चाहे जो हो, तुम लोगों की बेइज़्ज़ती मैं नहीं देख सकता।

उमधा चुपचाप खड़ी ही रही।

—मुझ पर गुस्सा है। न? वजह भी है उसकी। गुस्सा कर सकती हो।

—मुगलानी बोली—भीड़ तो चली गई। मगर तुम अब क्या करोगे ग़ाज़ीउद्दीन? मेरी आंखें फोड़ दोगे?

ग़ाज़ीउद्दीन ने कहा—शायद वही करता बेगम साहबा! आपने चिट्ठी लिखकर अब्दाली को यहां बुलाया है। मैं वज़ीर हूं। मुझ पर आपको गुस्सा है। वह ठीक ही है। मगर मेरा कसूर कहीं ज़्यादा है। रिश्ता पक्का होने के बावजूद मैंने उमधा से शादी नहीं की। उसका अपमान किया। मैं मुसलमान हूं। बात दी और रक्खी नहीं। ईमान नहीं रक्खा। बेगम साहबा, मुझे इसका अफसोस है। मैंने अपना कसूर समझा है।

मुगलानी अवाक् हो गई। वह इमाद की ओर ताकने लगी। उमधा ने भी उसको देखा।

इमादुल मुल्क ने कहा—सुनिए बेगम साहबा, मैं जानता हूं कि अब्दाली आते ही मुझे जंज़ीर लगायेगा। सो लगाये। मुझे सज़ा मिलनी ही चाहिए। मैं मुकाबला नहीं करूंगा। शायद आप कहें, मुकाबले का दम नहीं है मुझे। मगर मैं निकल भाग सकता हूं। इतना बड़ा देश है यह। वह मुझे पकड़ नहीं सकता। मगर मैं भागूंगा भी नहीं। क्योंकि मैं अपने कसूर का प्रायश्चित्त चाहता हूं। मैंने रात ठीक किया है, तवायफ की बेटी को मन ही मन मैंने तलाक दे दिया है।

अब उमधा बोली—लेकिन वज़ीर साहब ने तो अम्मांजान के साथ बेगम गन्ना को दिल्ली से बाहर भेज दिया है।

—नहीं। अम्मां को भेजा है। सैयद वंश की दूसरी बहू-बेटियों को भेजा है। गन्ना को नहीं। उसे घर में बन्द कर दिया है। तवायफ की बेटी है न! शराब पीकर बेहोश पड़ी है। मैं तुमसे माफी मांगने आया हूं उमधा। कहने आया हूं कि मैं तुमसे शादी करने को तैयार हूं। कहो तो शादी के तुरत बाद तलाक को भी राज़ी हूं!

मुगलानी बोली—ग़ाज़ीउद्दीन, बचपन से ही उमधा की शादी तुमसे तै है। तुम मेरे दामाद हो, बेटा हो। डरो मत बेटे। तुम आज ही मुझे शाह की छावनी में भेजने का इन्तज़ाम करो। जाकर मैं सब ठीक किए देती हूं।

उमधा सिर झुकाकर उधर चली गई। इमाद पीछे-पीछे गया।

—उमधा!

उमधा ने उलटकर उसे देखा।

—मुझे माफ करो उमधा!

उमधा फफककर रो पड़ी। इमाद ने उसे अपनी छाती में भींच लिया। सर सहलाने लगा।

इमाद ने कहा—गन्ना को मैं सज़ा दूंगा। तुम्हारी बांदी बना दूंगा।

13

लालकिले के आम दरबार में अमीर-उमरा वज़ीर का इन्तज़ार कर रहे थे, जो दिल्ली छोड़कर गए नहीं।

खबर आई कि अब्दाली के सिपहसालार जहान खां ने यमुना के पूरब लूनी में पड़ाव डाला है। वज़ीर शाह वाली आ पहुंचा है। जो करना है, तुरत कर लेना है।

सबने एक 'राहकाला' तोप को इसी बीच बैठाने की कोशिश की है। हिन्दुस्तान के मान के लिए कम से कम एक मोर्चा तो लेना ही है।

वज़ीर इमाद ने आकर कहा—नहीं। अब वह नहीं होगा।

—नहीं। कह क्या रहे हैं वज़ीर साहब! हिन्दुस्तान की इज्ज़त, मुगल खानदान की इज्ज़त को बरबाद कर देंगे?

वज़ीर ने ज़रा चुप रहकर कहा—इज्ज़त पानी जैसी होती है, दूध जैसी। एक बार माटी में गिर पड़ने से उसे उठाकर काम नहीं चल सकता। शाह नादिर ने बादशाही इज्जत के प्याले में छेद कर दिया है। उसमें जो भी दूध डाला गया, चू गया। फूटा प्याला पड़ा है। उलट देने से भी उससे इज्ज़त का दूध नहीं गिरेगा। बादशाह ने खुद आदमी भेजकर

कहलाया है कि शाह दुरानी से रिश्ता करके बादशाह धन्य होना चाहते हैं। तैमूर-शाही खानदान की दो बेटियां हैं—बादशाह महम्मदशाह की बेटी हज़रत बेगम से शाह की और मुहम्मदी बेगम से शाहज़ादा तैमूर की शादी करना चाहते हैं। यों महल में इसकी धूम पड़ गई है, पर मैं सुन आया, मलिकायेज़मानी की हवेली में रुलाई मची है!

इबादुल्ला खां कश्मीरी ने कहा—बादशाह खास महल को छोड़ मेहमान महल में चले जा रहे हैं। कुंजी जहान खां को भेज रहे हैं। अफगान लोग बारात लेकर आ रहे हैं। तोप छोड़कर उन्हें रोकने का सपना आप सब भूल जाएं!

उमराव सब चुप रहे। उसके बाद कहा—तो?

—तो क्या? अपने-अपने घर जाएं। शाह को देने के लिए नज़राने का इन्तज़ाम करें। शाह मेहमान होकर आ रहे हैं।

सभी चले गये। रह गये केवल इबादुल्ला खां और इमाद।

इमाद ने कहा—इबादुल्ला...

—जी!

—तुम दो जने मेरा भरोसा हो। तुम और खानखाना बहादुर खां बलच। आग़ रज़ा दिल्ली में नहीं है। रात के तीसरे पहर तैयार होकर आ जाना। दिल्ली का भार कोतवाल फौलाद खां पर रहेगा। मैं केवल तुम दोनों के साथ निकल पड़ूंगा।

—कहां? राजपूताना की ओर? या सूरजमल की ओर?

—शाह की छावनी में। यमुना पार करके सवेरे शाह के वज़ीर वाली खां के पास पहुंचेंगे। वाली खां मेरे मेहमान हैं। उनको साथ लेकर शाह के दरबार में हाज़िर होंगे।

—वज़ीर साहब!—इबादुल्ला कश्मीरी के स्वर में शंका की सीमा न थी।

वजीर ने हंसकर कहा—डरो मत इबादुल्ला। सर जाएगा तो मेरा जायेगा।

—डर आपके ही लिए हो रहा है वज़ीर साहब।

—मैंने उसका पहले से ही इन्तज़ाम कर लिया है। मैंने अपना वकील भेज दिया है। उसकी बात पर शाह ना नहीं कर सकता। मैंने मुगलानी और उमधा को भेज दिया है।

—आप कह क्या रहे हैं वज़ीर साहब! नालिश तो मुगलानी और उमधा की है! लोग कहेंगे कि शाह लूट-पाट के लिए आया है। मगर शाह तो यही कहेगा कि मैं मुगलानी की नालिश पर वज़ीर को सज़ा देने आया हूं।

—सो सब हो चुका है। सवेरे ही सुलह कर ली है। गन्ना को तलाक देकर मैं उमधा से शादी करूंगा। मेरा वकालतनामा लेकर मां-बेटी जा चुकी हैं। गन्ना को घर

में बन्द करके ताला डाल दिया है।

26 रबिउस्सानी का दिन। 1170 हिजरी। दिल्ली की उस कड़ाके की सरदी में तीन घुड़सवार रात के अन्तिम पहर में यमुना के घाट पर पहुंचे।

14

सात दिन के बाद।

शुकदेव पंडित का कहा सच निकला। अहमदशाह अब्दाली दिल्ली में घुस पड़ा। आंधी दिल्ली के आसमान पर मंडरा उठी। शहर के मकानों के माथे पर, वह दिखाई दे रही है उड़ती हुई धूल। घोड़े की टापों की आवाज़। घर-घर लोगों का कलेजा कांप रहा है।

कई दिन पहले दिल्ली के बादशाह ने अब्दाली को निमंत्रण भेजा था। अब्दाली ने बादशाह को अपनी छाबनी में आकर मिलने का न्योता भेजा था।

और, हाय रे नसीब हिन्दुस्तान का! हिन्दुस्तान का बादशाह दो-चार घोड़े-हाथियों, पांच-सात अमीर-उमरावों के साथ छोटे जमींदार-ताल्लुकेदार जैसा अब्दाली की छावनी में गया!

दिल्ली के जो लोग सड़क पर थे, उन्होंने मारे शर्म के सर झुका लिया। उनसे देखा नहीं गया। जो झरोखे पर थे, वे अन्दर चले गए। देश को, अपने नसीब को धिक्कारा।

कृपा के भिखमंगे की नाईं दिल्ली के बादशाह ने तैमूरी वंश की दो बेटियों को भेंट में देना चाहा। अपनी बेटी मुहम्मदी बेगम को अब्दाली के बेटे तैमूर से ब्याहना चाहा। और, साठ साल के बुड्ढे अब्दाली को देना चाहा, हिन्दुस्तान की कमल, तैमूरी खानदान की श्रेष्ठ सुन्दरी बादशाह मुहम्मदशाह की बेटी हज़रत बेगम!

बेगम महल में रुलाई छूटी। मुहम्मद शाह की बेगम ने रोकर कहा—जहर खिला दूंगी, मगर अब्दाली से बेटी की शादी नहीं होने दूंगी। बेटी हज़रत बेगम ने भी कहा—ज़हर खा लूंगी। मगर हाय, उनसे वह भी करते न बना। इसकी भी हिम्मत न पड़ी।

आंसू पोंछते हुए उन्होंने शादी का इन्तज़ाम किया।

चुप-चुप-चुप!

नक्कारे की आवाज़ बढ़ती आ रही है। घोड़े की टापों की आवाज़ सुनाई दे रही है। रो मत बच्चे, रो मत।

डौंडी की चोट पर अब्दालशाही एलान कल हो गया :

"हिन्दुस्तान की गद्दी को दक्खिन के मराठे लुटेरों, पूरब के जाट डकैतों ने हमला करके हिला दिया है। साथ ही कुछ बेईमान सूबेदार, नायब, मनसबदार, राजा औ नवाबों ने बादशाह के खास महाल को छीन लिया है। मैं मुसलमान हूं—बादशाह आलमगीर सानी का मेहमान हूं। महज कई दिन के लिए आया हूं। मैं इन बदमाश काफिरों को सजा दूंगा, इन बेईमान नवाब-सूबेदारों, मनसबदारों को ठीक कर दूंगा!

"गुंडे, दगाबाज़ होशियार! होशियार चोर और लुटेरे! शहर जहानाबाद और शहर दिल्ली की हाट-बाट में, दिन या रात में अगर वे नज़र आएं, तो उनकी जान ले ली जाएगी। और, जो काफिर हैं, उनके लिए यह हुक्म है कि पहचान के लिए वे माथे पर सिंदूर का तिलक लगाएंगे। नहीं तो सज़ा होगी।"

"सब्जीमंडी, बाज़ार ऐसे ही चलते रहेंगे।"

"मुहम्मद आलमगीर जैसे थे, वैसे ही बादशाह रहेंगे।"

"खानखाना कमरुद्दीन इंतिज़ामुद्दौला वज़ीरुल मुल्क हुए।"

इमादुल मुल्क को वज़ीर के पद से हटा दिया गया। हां, उनके कसूर माफ कर दिए गए। दिल्ली के तमाम अमीर-उमरा, सेठ-बनिये, गृहस्थगरीब को मालूम हो कि जुम्मा के दिन बादशाह अब्दाली दिल्ली में प्रवेश करेंगे। उनके साथ उनका हरम और फौज रहेगी। उस समय रास्ते पर कोई आदमी न रहे। सारे झरोखे बन्द रहें। ओट से भी कोई न झांके।"

वज़ीर इमादुल मुल्क के नसीब की सुनकर दिल्ली के लोग दंग रह गए! उसने नसीब की चाल पलट दी। उसके सारे कसूर माफ हो गए। उमधा बेगम से उसकी शादी होगी। वल्लाह!

दिल्ली के बादशाह ने खुद जाकर अब्दाली से अर्ज़ किया था—वज़ीर की गरदन उतारने का हुक्म फरमाया जाए। इसी ने मराठा काफिरों से गठबंधन किया, जाट सूरजमल से साज़िश की! दिल्ली की बरबादी और अव्यवस्था का ज़िम्मेवार यही है।

अब्दाली ने कहा—मगर मैंने तो उसे पहले ही माफ कर दिया। ऐ बादशाह! मेरी ज़बान से एक बार जो निकल चुका, वह पलट कैसे सकता है? वह मेरे वज़ीर के हाथों बन्दी है। तीन दिन पहले ही आकर उसने मेरे पैरों पर माथा रखकर माफी मांगी है। और फिर बादशाह, मुगलानी मेरी धरमबेटी है। उसकी बेटी उमधा से उसका रिश्ता हो चुका है।

—लेकिन शादी पक्की करके भी दो साल से उसने मुगलानी की बेटी से शादी

नहीं की। बल्कि साल-भर हुआ, मां-बेटी को दिल्ली की हवेली में नज़रबंद करके रक्खा है। आप पूछ देखें उनसे।

अल्दाली ने हंसकर कहा—बादशाह आलमगीर, ताज्जुब है, इमादुल मुल्क से पहले मुगलानी आई। उसने मेरा पांव पकड़कर कहा—इमादुल मुल्क को माफ करना होगा!

15

इमादुल मुल्क जादू जानता है! मुगल बादशाही के पूरे ज़माने में ऐसा जादूगर वज़ीर कोई हुआ ही नहीं। सैयद भाइयों ने खेल खेले थे। बादशाही की बुनियाद उन्होंने ही हिलाई थी। उनके नाम पर लोग आज भी अफसोस करते हैं। मगर वह खेल ज़बरदस्ती का था। बड़ा सैयद वज़ीर था। छोटा मीरबख्शी—फौज का मालिक। वे बादशाह को खिलौना बनाकर खेलते रहे। किन्तु इमादल मुल्क इस उजड़ी पैठ में जादू का करिश्मा कर गया। हारती हुई बाज़ी को उसने प्यादे की किश्त से पलट दिया। और कितनी, बीस-बाईस की उम्र होगी! उसने अब्दाली पर भी जादू कर दिया।

इमाद मुगलानी बेगम और उमधा को ही अब्दाली के पास भेजकर निश्चिंत नहीं रहा। खानखाना बहादुर खां बलूच और इबादुल्ला खां कश्मीरी के साथ सर्दी की उस रात में यमुना पार करके अब्दाली के वज़ीर की छावनी में पहुंच गया। वज़ीर शाह वाली की छावनी थी यमुना के किनारे और अब्दाली की शाहदरा में।

शाह वाली इमाद की मां का अपना आदमी था। उसने इतरपान देकर इमाद की खातिर की। अब्दाली से जाकर कहा—हुज़ूर, हिन्दुस्तान के वज़ीर शाहनशाह के कदमों तसलीम दाखिल करने आए हैं। इससे पहले मुगलानी की अर्ज़ी वह मंज़ूर कर ही चुका था। कहा—उसे पेश करो!

कायदे के मुताबिक हाथ में रूमाल बांधकर शाह वाली ने उसे कैदी की तरह ही हाज़िर किया। अब्दाली सुबह की नमाज़ पढ़कर तंबू के अन्दर तख्त हर बैठा था। उसके पास अब्दाल फौज का सिपहसालार जहान खां, हिन्दुस्तान का बेईमान मीरबख्शी नजीबुद्दौला, और भी चार-पांच मनसबदार खड़े थे।

इमादुल मुल्क घुटने गाड़कर बैठ गया। पांच मुहरें और एक कीमती बाजूबन्द नज़राना देकर उसने शाह के पैरों पर होंठ रखकर अपने को सौंप दिया।

शाह ने हुक्म दिया—हाथ खोल दो। खड़ा होने को कहो इसे।

खड़े होकर इमाद ने अदब के साथ सलाम किया।

शाह ने पूछा—तुम ग़ाज़ीउद्दीन आसफ़ज़ा हो। हिन्दुस्तान का वज़ीरुल मुल्क? जरा चेहरा तो उठाओ, शक्ल देखूं!

ग़ाज़ीउद्दीन ने सर उठाया, लेकिन उधर ताका नहीं।

शाह ने कहा—हूं।—हल की हंसी खेल गई उसके चेहरे पर। कहा—तुम हिन्दुस्तान के वज़ीरुल मुल्क हो! ऐं!

—जी जहांपनाह! वह बदनसीब मैं ही हूं।

—तो फिर क्या बात है कि मैं अफगानिस्तान से पंजाब होते हुए यहां चला आया, हिन्दुस्तानी फौज से कहीं भी मुलाकात नहीं हुई! कहीं कोई मुठभेड़ नहीं हुई! कैसे वज़ीरुल मुल्क हो तुम!

जहान खां, नजीबुद्दौला होंठ दबाकर हंसे। इमाद एक ही सयाना था। उसने समझ लिया था कि अब्दाली किस जवाब से खुश होगा। ऐसा रुस्तम डरपोक जैसे जवाब से खुश नहीं होता। उसने सर उठाकर उंगली से नजीबुद्दौला को दिखाते हुए कहा—सच कहूं तो इस गरीब पर नाराज़ न हों जहांपनाह। हिन्दुस्तान की सारी फौज के मालिक, मीर बख्शी खानखाना नजीबुद्दौला दरबार में हाजिर हैं। मैंने बारहा उनसे लोहा लेने को कहा। मगर लड़ने के बजाय वे रातों रात सारी फौज लेकर हुज़ूर से जा मिले। मैं वज़ीर ठहरा—मेरे हाथ फौज नहीं। कैसे लड़ता! गरीब परवर, आप इसका विचार करें।

अब्दाली चुप हो गया। समझ गया, इमाद ने गलत नहीं कहा। उसने झट प्रसंग बदल दिया—ठीक है। मगर एक काम तो तुमने बड़ा बेजा किया। तुम्हारे मामा की बेटी से तुम्हारी शादी की बात बचपन से ही तै है। दो साल पहले रिश्ता भी पक्का हो गया। मगर आज तक तुमने उससे शादी नहीं की। उमधा और उसकी मां को नज़रबन्द करके एक तवायफ की बेटी से ब्याह कर लिया। क्या नाम तो है उसका, हां, गन्ना बेगम!

इमाद इससे ज़रा भी नहीं घबराया। कहा—गरीबपरवर, आप खुद खुदा के काज़ी हैं। विवार करें। हिनाबन्दी के वक्त मुगलानी बेगम ने कुरान शरीफ पर मुझसे यह लिखवाया कि उमधा से शादी करने के बाद मैं दूसरी किसी से शादी नहीं करूंगा। जहांपनाह, गन्ना तवायफ की बेटी तो है, पर उसका बाप ख़ानज़मान अली कुइली खां है—ईरान का अमीर। बहुत बड़ा शायर। तिसपर औधिया का नवाब इसके लिए मुझसे होड़ कर रहा था। इज़्ज़त के लिए मैंने उसे छीना है। उमधा से शादी करने के बाद चूंकि शादी नहीं कर

सकता था, इसलिए पहले ही कर ली। फिर भी मुझे इसका अफसोस है। चूक हो गई है। मैं इसका प्रायश्चित्त करूंगा। मैंने उमधा से कहा है, मैं गन्ना को तलाक दूंगा!

शाह ने उसकी ये लच्छेदार बातें सुनकर शाबाशी दी। कहा—तुम बहुत सयाने हो इमादुल मुल्क! मुगलानी ने तुमसे कुरान की पीठ पर लिखाया कि तुम उमधा से शादी करने के बाद दूसरी शादी नहीं कर सकते। तुम्हें उसका रास्ता निकालने में देर नहीं हुई—बाद में नहीं, तो पहले। अब्दाली हंस पड़ा।

इमाद ने कहा—मैं गन्ना को तलाक दूंगा शाहनशाह!

—हां, हां। वह सब होगा। वाली खां!

वाली खां ने कोर्निश की—जहांपनाह!

—हिन्दुस्तान का वज़ीर तुम्हारा मेहमान है। और तुम मेरे वज़ीरुल मुल्क हो। हिन्दुस्तान के वज़ीर को मैं तुम्हारे जिम्मे बंदी रखता हूं। दिल्ली में मैं अपनी राय सुनाऊंगा।

16

इन कई दिनों में ही इमादुल मुल्क शाह का प्यारा बन गया। अब्दाली र ने फिर से उसी को वज़ीर बनाना चाहा था। इंतिज़ामुद्दौला ने वज़ीरी के लिए दो करोड़ नज़राना देने की बात कही। शाह ने इमाद से कहा—तुम एक ही करोड़ दो इमाद, वज़ीर मैं तुम्हीं को बनाऊंगा।

इमाद ने बहुत-बहुत सलाम करके कहा—जहांपनाह, सारी दिल्ली से चुनकर दो करोड़ झीकटे जुटाने की जुर्रत भी मुझमें नहीं है, मैं एक करोड़ रुपये कहां से लाऊं? वज़ीरी इंतिज़ामुद्दौला को ही इनायत की जाये। मेरी कुल दौलत चौदह लाख से एक दमड़ी ज़्यादा नहीं है। मैं उमधा के साथ गरीबी में ही ज़िन्दगी बसर कर लूंगा। वज़ीरी का कोई लोभ नहीं है मुझे।

उसकी इन सादी बातों पर अब्दाली खुश हुआ।

वह देखिए, अब्दालशाही जुलूस के साथ इमाद सफेद अरबी घोड़े पर किजिलवासी पोशाक पहने जा रहा है। माथे की पगड़ी पर हीरा-जड़ा पखना उड़ रहा है। यह सब उले अब्दाली ने दिया है!

अचानक नक्कारे की ताल टूटी। एक-दो चोट मानो पड़ी नहीं।

अब्दालशाही खास फौज के पिछले सवारों की पांत में घोड़ों का एक कदम गोया ठिठक गया। ठिठकना था कि जुलूस के सभी का एक कदम रपटा।

और, तुरत पहली पंक्ति के दो-तीन सिपाही दौड़े। एक आवाज़-सी की—उऱा!

क्या हुआ?

शाह अब्दाली लालकिले की मीनार को देखते-देखते जा रहा था। घोड़े की लगाम ढीली पड़ी थी। चौंककर शाह ने लगाम खींची। घोड़े ने सिर ऊंचा कर लिया। हुक्म का इन्तज़ार करने लगा।

शाह ने पूछा—क्या हुआ?

जवाब में एक सवार एक कटा सर ले आया। सलाम करके बोला—यह जुलूस के सामने तन गया था। रोकना चाहा। मैंने सर काट लिया पगले का!

बायें हाथ से उस मुंड का झोंटा पकड़कर शाह ने उसे देखा। चेहरे पर चेचक के दाग। दोनों आंखों से अन्धा। कहा—अन्धा! और पागल कह रहे हो!

सवार ने कहा—पागल नहीं होता तो जुलूस रोकने आता!

शाह ने कहा—इस सर को भाले की नोक में लगा लो। अच्छा ही हुआ। पागल हो चाहे अन्धा हो, आखिर एक आदमी ने तो मोर्चा लिया!

भाले पर उस सर को लटकाये जुलूस लालकिले में दाखिल हुआ। इमादुल मुल्क घोड़े की पीठ पर चौंक उठा।

अन्धा! सारे चेहरे पर चेचक के दाग!

17

बदनी सराय में बन्दी थी गन्ना। खुद ही ग़ज़ल बनाती और अपने-आपको सुनाती।

कितनी ग़ज़लें बनाईं और भूल भी गई। लिखने का सामान नहीं था ज!/खोजा सरदार आया—ऐ बांदी, उठ।

गन्ना ने उसकी तरफ ताका।

—उठ। शाह की बुलाहट है।

गन्ना उठ खड़ी हुई। पूछा तक नहीं कि कहां जाना होगा।

पूछकर क्या लाभ? मर्ज़ी खुदा की। खेल नसीब का। इज़्ज़त इन्सान की!

तेरी इन्सानियत की इज़्ज़त तेरी आंखों का पानी नहीं है। आंसू? शर्म की बात।

लोग हंसेंगे। दुनिया में किसी से डरना मत। उससे भी लोग हिंसेंगे।

हंसते-हंसते ही वह डोली पर चढ़ी। रोना किस बात का गन्ना? किसलिए रोएगी तू? हंसेगी दुनिया। तू बेशरम कहाएगी। शर्म ही इज़्ज़त है। इन्सान की इज़्ज़त!

डोली में गन्ना स्तब्ध-सी, निस्पंद-सी बैठी थी। ऐसी कि चिन्ता, डर, अफसोस—कुछ भी नहीं था। कहां जा रही है, यह भी नहीं। किस्मत जहां ले जाये।

डोली ज़मीन पर रख दी गई तो चेत हुआ। पहुंच गई। रूखी आवाज़ में किसी अफगानी जवान ने कहा—उतरो।

डोली का परदा खोला। एक तातारिन ने उसका हाथ पकड़कर खींचा। उतरो! गन्ना उतरी। बुरके की जाली से देखा—

सामने दीवाने खास।

अब्दाली का दरबार लगा है। शाह मसनद पर बैठा है। उसकी पगड़ी और विशाल शरीर देखकर एक क्षण के लिए उसका कलेजा कांप उठा। फिर उसकी आंखों की भूरी पुतलियां दिखीं। चांदी के ढक्कन वाली नाक।

तातारिन ने कोर्निश करके कहा—सामने शाह बैठे हैं। ख्याल नहीं है? गन्ना ने सलाम किया। अपने को संभाल लिया उसने। "बेशर्म जहान में डरकर पत्थरों को न हंसा। आंसू रोक, उसमें इज़्ज़त बह जाएगी। कोई डर नहीं। हंस।" मसनद पर शाह। बगल में दिल्ली के बादशाह। और उधर? शायद शाह का वज़ीर वाली। बगल में रूमाल से हाथ बन्धा इमाद। उधर बुरके में दो औरतें। अन्दाज़ से समझ गई—मुगलानी बेगम और उमधा। खुली तलवार लिए पहरा दे रही हैं तातारिनें। केवल शाह के पोछे चार जवान हैं।

अब्दाली ने कहा—गन्ना बेगम?

इमाद हैरान हुआ। सात दिन में ऐसी हो गई गन्ना! सूखा चेहरा। गुलाब का वह रंग और रूप फीका हो गया था। आंखों के नीचे स्याही-सी।

शाह ने पूछा—तू गन्ना है?

गन्ना ने सलाम किया—जहांपनाह! बांदी का ही नाम गन्ना है।

शाह ने हंसकर इमाद से कहा—माशा अल्लाह, ग़ाज़ीउद्दीन! इसी के लिए तुमने सैयद वंश की बेटी उमधा से शादी नहीं की। तौबा-तौबा!

—मुझसे कसूर हो गया है बन्दापरवर। चूक हो गई है।

—अपने से कबूल करते हो?

—जी जहांपनाह। इतना बड़ा कोई कसूर मुझसे ज़िन्दगी में हुआ ही नहीं।

—तो सबके सामने इस तवायफ की बेटी को तलाक दो।

इमाद ने तलाक के वाक्य कहे।

शाह ने कहा—ऐ तवायफ की बेटी, शादी के समय तुझे देन मुहर मिली थी?

गन्ना ने अदब से सलाम किया—शाहनशाह, दाम पर बिकने वाली बांदी को देन मुहर मिलती है? नहीं मिली। मगर उसका मुझे कोई गम नहीं, कोई शिकवा-शिकायत नहीं।

—तू बांदी है? किसने बेचा था तुझे? तेरी मां ने?

—नहीं मालिके मुल्क, मैंने आप ही अपने को बेचा था।

शाह को कौतूहल हुआ। हंसकर पूछा—किस कीमत पर?

—शाहनशाह, एक फकीर—हज़रत—वे...

इमाद ने कोर्निश की। यानी उसे कुछ कहना है...

शाह ने कहा—रुक जा। इमाद क्या कहता है, कहने दे। कहो।

इमाद ने कहा—गरीबपरवर, यह झूठ कह रही है। वह फकीर नहीं, इसका आशिक था।

—कौन था वह?

—जी, मतलबी औधिया का नवाब, मुहम्मदशाह के बेटे अहमदशाह बादशाह का वज़ीर था। उसी वक्त उसने बेईमानी करके एक गुलाम को ज़िन्दा पीर बादशाह आलमगीर ग़ाज़ी के पोते शाहजादा फ़ीरोज़मन्द का बेटा बताकर बादशाह बनाया था। शाहजादा फीरोजमन्द के बेटे-बेटी दिल्ली में हैं। उसने कहा, फ़ीरोज़मन्द फकीर होकर मक्का जा रहा था। रास्ते में उसने चाचा की बेटी से ब्याह किया। आदिल उसी का बेटा है।

शाह ने गरदन हिलाई—क्यों री तवायफ की बेटी!

—दुनिया के मालिक! आपसे झूठ क्यों कहूं। सच है। वे मेरे महबूब थे। मगर थे वे फकीर। हज़रत। वज़ीरुल मुल्क ने उनकी एक आंख फोड़वा दी थी। फोड़वाई थी उनकी बनाई एक तसवीर के लिए। उमधा बेगम साहबा ने वह तसवीर फाड़ दी थी। इन्होंने फिर उस तसवीर को बना देने को कहा। नहीं बनाने की वजह से एक आंख फोड़ दी। कहा—एक आंख तसवीर बनाने के लिए छोड़ दी है। मुझसे शादी करने के लिए जब बज़ीर फर्रुखाबाद गए, उन्हें साथ लिवा गए थे। जहांपनाह, उसी वक्त उनकी एक आंख की भीख मांगते हुए मैंने अपने को वज़ीर के हाथों बेचा था। मगर दाम मुझे नहीं मिला। मुझसे बिक्री का खत लिखाकर वज़ीर ने उनकी वह आंख भी फोड़ दी—बिलकुल अन्धा बना दिया।

ज़रा थमकर बोली—मगर मैं फिर भी उनकी बांदी हूं। अपने को उनकी शादीशुदा

नहीं मानती।

लोग शाह के सामने गन्ना की प्रगल्भता देख दंग रह गए।

शाह ने कहा—इमादुल मुल्क!

—शाहनशाह, मैंने उसकी आंख नहीं फोड़ी। फोड़ी एक सिपाही ने। छावनी के बाहर। मगर उसकी आंख फोड़ना अच्छा ही हुआ जहांपनाह! नहीं तो जिस दिन ज़ुलूस लालकिले जा रहा था, वह आदमी कुछ कर बैठता। उसी ने उस दिन ज़ुलूस के सामने सीना तान दिया था। उसी की गरदन सिपाही काट लाया था।

—वह अन्धा! मुंह पर चेचक के दाग?

—जी गरीबपरवर, वही!

सारी दुनिया जैसे डोल उठी। दीवाने खास के जवाहरात जड़े खम्भे जैसे बिखर जाने लगे। अब्दाली का भयावना मुंह खूंखार हो उठा। गन्ना लड़खड़ाने लगी। फिर भी उसने जी-जान से खड़ी रहने की कोशिश की। या खुदा मेहरबान! बांदी को खड़ी रक्खो। हज़रत आदिलशाह को गौरवान्वित करो। इज़्ज़त इन्सान की। तुमने उनकी इन्सानियत की पत रक्खी है। अब मुझे कोई भी दुःख पाने का गम नहीं। दुःख मेरी ज़िन्दगी का साथी हो गया है!

शाह ने कहा—तवायफ की बेटी, तेरी सजा यह है कि बल्ख में तवायफगीरी करेगी। और इमादुल मुल्क! तैयार हो जाओ, मुल्ला उमधा से तुम्हारी शादी कराएगा। वाली खां, बुलाओ मुल्ला को।

उधर से बुरकेवाली एक औरत ने झुककर सलाम किया। एक तातारिन ने जाकर उसके पास कान लगाया। लौटकर कहा—शाहनशाह, उमधा बेगम खिदमत में कुछ अर्ज कर रही हैं।

—उमधा बेगम? कहो।

—शाहनशाह, अपनी शादी के मौके पर बेगम आपसे कुछ बख्शीश मांग रही हैं।

—कहो, क्या मांग रही है।

—बेगम एक बांदी मांग रही हैं। कहती हैं, तवायफ की बेटी को मुझे बांदी के रूप में बख्शीश दें। वह बेगम को गाना सुनाएगी, नाचेगी, पांवों में मेहंदी रचेगी।

शाह ने कहा—मंजूर। तातरिन, बांदी को अपनी मालकिन के पास जाने को कहो। तवायफ की बेटी, मेरे सामने खुदा का नाम लेकर कह कि मैं उमधा बेगम की बांदी हूं।

गन्ना इस पर भी हंसी। सलाम करके उसने उमधा के सामने घुटने टेक दिए।

शादी के बाद उस दिन रात को गाजीउद्दीन की बगल में बैठकर उमधा ने गन्ना को बुलवाया—गीत सुना।

गन्ना ने वीणा उठाई और गाने लगी—

"सुख मेरा मेहमान है, दुख है साथी..."

उमधा ने रोका—इसे मत गा। दूसरा कुछ गा।

इमाद सोच रहा था। हार के दांव ने रुख पलटा है!

नसीब उसका खुश है, वरना उमधा गन्ना को बांदी क्यों बनाती? गन्ना उसके लिए ज़रूरी है। उसकी यह खूबसूरती, यह गीत न होते तो दुनिया सूनी लगती। वजीरी भी फिर से हासिल करनी होगी।

गन्ना ने अब की सुख का गाना शुरू किया—

"आसमान का चांद खिला-बगीचे में गुलाब..."

रात का तीसरा पहर। उमधा को नींद आने लगी। कहा—ऐ बांदी! अब तू जा। मैं सोऊंगी।

गन्ना ने सलाम किया। निकल आई। रहने को उसे बांदीमहल में जगह मिली। अमीनावाले कमरे में। लड़खड़ाती हुई आई। बिस्तर पर बैठ गई। गुनगुनाने लगी—मेरे साथी दुःख, अब आओ। मेरे गले लगकर बैठो। कहो कि गन्ना, अब तुझे छुटकारा मिल गया! मर्ज़ी खुदा की, खेल नसीब का!

18

अट्ठारह साल के बाद गन्ना को छुटकारा मिला।

बादशाह की मर्ज़ी से गन्ना को धूर्त इमाद की बेगमशाही से नजात मिली। उसी की मर्ज़ी से वह उमधा की बांदी बनी। उमधा के पति ने अपनी बीवी की बांदी को भोग की वस्तु बनाया। स्पर्श की आग से जलजलकर उसकी छाती दागों से मोर के पखने जैसी चित्रित हो गई है।

गन्ना ने कहा—चांद खां भाई सुनो।

मेरी छाती छलनी हो गई है। मेरे मां-बाप दोनों कवि थे। मेरे रूपगुण से मुझे गन्ना कहते थे। ईख बहुत मीठी होती है न! इसीलिए। मेरा असली नाम चल नहीं सका। लोगों ने भी इसीको जारी रखा। मैंने इसी नाम से ग़ज़लें लिखीं। मैं सारे हिन्दुस्तान में सिर्फ गन्ना ही रही। चबाचबाकर इमाद ने मुझे सीठी बना दिया!

अजमेर से ग्वालियर जाने की राह में एक सराय में बैठी, अपने मनसबदार के बेटे, वही उस चांद को सुना रही थी। चांद खां अब भरा-पूरा जवान है। अट्ठारह साल के बाद।

गन्ना अभी भी युवती है। चौंतीस साल की। लेकिन दुबला शरीर, कुचला हुआ जीवन। जी में असह्य ज्वाला। ज्वाला नहीं वेदना। दुनिया ही झूठी हो गई है उसके लिए। इज्जत भी महज़ कहने की बात। झूठ।

इज्जत इन्सान की। इससे क्या होता है? हाय, दस दिन के बादशाह आदिलशाह! इज्ज़त रखने में तुम्हारी क्या गत हुई!

और उधर झूठ की, फरेब की कारसाज़ी का नतीजा देखो। देखो इमादुल मुल्क ग़ाज़ीउद्दीन को...। उसकी ज़िन्दगी की चौपड़ में जो भी दांव पड़े, वह सबको उलट-उलटकर चलता रहा। अब्दाली ने पहले उसे वज़ारत नहीं दी। वह राजा सूरजमल और औधिया के नवाब शुजा का मुकाबला करने अब्दाली के साथ वल्लभगढ़ की ओर बढ़ा।

दिल्ली में गन्ना उमधा और मुगलानी बेगम की दिलबस्तगी कर रही थी। गाकर, नाचकर। तवायफ की बेटी को अब्दाली के हुक्म से तवायफ बनना पड़ा था।

बहुत बार मेरे जी में आया—इज्ज़त इन्सान की। ईमान आदमी का। और वह इज्ज़त गई, तो ऐ गन्ना, तू मर जा। मर जा।

चांद, गन्ना से वह न हो सका।

क्यों नहीं हो सका, जानते हो? मौत का डर भी कहो। तो भी आदमी की जब बेइज्ज़ती होती है, तो वह मर सकता है। मर सकती थी गन्ना।

लेकिन मेरे जी में बदला लेने की सूझी। शराब पीने से ही यह ख्याल हो आता। अमीना मुझे सलाह देती रहती थी। वह मुझे शराब पिलाती थी। जब भी जी खराब होता, कहती, लो, पी लो। दुनिया में हारकर क्यों जाओगी बेगम। जीत जाओ। बदला लो।

गन्ना कहती—एक प्याला और। खूब कड़ी।

दिमाग झनझना उठता। गन्ना कहती—हां। ठीक कह रही है।

भाई चांद खां, गन्ना तुझे सब सुना रही है। कुछ भी नहीं छिपाएगी। वह बीच-बीच में जवाहर सिंह के बारे में सोचती थी।

हिन्दुस्तान-भर में एक उसीने अब्दाली से लोहा लिया। मरदाना है। शाबाश! इमाद को यही सज़ा दे सकेगा! उसकी याद आती। अब्दाली के जाने के बाद वही

सबक सिखा सकेगा।

गन्ना का दिल गाता—गन्ना, तेरे कलेजे का लहू पिसी हिना के रंग-सा टकटक लाल हो उठा है। किसके तलवे को चूमकर रंगाएगी।

हठात् गन्ना थम गई। झरोखे से आसमान की ओर देखकर गुनगुना उठी—

हाय, मेरी तरह जिगर ख़ून तेरा मुद्दत से।
अय हिना, किसकी तुझे ख्वाहिश पाबोसी की है।

चांद खां, उस बात का जवाब मुझे आज मिला। क्या है वह जवाब, जानते हो? औरत का कलेजा भी हिना के रस के प्याले-सा लाल टकटक ही होता है। लेकिन औरत का नसीब ही ऐसा होता है कि वह एक को चाहे जितना ही क्यों न ढाल देना चाहे, उसकी इच्छा पूरी नहीं होती है। कोई-कोई मर के जी जाती है। मगर कितनी?

गन्ना हंसी।

गन्ना अगर पहले ही मरती, तो मर सकती थी। जिस प्याले में उसने आदिल की पाबोसी करनी चाही थी, उस प्याले को अगर वह आदिल की जान और आंख बचाने के लिए इमाद के पैरों नहीं ढाल देती, अकबर के साथ ही मर जाती, तो वह भी मर जाती। लेकिन...

खैर। उससे पहले जो हुआ था, वही बताऊं।

अब्दाली को आखिर लौटना पड़ा।

अब्दाली काबुल चला गया। इमाद दिल्ली लौटा। वह भी लूट का माल लेकर आया। सिर ऊंचा किए आया, पगड़ी का हीरा लगा पखना उड़ाते हुए इमाद जीत गया। अब्दाली ने फिर उसे वज़ीर बना दिया।

गज़ब! इमाद को नसीब शिकस्त नहीं दे सका। वही नसीब को लेकर खेलता है।

उस दिन इमाद ने हवेली में इनाम-इकराम बांटे। फाटक पर नौबत बजी।

मुझे बुलाया—गन्ना! अमीना ने इशारा किया—बेगम, वक्त आ गया!

मैं सोच रही थी कि अमीना का कहा नहीं मानूंगी। जहर नहीं है। मैं जाऊंगी और इमाद की कमर के छुरे से मर जाऊंगी। कह जाऊंगी—मर्जी खुदा की, खेल नसीब का, इज्जत इन्सान की। अपनी इज्जत लिए मैं चली!

अमीना ने शराब का प्याला लाकर दिया—पी लो।

शराब पीकर गन्ना और ही गन्ना हो गई। इमाद के सामने जाकर खड़ी हो गई।

इमाद ने गले से मोती की माला खोलकर कहा—सारी बातों को भूल जाओ गन्ना! मैंने जो भी किया, अब्दाली के डर से किया। उपाय नहीं था। लो, इनाम लो।

मैंने कहा—नहीं। नहीं लूंगी वह।

इमाद मौज में था। बोला—तब क्या लोगी?

गरदन हिलाकर कहा—तुम्हारा कलेजा। अपने कलेजे में मुझे खींच लो और लो उमधा के सामने!

वजीर अवाक् होकर मुझे ताकता रहा।

मैं झट शीरां का प्याला ले आई—लो, पियो।

—शराब?

—उहूं। शीरां।

—कह क्या रही हो?

—अरे प्यारे—पियो। पीकर इस बात का सबूत दो कि तुमने जो भी किया था, अब्दाली के डर से किया था। दिल से नहीं। नहीं तो मैं समझूंगी...

इमाद लोभी था। शराब-शीरां पर उसे लोभ था। उसने होंठ से लगाकर ज़रा इंतज़ार भी नहीं किया कि मैं प्याला खींच लूं—कहूं—नहीं, पीना नहीं है! मैं परख रही थी। उसने एक घूंट में प्याला खत्म करके मुझे छाती में खींच लिया था! उमधा के सामने मुझे छाती से लगाकर कहा—अरी ओ सैयद की बेटी, देख! अब्दाली अब अटक पार कर गया। अब?

उमधा लेकिन सैयद की बेटी थी। तर्रार थी। कुछ नहीं बोली। उसकी आंखें दप-दप जलने लगीं। वह कमरे से बाहर चली गई। फिर नहीं लौटी। मेरा जी कैसा तो हो गया। लगा, मैं हार गई। अमीना ने आकर कहा—उमधा बेगम अपने कमरे में औंधी पड़ी रो रही है। अब खुश हुई।—लगा, मैं जीत गई।

इमाद से भी बदला चुकाया था। मुंह से दिखाने लगी उसे प्यार और देने लगी सलाह। अब्दाली ने उसके बारे में कहा था—इमाद बड़ा सयाना मामलेबाज़ है! वह कभी किसीकी सलाह नहीं लेता, सीधी राह नहीं चलता, सच्ची बात नहीं बोलता। और ऐसा काम ही नहीं करता, जो कि सीधा हो, सच्चा हो।

मीरबख्शी सिपाहसालार नजीबुद्दौला इमाद का दुश्मन था। बादशाह आलमगीर उसे पसंद नहीं करता। सारे दरबार में इमाद एक प्रकार से अकेला था। मैं इमाद की

सलाहकार बनी।

अब्दाली की छाप बिलकुल पोंछ देने की इच्छा थी उसकी। मैंने उस इच्छा को उकसाया। कहा—हां, पोंछ डालो बिलकुल।

पोंछ डालने से उमधा धूल में लोटेगी। वह मुगलानी की बेटी थी। नफरत से मुझको तवायफ की बेटी कहती थी। मीर मन्न की लड़की। उसकी मां तवायफ ज़रूर नहीं थी, पर उसके गुनाह और पाप का अंत नहीं था। सारे हिन्दुस्तान में चर्चा थी, निन्दा होती थी। नजीबुद्दौला अब्दाली का आदमी था, बादशाह अब्दाली के रिश्तेदार थे। मैंने सलाह दी—इन दोनों का काम तमाद कर दो।

मैं इमाद को सलाह देती थी, मुझे सलाह देती थी अमीना। मेरी सलाह पर इमाद ने मराठों को बुलाया। नजीबुद्दौला को हटाओ!

मराठे आए। दिल्ली में फिर लड़ाई शुरू हो गई। लेकिन...गन्ना ने चुपचाप आकाश की ओर देखकर एक लंबा निश्वास छोड़ा फिर हंसकर बोली—लेकिन मुझे क्या पता था चांद खां, कि अपनी मौत का फंदा मैं खुद ही डाल रही हैं। उस फंदे में मैं ही फंसूंगी! नसीब का ही खेल कहो, वह बात झूठ नहीं है। आज मैं वही सोचती हूं। सोचती हूं कि मैंने वह काम क्यों किया?

सावन का महीना था। मराठे खिजिराबाद आ पहुंचे थे। नवाब नजीबुद्दौला और बादशाह आलमगीर इमाद के खिलाफ आपस में एक हो गए। इमाद दिल्ली में अकेला था उस समय। मराठों के पहुंच जाने पर वह वज़ीर उल मुल्क से मालिक उल मुल्क बन बैठेगा। बादशाह का बादशाह। नजीब, बादशाह—दोनों की धाक जाएगी। और उसीके साथ उमधा की हेकड़ी माटी में मिल जाएगी।

अमीना होशियार थी। वजीरों की दो पुश्त तक उनके यहां बांदी रही। उसे आखिरी ज़िल्लत उठानी पड़ी, मगर उसने सीखा बहुत, समझा बहुत। उसने कहा—गन्ना बेगम, और दूर तक नज़र दौड़ाओ। देखो, दिल्ली इमाद के हाथों आएगी। मराठे इसका भार इमाद को देंगे। वे लपकेंगे लाहौर तक। लाहौर से शाह के बेटे तैमूर और जहान खां को खेद देंगे। आखिर अब्दाली फिर आएगा और तब इमाद की खैर नहीं रहेगी। देख लेना।

क्या बताऊं चांद, नशे में मैंने सच ही वैसा देखा। बाहर उस समय तोपें दग रही थीं। नजीबुद्दौला और बारगीरों में छिड़ गई थी। इमाद नजीब के खिलाफ दल में जा मिला था। उसे खौफ था कि नजीब मराठों के पहुंचने से पहले ही उसका काम तमाम कर देगा।

उमधा अपने कमरे में चुपचाप बैठी क्या करती?

कि बाहर हल्ला हुआ। वज़ीर के ठीक बगीचे में। लगा, बिलकूल फाटक पर।

क्या बात है? अमीना दौड़ी। हांफती हुई आकर बोली—नजीब खां ने सिपाहियों को वजीर की हवेली लूट लेने का हुक्म दे दिया है। कह दिया—वज़ीर को कत्ल कर दो। न मिले, तो हवेली लूट लो। हरम की औरतों को खींचकर सड़क पर लाओ। बुरका उतार दो, बेइज्जत करो। सबसे पहले सैयद की बेटी उमधा को।

उमधा पर नजीब को गुस्सा क्यों था, जानते हो? इसलिए कि उमधा के चलते ही इमाद अब्दाली के गुस्से से बच गया था। वजीरी उसकी छिन जाने पर भी फिर मिल गई। और, इमाद भागा तो भागा। उसकी इज्जत तो बेगमों के बुरके में है। उसीको नोच डालो।

मराठे आ रहे हैं। आ ही पहुंचे लगभग शाहजहानाबाद। नजीब दिल्ली छोड़कर भाग जाएगा। भागने के पहले बदला लेता जाएगा।

इमाद के पास फौज नहीं थी। छ: सौ के करीब सिपाही थे। वे क्या करते। नजीब के तीन हजार सिपाही थे। मनसबदार था कुतुबशाह। कुतुबशाह मनसबदार ही नहीं, मुल्ला भी था। लोग कहते, वह जिंदा पीर का खादिम है। हवेली के अहाते में कुतुबशाह ने ललकारा—वजीर की बेगम और बांदियों को खींच लाओ।

दरवाजा टूट गया—भूखे भेड़िये की तरह वे टूट पड़े। लूट शुरू हो गई। उसके साथ...

अजीब हंसी हंसकर गन्ना बोली—बांदियां महल में चीख उठीं। वैसी ही चीख, जैसी दिल्ली की लूट के समय अब्दाली की छावनी में उठती थी। गन्ना खड़ी सोच रही थी! एकाएक उसके जी में आया—चलकर देखो तो सही कि उमधा बेगम क्या करती है?

मैंने देखा सैयद की बेटी का मुंह काग़ज़ जैसा सफेद हो गया है। उसके हाथ में छुरा है।

मैंने पूछा—क्या कीजिएगा?

वह बोली—अपने कलेजे में भोंककर मर जाऊंगी।

—मर सकेंगी?

उसने मेरी तरफ ताका। मैंने कहा, बेगम! वह कर सकतीं तो अब तक कर चुकी होतीं। अब तक नहीं कर सकी, तो नहीं कर सकेंगी। हजरत बेगम वगैरह भी चिल्लाती थीं—अब्दाली से शादी नहीं करूंगी। जहर खाकर मर जाऊंगी। लेकिन नहीं मर सकीं।

क्या हुआ, जानते हो चांद? वह कांप उठी। छुरा हाथ से छूटकर गिर पड़ा। दोनों हाथों से मंह ढककर वह फफक उठी।

अमीना दौड़ी आई—कुतुबशाह आ रहा है। बेगम को खोज रहा है। अब की उमधा पुक्का फाड़कर रो उठी छोटे बच्चों की नाईं—मुझे बचाओ, मेरी इज्जत...

मुझे जाने क्या हो गया! क्या हो गया, मैं नहीं कह सकती। मैंने जो किया, वह क्यों किया, किसने करने को कहा—यह मैं जानती हूं। मैंने खुदा का हुक्म सुना। अकबर आदिलशाह की याद आई—अकेले ही अब्दालशाही फौज को रोकने गया था! लमहे में उसकी गरदन गई—शरीर के टुकड़े-टुकड़े हो गए!

मैंने उमधा से कहा—डरो मत! जल्दी उस कमरे में जाकर अपने हीरे-जवाहरात उतार दो। दामी ओढ़नी उतार फेंको। बालों को बिखेर दो। लगे कि तुम उमधा नहीं, उसकी बांदी हो। मैं ओढ़कर दरवाजे पर खड़ी हो गई।

अमीना अवाक् खड़ी रही। कुछ कहना चाहती थी। रोक दिया।

पांवों की आहट नज़दीक आई। मैंने बुरके का परदा गिरा दिया। उमधा का वह छुरा भी हाथ में उठा लिया।

सीढ़ी से ऊपर आते हुए कुतुबशाह ने कहा—रुक जाओ, वरना...बुरके का परदा उठाकर छुरा दिखाती हुई मैं बोली—इस छुरे से तुम्हें खत्म कर दूंगी। वह न होगा, तो खुद मर जाऊंगी। ठहरो...

चांद, औरत का रूप आसमान के चांद से भी सुंदर होता है। शीरां के नशे से ज्यादा सुन्दर!

मेरी शकल देखकर कुतुबशाह ठिठक गया। मैंने पूछा—आप कुतुबशाह मनसबदार हैं?

—हां।

—मैं वज़ीर की बेगम उमधा हूं। क्या चाहते हैं आप?

—क्या चाहता हूं?—वह हंसा—दुश्मन का किला जीतकर सिपाही मनसबदार जो चाहते हैं। सोना-रूपा, हीरे-जवाहरात...बेगम। वज़ीर शैतान है। काफिरों से हाथ मिलाकर उसने दिल्ली को बेच दिया। सिपाहियों को वेतन नहीं मिला। इज्ज़त जा रही है—उसका बदला वसूल कर तब जाएंगे।

—सुनो मनसबदार—। हीरे-जवाहरात जो भी लेना हो, ले लो। मगर हरम की औरतों की बेइज्ज़ती न करो। सिपाहियों से कहो, उन सबको छोड़ दें...उनके बदले बल्कि...

—बल्कि?

—मेरी इज्ज़त तो तुम्हें सूरत दिखाकर जा ही चुकी है—बचीखुची जो वह है, मैं लेकर भी दे दूँगी। खुदा का नाम कहो—मेरी बांदियों को छोड़ दोगे?

कुतुबशाह को काठ मार गया।

मैंने उस दिन उमधा को बचा लिया चांद खां। मेरी बात छोड़ो। अकबर आदिल की एक आंख के बदले अपने को बेचने के साथ-साथ मैंने इज्जत भी बेची थी।—गन्ना हंसी—उसका दाम नहीं मिला, लेकिन इस बार कीमत मिली। उमधा बच गई। बांदियों पर भी जोर-जुल्म नहीं हुआ। सबके साथ कुतुब ने ही मुझे बाहर निकाल दिया था।

इमादुल मुल्क के हरम की औरतें दिल्ली के रास्ते पर खड़ी थीं। सबके चेहरे पर बुरका पड़ा था—था नहीं तो एक मेरे चेहरे पर। मैं कैसी तो हो गई थी। मेरे लिए हया-शर्म, इज्जत-दौलत, किसी भी चीज़ की कोई कीमत नहीं रह गई थी। बहुत ही छोटी हो गई थी वह। मैं इन सबसे बहुत ऊंचे उठ गई थी। मुझे ख्याल भी नहीं था चांद—मैंने अपनी पोशाक, बाल आंखों का काजल, सुरमा—सब कुछ के रंग को पोंछकर गोया अपने को बदरंग कर दिया था।

इबादुल्ला खां कश्मीरी का भाई सर्फुद्दीन मुहम्मद हमें रास्ते पर से नागरमल की खाली हवेली में ले गया। नागरमल बादशाह का दीवाने खालसा था। वह भाग गया था। हवेली खाली पड़ी थी।

उस रोज़ रास्ते पर मुझे अपनी ज़िन्दगी का पूरा दाम मिला था। हमें एक पेड़ की छांह में बिठलाकर सर्फुद्दीन ने डोली और बैलगाड़ी के लिए आदमी भेजा।

मैं उंगली से माटी खोद रही थी कि एक अंगठी मिल गई! उठाकर उसे देखा। तांबा, पीतल या कि चांदी की होगी। बच्चों जैसे मैं नाहक ही उसे घिसने लगी।

एकाएक चौंकी मैं। अंगूठी में नग नहीं था। सील अंगूठी। उसपर मीना किया हुआ कुछ लिखा था। भली तरह से घिसा। पढ़ा। मेरी आंखों के आगे दुनिया उजागर हो उठी। वह कैसी रोशनी, सो तुमसे क्या बताऊं चांद! मैंने अंगूठी पहन ली। आंखों में आंसू भर आए। भरकर गालों से बहने लगे। मेरे मुंह से अपने-आप निकल आया, 'खुदा मेहरबान!' उसके बाद की मुझे कुछ याद नहीं। मेरा होश जाता रहा। लगा, मैं

रौशन दुनिया में खो गई। होश जब आया, मैं राजा नागरमल की हवेली में लेटी थी। अमीना बैठी हवा कर रही थी। देखो, यही अंगूठी है चांद। इसे मैं अठारह साल से छिपाए रही—आते वक्त पहनी है।—गन्ना बेगम ने उंगली बढ़ा दी।

सोने की अंगूठी। मीना की हुई। ऊपर लिखा था—अकबर आदिलशाह। अब्दालशाही सवारों के घोड़ों की टापों से अकबर आदिल के शरीर का चिथड़ा उड़ गया था। किसी कदर यह अंगूठी यहां माटी के नीचे गन्ना के इंतजार में पड़ी थी। यह अंगूठी पाकर मैं अमीर हो गई।

उसके बाद चांद खां...

उमधा पर मुझे कोई गुस्सा न रहा। इमाद पर? नहीं, उसपर भी नहीं। इमाद शैतान है। उसमें ईमान नहीं, रहम नहीं, दर्द नहीं, नमक-हलाली नहीं—कुछ भी नहीं। है सिर्फ वह खुद और उसकी भूख। और उसकी वह भूख कभी मरती नहीं।

कहा तो मैंने, उसकी भूख की आग में मैं जल-झुलस गई। छाती छलनी हो गई। नौजवानी में औरत की भूख जवानों को होती है। जवान औरत को भी होती है। औरत-मर्द की तमाम ज़िन्दगी वह रहती है शायद। लेकिन उनकी वह भूख केवल लहू-मांस की नहीं, प्रेम के मधु की भी होती है। लेकिन इमाद ने वह नहीं चाहा। किसी से नहीं।

मेरे जीवन के मधु को उसने कैसे चूसना चाहा है, मालूम है? तलवार की नोक से जवानी को लहू-लुहान करके उस लहू लगी तलवार की नोक को चूसा है। वह मेरा दुश्मन रहा, चालबाज़ी करके मुझपर नालिश ही कर गया केवल!

मेरी ज़िन्दगी, चांद खां, आग में ही जलती रही। जवानी की मेरी मधु की भूख बनी ही रही। अपने प्यार के नौजवान की मैं कामना ही करती रह गई, उसे पाया नहीं।

इमाद को तो जानते हो। सारा हिन्दुस्तान जानता है। हार की बाजी पलटनेवाली उसकी करामतें खत्म हो गईं।

नजीब खां भागा। मराठे आए। अमीना का कहा एक-एक अक्षर फला। मराठा फौज लेकर रघुनाथजी पेशवा लाहौर तक जा धमका। तैमूरशाह और जहान खां को खदेड़कर अटक के पार भगा दिया।

मराठों की ताबेदारी में इमाद बादशाह का भी मालिक बन बैठा। उस समय उसने जो जुल्म मुझपर ढाया, वह कहने का नहीं।

कभी-कभी जी में आया, कंबख्त को जहर खिलाकर मार डालूं। या खुद ही जहर खा के मर जाऊं। मगर उमधा बेगम रोती थी। उसीके लिए वैसा नहीं कर सकी। और अकबर आदिल की पाई हुई अंगूठी के लिए नहीं कर सकी। वह अंगूठी मुझसे कहती थी—गन्ना, बरदाश्त कर लो। पी जाओ।

बहुत-बहुत सलाम हज़रत आदिल को—वे मेरे गुरु हैं। कभी मैंने उन्हें अपना प्रेमी माना था। लेकिन चांद, सच पूछो तो मेरी तकदीर अच्छी थी कि मैंने ज़िन्दगी में उन्हें पाया नहीं। नहीं तो मैं और तरह से जलती! जो आदमी सिर्फ खुदा को चाहता है, उसके लिए इज्ज़त और धर्म ही बड़ा होता है। वह आदमी को नहीं चाहता। स्त्री को नहीं, बाल-बच्चों को नहीं। आदिल मुझे नहीं चाहता। इमाद ने तलवार भोंक-भोंककर मेरी जवानी, मेरे रूप का लहू चूसा, आदिल खुदा के दरबार में मेरी कुरबानी करता।

गन्ना ज़रा देर चुप रही। फिर कहा—उफ, कैसा ताज्जुब। बिना कहे तुम नहीं समझोगे। मराठों ने लाहौर दखल किया, दिल्ली से नजीब खां को निकाल बाहर किया—यह सब सुनकर अब्दाली फिर काबुल से रवाना हुआ। अब की और ज़बरदस्त तैयारी। उधर मराठे भी तैयार होने लगे।

शैतान इमाद ने देखा, यह तो मुसीबत हई। अपने बूढ़े और लागर बादशाह आलमगीर को फ़िरोज़शाह कोटला में ले जाकर कत्ल कर दिया। इसलिए कि बादशाह अब्दाली के रिश्तेदार हैं। उसके बाद इंतिज़ामुद्दौला का खून किया। और तब अपना हरम और चार-पांच हजार सिपाही लेकर निकल पड़ा। कहां? फर्रुखाबाद। वहां उसने जाट सूरजमल से दोस्ती गांठी।

धूर्त हुए बिना कोई ऐसा नहीं कर सकता। पिछली बार अब्दाली ने वल्लभगढ़ को बरबाद कर दिया था। उस वक्त उसका दाहिना हाथ था इमाद। उसी खुशी में अब्दाली ने उसे फिर से वज़ीर बनाया था।

अब रहा सूरजमल के इलाके में। इस बार उसीकी तरफ़ से लड़ेगा। सूरजमल से कहा—आप चुपचाप बैठे रहिए। मराठे और अफगान लड़ें। दोनों बरबाद हों। फिर हम और आप हिन्दुस्तान के मालिक होंगे।

इधर जवाहर सिंह, वही जवाहर सिंह जो मेरे लिए पागल हुआ था—निशानी भेजने लगा। मैंने दो-चार बार जवाब भी दिया, गज़ल लिखकर भी भेजी। लेकिन चांद खां, यह अंगूठी मुझे खबरदार करने लगी। “अपने पापों का फल इमाद भोगेगा। तुम गन्ना बेगम, तुम वैसा मत करना। ज़िन्दगी में जो तकलीफें तुमने उठाईं, उसका इनाम खुदा तुम्हें देंगे।”

मुझसे और न बना। मैं खुद चुप हो गई! जवाहर सिंह शेर-सा खूंखार था, मगर उसका बाप सूरजमल था शेरों का शेर। वह ज़िन्दा था। उसने इमाद से मिलकर लड़ने की ठानी थी। उसके डर से जवाहर कुछ कर नहीं पाया। चुप रह गया।

उधर पानीपत में अब्दाली से मराठों की लड़ाई छिड़ गई। हिन्दुस्तान के तमाम मुसलमानों ने—यहां तक कि नवाब शुजाउद्दौला ने भी अब्दाली का साथ दिया। लेकिन मराठों का साथ किसी हिन्दू ने नहीं दिया। न राजपूत राजों ने, न जाट सूरजमल ने।

फिर भी वह लड़ाई ऐसी घमासान हुई, जैसी कि हिन्दुस्तान में कभी हुई नहीं थी। मराठे बिलकुल तबाह हो गए। अब्दाली जीता।

लड़ाई खत्म हुई कि इमाद निकला। धूर्त! वह जाट सूरजमल से हाथ मिलाकर ताक में था। अब्दाली लौटे कि कूद पड़े। अब्दाली भी चालाक था। वह उसीको फिर वज़ीरी सौंप गया।

और एक दिन! मेरी ज़िन्दगी की वह दुर्योग की रात!

इमाद ज़रा तेज शराब पीकर बेहोश हो गया था। मैं उसका छुरा निकाल लेने के लिए गई। लेकिन अंगूठी ने मुझसे कहा—नहीं, गन्ना, नहीं। पी जाओ।

एक बार और। और एक बार चांद खां। जवाहर से मेरे इशारे चले थे। उसके पांच साल बाद। खुदा की मर्जी से इमाद की शैतानी का जादू टूट गया था। वह दिवालिया हो गया था।

बादशाह आलमगीर का बड़ा लड़का शाहजादा अली गौहर बादशाह बना—शाह आलम। अपने बाप का खुन करनेवाले को वह माफ नहीं कर सका। इमाद ने उसे हटाने की कोशिशों में कुछ उठा नहीं रखा। दिल्ली घुसकर मसनद पर बैठने ही नहीं दिया। मगर इमाद की जीती बाजी हार में बदलने लगी थी। फिरंगियों और मराठों की मदद से आखिर शाह आलम उजड़ी बादशाही की गद्दी पर बैठा। इमाद को भागना पड़ा। भागकर वहीं भरतपुर पहुंचा। लेकिन जाट राजा सूरजमल मर चुका था। उसका बेटा वही पगला जवाहर राजा था।

जवाहर सिंह ने उसे पनाह दी। पनाह देने के पीछे उसका एक इरादा था। इरादा था कि वह गन्ना को छीन लेगा।

अब की मैंने हामी भरी थी चांद खां। इमाद ने यह ताड़कर कहा था—तू बेईमान रंडी है। नौजवान जवाहर पर तेरी नजर है।

मैंने तुम्हें बताया है, जवाहर का ठीक-ठीक लोभ मुझे नहीं था। ऐसे एक जवान की ललक थी, जो केवल मेरे खून और गोश्त का भूखा नहीं हो, मेरे प्रेम की प्यास को भी बुझाए। जो मुझे भी अपने प्रेम का मधु दे।

मैंने इमाद से साफ कह दिया कि मुझपर अविश्वास की शिकायत नाहक ही करते हो। मैं तुम्हारी ब्याहता तो हं नहीं, बांदी हूं। मैं तवायफ की बेटी हूं। मेरा स्वभाव—शायद वह नारी मात्र का स्वभाव है—कि जब तक उसे सही प्रेमी नहीं मिल जाता, वह मन ही मन नये आदमी को खोजती है। मेरे दिल की भी शायद यही फितरत हो!

तोहमते-इश्क़ अबस करती है मुझपर मिन्नत।
हाँ, ये सच, मिलने की खूबाँ से तू तक खुश है!

मैंने कहा था, तुम मेरे प्यारे नहीं, मुझपर नालिश करने वाले मेरे दुश्मन हो!

मुद्दई हमसे सुखनसाज बी सालूसी है।
अब तमन्ना को यहाँ मुजदए-मायूसी है।

वल्लभगढ़ से भागते वक्त इमाद से मेरी ये बातें हई थीं। मुझे छीन ले जाने के लिए जवाहर ने आदमी भेजा था।

मैं चाहती होती तो पकड़ में आ जाती जवाहर की। जवाहर के सिपाही, लखनऊ जाने की राह में प्यारा बाबा के दरबार के पास जिस तरह टूट पड़े थे, इस बार भी उसी तरह से टूटे। मैं पालकी पर इसी अंगूठी को पकड़े बैठी थी।

चाहती, तो उतरकर भाग सकती थी। मगर नहीं भागी। बैठी यही कहती रही—मर्जी खुदा की, खेल नसीब का। जो भी हो, हो।

पूरी हो खुदा की मर्जी और पूरा हो नसीब का खेल। मैं अपनी इज्ज़त को बरबाद नहीं करूंगी। इज्जत इन्सान की!

वे मुझे लूट नहीं सके। लोगों का ख्याल है, चूंकि मैं मुसलमान थी, इसलिए सिपाही मुझे ले जाना नहीं चाहते थे। जवाहर मुसलमान न हो जाए कहीं! या कि जवाहर की बीवियों ने मनसबदारों को घूस दिया होगा कि गन्ना को मत लाना। राजा उसी में डूबा रहेगा। सब बंटाढार हो जाएगा।

उसके बाद की तो तुम सब जानते ही हो चांद। तुम कहां राजपुताने में नौकरी कर रहे थे। फर्रुखाबाद आए। मैं यहां हूं, सुनकर मुझसे मिलने के लिए आए।

उमधा ने मेरे लिए सुविधा कर दी।

उसकी मां ने चाहे जो भी किया हो, वह असली सैयद की बेटी है। वह मुंह सिए ही रही। अपनी इज्जत देकर मैंने उस दिन उसकी इज़्ज़त बचाई थी—इस बात को वह भूली नहीं। मगर उसे ईर्ष्या भी थी। क्योंकि उसने इमाद को नहीं पाया। मैंने बीसियों बार कहा—उमधा बेगम, तुम मुझसे यह शिकायत न करो। सभी औरतों की तरफ से खुदा से करो। मर्द ऐसे ही होते हैं। वे अपने को किसीको नहीं देते। ज़बरदस्ती तलवार भोंककर औरतों के कलेजे का खून ही लेते हैं। सोचते हैं, यही मुहब्बत है। औरतें ताज़िन्दगी रोती रहती हैं। दरअसल वे बेगम नहीं होतीं कोई—होती हैं बांदी। खुदा से कहो, औरतों के नसीब को वह बदल दे।

फर्रुखाबाद से अजमेर।

इमादुल मुल्क का खेल खत्म हो गया। हिन्दुस्तान के नवाबी-बादशाही के खेल के मैदान से नसीब ने उसे गला पकड़कर निकाल दिया।

इमाद ने अजमेर में बसेरा बांधा। माला फेरने लगा। दौलत के मज़े लेने लगा। गन्ना ने शराब पी। शराब और शराब।

नाचा। गाया। रिहाई नहीं।

जिसे देनी थी, उसने रिहाई दी—खुदा ने। नसीब ने! बीमार पड़ी। मुंह से खून आने लगा! खूबसूरती की बहार गई। जवानी की पंखुड़ियां सूखने लगीं—ज़िन्दगी की खुशबू जाती रही।

उमधा बेगम ने अब उसका पिंड छोड़ दिया।

बोली—गन्ना बहन, मैंने तुम्हें छुटकारा दिया।

मैंने कहा—खुदा कसम?

—खुदा कसम। यह लो, अब्दाली ने तुमसे सही कराकर जो खत मुझे दिया था, उसे फाड़ देती हूं।

उमधा ने उसे फाड़ दिया। इमाद ने लपककर कहा—नहीं। मैं तुमसे कहूं चांद खां, उस दिन मैंने उमधा का और ही चेहरा देखा। सैयद की बेटी! उसने इमाद को ठेल दिया। बोली—नहीं, मैंने बात दी है। वह पूरी होकर रहेगी। इमाद, सोच देखो, इसी औरत की बदौलत आज तुम अजमेर आकर माला फेर रहे हो। इससे अगर शादी नहीं की होती, तो मेरी अम्मां अब्दाली को खत नहीं लिखती। तुम्हारा और हिन्दुस्तान का यह हाल नहीं हुआ होता और, तुमने एक ऐसी लड़की की सारी ज़िन्दगी बरबाद कर दी!

इमाद माथा नवाए चला गया। उमधा ने मुझसे कहा—तुम चली जाओ गन्ना। कहीं चली जाओ। कहो, कहां जाओगी? मैं भिजवा देती हूं।

मैंने कहा—मुझे नूराबाद भेज दो। ग्वालियर में तानसेन की कब्र है। मेरी मां की है नूराबाद में। प्यारा बाबा अभी भी वहां हैं। वहीं भेज दो। और, भाई जैसे चांद खां को मेरे साथ कर दो।

दूसरे दिन। सराय से गन्ना ग्वालियर की ओर रवाना हुई। नूराबाद चली। प्यारा बाबा की शरण में जुड़ाएगी।

डोली में बैठी उस अंगूठी को देख रही थी। मीना पर अकबर आदिलशाह का नाम झकमका रहा था।

बगल से चांद खां और तीस सिपाही चल रहे थे!

अंगूठी देखने में अच्छी नहीं लग रही थी!

मन में उसके प्रश्न जगा। इतनी जो तकलीफ उसने उठाई, खुदा की मर्जी मानकर सिर-आंखों उठा लिया, उसके लिए खुदा के दरबार से क्या मिलेगा, सो वह ज़ानती है। लेकिन उसके लिए वह कभी नहीं रोई। दुनिया में उसके लिए कभी कोई नहीं रोया।

प्यार में प्रेमी चुंबन से दर्द देता है।

उसके लिए किसीने दो बूंद आंसू नहीं गिराए। उसे अपनी पुरानी ग़ज़ल याद आई। वह गुनगुनाने लगी :

"सुख अपना मेहमान है..."

उसकी आंखों से आंसू की धारा बह चली। आह, कितना आराम! कितना सुख। आज—इतने दिनों के बाद।

ज़रा देर आंखें बंद करके बैठी रही। पालकी चल रही थी। अगल-बगल घुड़सवार। अच्छा लग रहा था।

हठात् उसने आँखें खोलीं। पालकी के दरवाजे को ज़रा फांक करके पुकारा—चांद!

चांद ने घोड़े को मोड़ा। करीब आकर कहा—साहबज़ादी!

—साहबजादी नहीं चांद, बहन कहो!

—वही सही। कहो।

—देखो, मेरी कब्र पर तुम इतना ज़रूर खुदवा देना—

"तुम लोग गन्ना के लिए ज़रा रोओ!"

चांद की आंखें जैसे फट गईं। आंसू वह आए। आह!—वही खुदवा दूंगा, वही!

चांद ने वही खुदवा दिया और रोया।

चांद ही नहीं, बहुतेरे लोग रोते हैं।

○ ○ ○